FINSE DAGEN

Van Herman Koch verscheen eveneens
bij Ambo|Anthos *uitgevers*

Red ons, Maria Montanelli
Eindelijk oorlog
Eten met Emma
Odessa Star
Denken aan Bruce Kennedy
Het diner
De ideale schoonzoon
Zomerhuis met zwembad
Korte geschiedenis van het bedrog
Geachte heer M.
De greppel
Makkelijk leven

HERMAN KOCH
FINSE DAGEN

AMBO|ANTHOS
AMSTERDAM

MIX
Papier van verantwoorde herkomst
FSC® C014496
www.fsc.org

ISBN 978 90 263 4106 9

Omslagontwerp Roald Triebels, Amsterdam
Omslagillustratie © Roald Triebels/Shutterstock
Foto auteur © Maarten Kools Fotografie

Verspreiding voor België:
Veen Bosch & Keuning uitgevers nv, Antwerpen

Voor A.
waar je ook bent

Finse dagen
Finse nachten
Het is vooral
dat lange wachten

A. Aalto
Finse dagen

Every man alone is sincere.
At the entrance of a second person,
hypocrisy begins.

Ralph Waldo Emerson

Ik was in de eerste plaats naar Finland gegaan om iets met mijn handen te doen. Iets met je handen doen was in 1973 iets anders dan vandaag de dag, in 2020. Een halfjaar eerder had ik de middelbare school beëindigd. Zo heb ik het ook altijd ervaren, als beëindigen: er kwam een einde aan iets wat al veel te lang had geduurd. Soms heb ik een droom. Je hoort vaak over mensen die dromen dat ze eindexamen moeten doen. Ze worden zwetend wakker: gelukkig liggen ze in hun eigen kamer, in hun eigen bed, het is weliswaar midden in de nacht, maar dat eindexamen hoeft echt niet meer, dat hebben ze al een half mensenleven geleden gehaald. Wie echt wil weten wat deze droom betekent, maakt een afspraak met de Psychologische Hulppost in zijn of haar woonplaats, of schrijft een brief naar de 'Vraag het aan...'-rubriek in de *Libelle*.

Mijn eigen eindexamendroom is wezenlijk anders. In mijn droom moet ik naar school. Er worden agenda's met lesroosters ingevuld. De bel gaat. Het volgende uur hebben we Duits van mevrouw Van Aakerinden-Hagenau. Nog altijd binnen de droom breekt het koude zweet me uit. Dan fiets ik naar huis. Er begint me iets te dagen. In het huis waar ik naartoe fiets woon ik allang niet meer. Ik ben een schrijver. Ik hoef helemaal niet naar school. Sterker nog: als ik een heel jaar naar school ga, houd ik veel te weinig tijd over om te schrijven. Ik doe het niet, spreek ik mezelf toe, terwijl ik naar het huis fiets waar ik inmiddels niet meer woon. Ik ga morgen helemaal niet meer terug. Ze kunnen allemaal de tyfus krijgen.

Al dromend maakt zich nu een onpeilbaar diep en warm geluksgevoel van mij meester. Ik weet zeker dat ik glimlach, zowel binnen de droom als in het echt, slapend in mijn eigen bed, in mijn eigen huis. Nooit word ik badend in het zweet wakker. Er is geen gevoel van opluchting. Het gevoel van opluchting was er al binnen de droom. Ik word elke keer wakker met het gevoel dat ik, zoals alle voorafgaande keren, de enige juiste beslissing heb genomen.

Een paar jaar geleden schreef ik naar 'Vraag het aan...' in de *Libelle*. Ik wilde weten wat de droom betekende. Al na drie dagen kwam het antwoord, twee weken later in verkorte vorm afgedrukt in de tijdschriftrubriek. Ik had spijt, volgens de droom-interpretatie. Ik had spijt dat ik die beslissing niet eerder had genomen. Nog tijdens mijn middelbareschooltijd. Het leven had al veel eerder kunnen beginnen. Door op de middelbare school te blijven rondhangen (en eindexamen te doen) was de tijd waarin mijn echte leven zich zou afspelen met minstens drie jaar bekort.

Wanneer ik naar foto's uit die tijd kijk zie ik iemand die alleen heel vaag in de verte iets met mezelf te maken heeft. Een slungelige, iets te dunne jongen in een vaal grijs jasje dat je met enige fantasie als een 'boerenkiel' zou kunnen betitelen. De pijpen van de ook al zo vale spijkerbroek zijn in bijna kniehoge zwarte kaplaarzen gestoken. Eén arm leunt nonchalant op een gele boerenkar, iets verder naar achteren zijn nog net de bemodderde achterwielen van een rode tractor te onderscheiden.

De foto lijkt stoer, maar is het niet. Daarvoor is de jongen inderdaad te dun en te slungelig. Wat deed hij daar eigenlijk, vraag je je af. Of: kon hij dat werk wel aan?

Ook in latere jaren zijn deze vragen me blijven achtervolgen. Zelfs zonder foto's begonnen mensen (de eigen gezinsleden, vrienden) na verloop van tijd altijd te grijnzen wanneer ik mijn Finse periode ter sprake bracht. Meestal probeerde ik na een paar korte flarden ('Het was in de winter van 1973, de thermometer wees om tien uur 's avonds min 27 graden aan.' 'Ik ging erheen om met mijn handen te werken.' 'Met die motorzaag heb ik een keer bijna mijn onderbeen afgezaagd.') snel van onderwerp te veranderen. Maar soms was het al te laat. 'Weten jullie zeker dat je dit wilt horen?' vroeg ik nog. Ja, ja, ga door, knikten de toehoorders me bemoedigend toe. Elke keer opnieuw begon ik weer aan de bootreis dwars door de ijsschotsen van de Oostzee tot aan de aankomst in de dichtgevroren haven van Helsinki, in de wetenschap dat het grijnzen vroeg of laat zou beginnen.

Vaak voelde ik me als die oom die in de oorlog nog aan de Birmaspoorlijn had gewerkt, en dan vooral op het moment waarop hij elke keer opnieuw vertelde hoe hij bij zijn ontsnapping twee Jappen eigenhandig de keel had doorgesneden. Tussen mijn vijfde en vijftiende heb ik het verhaal waarschijnlijk wel een keer of dertig aangehoord, en al die keren probeerde ik het blotebillengezicht van de oom te combineren met de wél tot de verbeelding sprekende, heftig uit hun doorgesneden kelen bloedende, Japanse soldaten. Ik kon de grijns van ongeloof op mijn eigen gezicht niet zien, maar ik voelde hem wel, ik moest mijn hand voor mijn mond houden om hem voor de ongeloofwaardige oom te verbergen.

Weten jullie zeker dat je dit wilt horen? Mijn vraag had behalve met beleefdheid alles met de ongeloofwaardigheid van mijn verblijf in Finland te maken. Met de foto's waarop ik weliswaar leunend tegen een door een tractor voortgetrokken boerenkar poseerde, maar waarop niet te zien was hoe ik met diezelfde tractor over de besneeuwde wegen door de Finse bossen scheurde. Ja inderdaad: *scheurde.* Altijd te hard, vooral in de bochten. Ik was negentien. Nog niet zo lang daarvoor waren er dingen gebeurd die mijn leven volledig op zijn kop hadden gezet, om niet te zeggen dat ze er de bodem onder vandaan hadden geslagen.

Ik hoopte op iets, daar in mijn eentje op die tractor in de bossen. Een ongeluk op zijn minst. Een ongeluk waarbij ik zwaargewond zou raken – desnoods het leven zou laten.

Het was een bevrijdend gevoel, een gevoel dat ik later nooit meer zou terugkrijgen. Er bestond geen gevaar, of beter gezegd: het gevaar was er wel, maar het was een vriend – misschien wel de beste vriend die ik had in 1973.

Grotere sneeuwvlokken dan die op het station van Lieksa uit de nachtelijke hemel naar beneden kwamen heb ik zowel voor als na die tijd nooit meer gezien. In Nederland dwarrelen de sneeuwvlokken, als pluisjes, ze komen voorzichtig omlaag, als parachutisten die een veilig plekje zoeken om te landen: een tak, een stoeptegel, het dak van een auto. Daar blijven ze nog even liggen en smelten dan vredig weg, het werk is gedaan, de tocht naar beneden is volbracht.

Op het station van Lieksa vielen de sneeuwvlokken met de snelheid van bakstenen. Ze waren met veel, het liet ze koud waar ze zouden neerkomen, ze wisten waar ze moesten zijn, ze waren gekomen om de wereld onder een onverbiddelijke witte laag te bedekken.

'Het is nu te laat,' zei de man die me onder de enige lantaarn op het perron stond op te wachten, nadat hij zich als een broer van de boer had voorgesteld. Op zijn muts en in zijn baard zat sneeuw. 'Morgen gaan we naar de boerderij.'

Aarzelend zette de trein zich in beweging, de sneeuwnacht in; ook zonder om me heen te kijken wist ik dat ik de enige reiziger was die deze nacht op het station van Lieksa was uitgestapt.

'We zijn op de hoogte van wat er is gebeurd,' zei de bebaarde broer, die Risto heette, later bij een kop koffie in zijn kleine keuken. 'Maar het is nu echt te laat. We kunnen beter gaan slapen, dan breng ik je morgenvroeg naar de boerderij.'

De eerste dagen liet ik alles uit mijn handen vallen: melkbussen, emmers, harken, hooivorken, bezems en de losse onderdelen van de elektrische melkmachine die je met zuignappen aan de uiers van de koeien diende te bevestigen. Ik kon mezelf niet zien, het was nog niet zoals later op de foto's: ik geloofde er nog in. Ik geloofde in een minder onhandige versie van mezelf die binnen nu en volgende week buiten het oude lichaam zou treden. Ik geloofde in niet minder dan een wedergeboorte: mijn vroegere, met twee linkerhanden uitgeruste, motorisch gestoorde ik zou worden afgeworpen en als de oude huid van een vervellende slang op een rotsblok achterblijven. Een krachtigere variant van mezelf zou zich oprichten en de kruiwagens, harken en bezems ter hand nemen alsof hij nooit anders had gedaan. Met een natuurlijk gemak zou ik het hooi met de hooivork tussen de koeien verdelen, de pasgeboren kalfjes zou ik de speen van de melkemmer tussen hun als natte handschoenen aanvoelende lippen persen, zonder dat ze me die emmer met een paar bokkige bewegingen van hun kop uit handen zouden slaan, nonchalant zou ik op het achterspatbord van de tractor leunen terwijl ik hem achteruit in de schuur parkeerde. Zoals gezegd: ik kon mezelf niet zien, het kwam allemaal van binnenuit, de geloofwaardigheid moest het helemaal in haar eentje zien te rooien.

Risto was een halfuur nadat hij me die eerste ochtend bij de boerderij had afgeleverd vertrokken – om de eerstkomende anderhalve maand niet meer terug te keren.

Ik vroeg me af of Matti en Ritva, de uitsluitend Fins sprekende boer en zijn vrouw, ook op de hoogte waren van wat er was gebeurd, of ze tenminste in een paar woorden over mijn achtergrond waren ingelicht. Maar toen bedacht ik dat Risto in de keuken in de wij-vorm had gesproken – waarschijnlijk hadden Matti en Ritva besloten dat het beter was om deze gebeurtenissen helemaal niet ter sprake te brengen. En in welke taal zouden ze dat moeten doen, bedacht ik 's nachts in bed op mijn zolderkamer zonder ramen boven de schuur waar de tractor, de eg, de ploeg en de zaaimachine stonden geparkeerd.

We trokken de bossen in waar de tractor tot boven de achterwielen wegzakte in de sneeuw. Ik leerde mijn eerste Finse woorden. Woorden voor 'omvallende boom', voor 'terugslag van de motorzaag', voor 'niet meer te hechten wonden'. Op de houtzagerij, waar we de bomen met kettingen achter de tractor naartoe sleepten, zag ik mannen met drie vingers, met één arm eindigend in een stomp, mannen in geblokte houthakkershemden die hele bomen in één beweging op het platform tilden waar de cirkelzaag nooit stopte met draaien. Het platform bewoog naar de zaag toe, het was de kunst om net op tijd weg te springen opdat uitsluitend het hout en niet een been of een heel mensenlichaam werd doorgezaagd. De mannen, met gebitten waarin meer gaten dan tanden te zien waren, dronken zelfgestookte wodka of spiritus uit melkflessen waarvan ze de doppen met de paar tanden die hun nog restten van de flessenhals verwijderden.

Ik wist hun blikken op mijn te dunne lichaam gericht; ik zag hoe ze elkaar aanstootten en hun hoofd schudden; hoe ze hun lege mond bloot lachten in een grijns van ongeloof. Wanneer ze zich op luide toon met elkaar in het Fins onderhielden, wist ik zeker dat ze het over mij hadden: hoe ze een geweldige grap met de dunne jongen zouden kunnen uithalen, iets met de cirkelzaag, iets wat hij zijn leven lang niet meer zou vergeten.

Er zijn ook vrienden (mijn beste vrienden, zou ik graag willen denken, maar ik weet dat ik hier voorzichtig moet zijn) die in plaats van te grijnzen de nadruk leggen op het uitzonderlijke van mijn eenzame reis naar Finland.

'Jij ging toch maar mooi op je negentiende weg,' zeggen ze. 'Dat hebben wij allemaal niet gedaan.'

Waarom eigenlijk niet? denk ik, maar ik houd mijn mond.

'Je moet je daar toch ook wel eenzaam hebben gevoeld,' zeggen de vrienden. 'Wij vinden het behoorlijk moedig.'

De boerderij lag op een afgelegen schiereiland in een van de 188.000 meren die Finland rijk is. Telefoonverkeer was niet eenvoudig: om contact te krijgen met het buitenland moest je eerst een telefoniste bellen om het gewenste nummer door te geven. Na een halfuur wachten hoorde je, als je geluk had, een stem in de verte. Een vaag bekende stem van een familielid of een vriend. En twee keer in de zes maanden dat mijn verblijf in Finland zou duren, de stem van mijn in Amsterdam achtergebleven vriendin.

'Hoelang blijf je daar nog?' hoorde ik, het klonk of ze in een badkamer stond, in elk geval in een betegelde ruimte.

'Ik weet het niet,' antwoordde ik naar waarheid.

Negentienhonderd kilometer verder naar het zuiden meende ik een zucht te horen, maar het kon ook de wind zijn die net een vlaag sneeuwvlokken langs de ramen van de boerderij blies.

'Ik dacht dat je het daar na een maand wel gezien zou hebben,' zei ze. 'Verveel je je niet?'

Nee, dan waren onze brieven beter. We schreven elkaar om de drie dagen. In de brieven vertelden we alles, in elk geval de dingen die je niet zo makkelijk over de telefoon kon zeggen met een meeluisterende telefoniste, ook al verstond die waarschijnlijk alleen Fins.

'Ik heb gisteren op een houtzagerij midden in de bossen een boom in de lengte doorgezaagd,' probeerde ik nog. 'En daarna heb ik pure spiritus gedronken uit een melkfles. Dat is negentig procent alcohol.'

'Wat zei je? Je valt steeds weg. Ik verstond alleen zaag.'

Tijdens de daling boven de naaldwouden schoten me opeens, als vanuit het niets, een paar Finse woorden te binnen. Woorden die ergens op een onverlichte plek in mijn geheugen bijna veertig jaar begraven moeten hebben gelegen.

Het was oktober 2012. Voor het eerst sinds 1973 zette ik weer voet op Finse bodem. Aleksi Siltala, mijn Finse uitgever, kwam me van het vliegveld halen.

'Vanavond heb je vrij,' zei hij, toen we Helsinki binnenreden. 'Morgenochtend kom ik om negen uur naar je hotel en rijden we samen naar de boekenbeurs in Turku.'

Vrij... Het klonk bijna als iets van school – morgen hebben alle derde klassen de eerste twee uur vrij – en het kostte me dan ook de grootste moeite om niet hoorbaar te zuchten van opluchting. Ik had op iets anders gerekend: een etentje met medewerkers van de uitgeverij, een plaatselijke schrijver en een journalist die geen directe vragen stelt, maar pas tijdens de koffie met cognac driftig aantekeningen begint te maken.

In de auto van mijn Finse uitgever speelde ik nog mijn gemakkelijke zelf, of laat ik het anders zeggen: ik speelde de rol van de makkelijke prater, die ik niet altijd ben, met verve. Het kostte me minder moeite nu ik wist dat ik vanavond alleen zou zijn – eerst op mijn hotelkamer en daarna in een restaurant.

Ik ben er langzaamaan van overtuigd geraakt dat een mens per etmaal maar een beperkt aantal woorden tot zijn beschikking heeft. Zoiets als de databundel op je telefoon. Op zeker moment gaat het rode lampje flikkeren ten teken dat het aantal toegemeten woorden bijna op is. Wanneer je dan nog in een restaurant zit met de medewerkers van de uitgeverij, de ook al niet erg spraakzame plaatselijke schrijver, en de geduldig op een moment van zwakte loerende journalist, heb je een probleem.

Meer dan eens is het me overkomen dat ik al tijdens het voorgerecht stilval, de motor sputtert, ik kom tot stilstand. Ik doe nog een wanhopige poging door me aan iets van de actualiteit vast te klampen: de laatste terroristische aanslag, een vraag naar het aantal immigranten in het land waar ik die avond te gast ben, maar mijn hart ligt er al niet meer in. Ik praat nog wel, maar het zijn niet meer mijn eigen woorden. Flarden van krantenartikelen en teletekstberichten hebben zich aan mijn tong en aan de binnenkant van mijn wangen vastgehecht. Ik kauw erop als op een te groot en taai stuk vlees, ik wil het liefst slikken maar ik ben bang dat het stuk vlees dan hopeloos in mijn luchtpijp vast zal komen te zitten. De journalist buigt zich over de tafel heen en kijkt me aan.

'Hoorde ik u daarnet nou zeggen dat de immigranten ook in uw land een probleem vormen?' vraagt hij, hij haalt zijn pen en notitieblokje uit zijn binnenzak en legt ze naast zijn bord.

Ik excuseer me en vertrek naar het toilet. Daar blijf ik zo lang als menselijkerwijs mogelijk is. Een bepaalde afgemeten tijd waar ik binnen moet zien te blijven, anders zal er iemand van mijn gezelschap van tafel opstaan om me te gaan zoeken. 'Hij zal toch niet onwel zijn geworden?'

Ik besprenkel mijn gezicht met water uit het fonteintje. In feite heb ik maar één wens: dat ze me vergeten zijn. Dat ze de avond ook zonder mijn aanwezigheid tot een goed einde kunnen brengen. Binnenkort zijn ze me sowieso vergeten, waarom dan niet al vandaag?

Ik kijk in de spiegel boven het fonteintje en ik zie een uitgeblust gezicht. Uitgedoofd. Een kerstboom waarvan iemand de verlichting heeft uitgedaan. Alleen nog saaie groene takken. Dit gezicht gelooft er niet meer in, vooral niet in zichzelf.

Ik ben op een breekpunt aangeland. Wanneer ik straks naar buiten kom en me weer bij het gezelschap voeg, moet ik een cruciale beslissing nemen. Praten zit er niet meer in. Althans, niet zonder hulpmiddelen. Ik zit aan mijn dranklimiet (vier biertjes), de alcohol bevindt zich al niet meer in mijn hersenen en heeft zich ergens dieper in mijn lichaam genesteld. Op dit moment maakt hij me alleen maar zwaar en trekt me naar beneden. Wanneer ik me vanaf nu tot water beperk, zal er steeds minder uit mijn mond komen. In het gunstigste geval zullen ze me nog tijdens het etentje vergeten en geen notitie meer van me nemen. Ze zijn allang van het beleefdheids-Engels op hun eigen taal overgestapt. Ze lachen ook uitbundiger nu ze zich niet meer om mij hoeven te bekommeren. Heel af en toe draait iemand zich nog naar me om en informeert of het me smaakt, of het hertenvlees in rode wijn – een plaatselijke specialiteit – niet te taai is.

Ik ben overigens de enige die deze plaatselijke specialiteit heeft besteld, de anderen zitten allemaal met biefstukken, frites, salades en hamburgers voor hun neus. Ik zou op dit moment een moord kunnen begaan voor een hamburger; het hertenvlees zit in een aarden pot, voor mijn gevoel heb ik er al zeker de helft van gegeten, maar de bodem van de pot is nog lang niet in zicht. Met elke hap is het of ik er verder van verwijderd raak, een gevoel van paniek neemt nu bezit van me, een vergelijkbare paniek als die ik soms in zee heb gevoeld: ik ben voorbij de branding gezwommen, en nu ben ik plotseling moe, ik keer om en zwem terug naar het strand, dat alleen maar verder en verder weg lijkt, de stroming is te sterk, heeft me te pakken en voert me mee naar open zee.

De journalist heeft zijn hamburger op en buigt zich opnieuw naar me toe. Ik denk dat ik het antwoord op zijn vraag allang heb gegeven, de immigrantenvraag, die de laatste jaren in geen enkel vraaggesprek meer kan ontbreken.

'Ooit waren wij allemaal buitenlanders,' zeg ik, en ik weet inmiddels uit ervaring dat dit waarschijnlijk ook de kop boven het artikel zal worden. Omdat de journalist me vragend of nietbegrijpend aankijkt, licht ik het antwoord nog wat nader toe.

'Wij leven al duizenden jaren in een permanente volksverhuizing,' zeg ik – ik heb mijn vork neergelegd, hoe langer het antwoord hoe verder ik van het in zijn geheel opeten van de hertenschotel verwijderd zal raken. 'Het was heerlijk, alleen een beetje veel,' zou ik straks met een quasischuldig gezicht tegen de ober kunnen zeggen.

'De mens is altijd in beweging geweest,' zeg ik. Ik trek er geen interessant gezicht bij, ik doe niet net of ik iets nieuws verkondig. En dan steek ik van wal, het is een raadsel waar al die woorden opeens vandaan komen, nog maar zo kort geleden viel ik helemaal stil. Nog korter geleden heb ik serieus overwogen om nooit meer terug te keren van het toilet.

'De Finnen en Hongaren kwamen uit Mongolië,' hoor ik mezelf tegen de journalist zeggen. 'De Finnen trokken naar het noorden, de Hongaren bogen af naar het zuiden. Daarom zijn hun talen ook vandaag de dag nog altijd met elkaar verwant. Zij het dat die verwantschap voornamelijk tot uitdrukking komt in het gebruik van onbegrijpelijke woorden voor zaken en begrippen die internationaal allemaal min of meer hetzelfde klinken. Weet je wat *politie* is in het Hongaars? *Rendőrség. Telefoon* in het Fins? *Puhelin.*'

De inmiddels iets spraakzamere plaatselijke schrijver houdt de fles wijn boven mijn glas. Ik knik. Dit is het breekpunt. Of eigenlijk vond het breekpunt eerder plaats, toen ik terugkeerde van het toilet. Wel of geen alcohol. Wel of niet voorbij de limiet van drie à vier glazen. Morgen is een andere dag. Een drukke dag, ik ben het programma dat me in de taxi van het vliegveld naar het centrum van de stad in handen is gedrukt gelukkig vergeten. Met een kater, zelfs met een lichte, zal die dag niet vooruit te branden zijn. Een dag als in een kantoor met te weinig werk, de wijzers van de wandklok lijken stil te staan. Maar nu is nu. Er moet nog worden gepraat, ook door mij.

'Waarom de Finnen in het noorden terechtkwamen en de Hongaren in het zuidoosten zullen we nooit meer achterhalen. Een ruzie tussen twee stamhoofden. Om een vrouw waarschijnlijk. Misschien waren het wel broers, die twee stamhoofden. "Ik ga naar het zuiden, het is mij hier veel te koud!" schreeuwt de ene broer. "Doe maar wat je niet laten kunt, eigenwijze klootzak!" schreeuwt de andere broer terug en hij richt het hoofd van zijn paard naar het noorden. "En neem die hoer alsjeblieft mee!"'

Ik weet niet wat het precies is, misschien wel het woord *hoer*, maar ik merk plotseling dat niet alleen de journalist en de plaatselijke schrijver naar me luisteren, maar dat ook de hoofden van de andere aanwezigen mijn kant op zijn gedraaid. Andere gesprekken zijn – wie weet hoelang geleden al – stilgevallen. Van de zwijgzame, buitenlandse schrijver om wie ze aan het eind van de avond moeten tossen wie hem naar zijn hotel zal begeleiden, ben ik nu in het middelpunt van alle aandacht veranderd.

Ik doe of ik niks merk en richt me weer tot de journalist, en half tot de schrijver.

'Daarna kwamen de Hunnen,' zet ik mijn betoog voort. 'Of misschien kwamen die wel eerder, daar wil ik vanaf zijn. In Europa kwam alles in elk geval uit het oosten. De Goten, de Germanen, eeuwenlang wisten de Romeinen deze ongeletterde barbaren aan de buitengrenzen van hun rijk op afstand te houden. Op sommige uithoeken zelfs met een muur, zoals die van keizer Hadrianus op de grens van het huidige Engeland en Schotland. Maar uiteindelijk braken ze er toch doorheen. En ze sloegen alles kapot. Beelden, tempels, badhuizen, alle sporen van beschaving werden in stukken geslagen. Het is een wonder dat er in Rome nu nog ruïnes te bewonderen zijn, er was voor de Goten kennelijk genoeg kapot te slaan om niet ook nog eens aan het Colosseum of het Forum Romanum te beginnen.'

Wat zal er hiervan morgen of overmorgen in de krant terechtkomen, vraag ik me gedurende een korte adempauze af, die ik benut door mijn glas te legen en de schrijver een zo goed als onzichtbaar teken te geven om het bij te vullen.

'Het onheil komt dus altijd uit het oosten, dat is vandaag de dag nog steeds zo, en dat gold in de vijftiende en zestiende eeuw ook voor de indianen van Noord- en Zuid-Amerika. Ook daar werden beelden en tempels kapotgeslagen, hele volksstammen over de kling gejaagd. We hebben het nu zo gemakkelijk over achterlijke en intolerante religies. Maar probeer je eens in te denken hoe het voor de indianen geweest moet zijn. Voor de Apaches en de Sioux. Eeuwenlang heb je op bizons gejaagd, er waren ook altijd genoeg bizons, ze werden nooit met uitsterven bedreigd, maar dan landen de blanken in hun boten op de kust. Ze hebben geweren, ze gooien je totempalen op de brandstapel en geven je zakdoekjes die met waterpokken of mazelen zijn besmet cadeau. Voor je het weet ben je zelf een uitstervende mensensoort. En de blanken brengen nog iets anders mee: religieus fanatisme. De vreugdeloze geboden van de gereformeerden in het noorden, maar ook de bekeerdrift van de katholieken in het zuiden, hun inquisitie en hun tot de brandstapel veroordeelde ketters. Zullen de indianen deze binnenvallende massamoordenaars ooit als bevrijders van hun cultuur hebben beschouwd? Voor ze het in de gaten hadden was tachtig procent van de oorspronkelijke bevolking afgeslacht, de rest werd achter hekken opgesloten in zogenaamde reservaten...'

'Die indianen waren anders zelf ook geen lieverdjes, hoor.'

Ik kijk in het gezicht van een mooie vrouw van middelbare leeftijd met wie ik tot nu toe nog geen woord heb gewisseld omdat ze helemaal aan het andere eind van de tafel zit. Ik weet ook niet meer wie ze is, een medewerker van de uitgeverij, nog een journalist, of misschien wel de vrouw van de uitgever. Dat is ook altijd het lastigste aan etentjes als dit, dat je veel te snel aan veel te veel mensen tegelijk wordt voorgesteld. Hun namen vergeet je op het moment dat je hun de hand drukt.

'De Azteken, de Maya's, echt geen leuke, lieve, vrijheidslievende jongens,' vervolgt de vrouw. 'Met tienduizenden tegelijk offerden ze hun eigen bevolking om de goden gunstig te stemmen. Nu bezoeken we hun tempels en piramiden, maar we vergeten vaak dat het de eerste vernietigingskampen van de geschiedenis waren.'

Er is inmiddels koffie met cognac besteld. Nee, er is een tweede ronde koffie met cognac besteld. Verse doping. Gespreksdoping. Maar het is pure roofbouw op de gespreksstof. Vanavond zal ik ver over de mij toegemeten hoeveelheid woorden heen gaan. Morgen komt de terugslag. Morgen zal ik nukkig en zwijgzaam zijn, niet te harden, niet in de laatste plaats voor mezelf.

Ik glimlach naar de vrouw, ik knijp mijn ogen zelfs even samen terwijl ik haar aankijk. Ze is in de vijftig, schat ik. Ze draagt een donkerblauwe trui, het witte kraagje van een blouse steekt boven de hals uit. Haar haar draagt ze opgestoken. Ik weet nu ook aan wie ze me doet denken: aan Anna Karenina. Niet aan de Anna Karenina uit een of andere verfilmde versie van het boek, maar de Anna Karenina zoals ik me haar heb voorgesteld toen ik het boek las.

'Je hebt volkomen gelijk,' zeg ik in het Engels, dat gelukkig een taal is waarin je niet kunt horen of je 'je' of 'u' zegt. Ik vind haar meer een 'u', maar ze kan een 'je' worden, misschien nog wel deze avond. 'Het waren geen lieve jongens.'

Ik blijf maar glimlachen, ik zie er ongetwijfeld uit als een idioot. Wanneer ik straks onwel word of hier ter plekke het bewustzijn verlies, breng jij me dan naar mijn hotel? vraag ik de vrouw in gedachten terwijl ik haar aan blijf kijken. De rest van het gezelschap is stilgevallen. In mijn oren klinkt alleen nog het gesuis dat de laatste vijftien jaar altijd de overhand krijgt wanneer de omgevingsgeluiden wegvallen: de achterstallige gehoorschade van jarenlange bezoeken aan concerten in Paradiso en de Melkweg, volgens mijn huisarts.

En dan staan we opeens buiten. Het sneeuwt. De sneeuwvlokken vallen op de glimmende keien waarmee alle straatjes en stegen hier in het oude centrum zijn bestraat. Ik weet ongeveer waar ik ben: niet in Finland maar in een vergelijkbaar Scandinavisch of Oost-Europees land, een noordelijke stad, Oslo of Stockholm, Reykjavik of Sint-Petersburg. Ik weet waar mijn hotel is: na twee straten rechts, dan een pleintje schuin oversteken, daar is het. Maar ik kijk de andere kant op. 'Ik weet niet goed hoe ik...'

'Maak je geen zorgen, ik breng je wel.' De vrouw is naast me komen staan, ze draagt een tot over haar knieën vallende bontjas. Een echte: het soort bontjas waar vegetariërs woedend om zouden worden, maar die hier, in het land waar ik nu ben, heel natuurlijk voelt. Gelukkig, denk ik, gelukkig dat er nog landen bestaan waar een bontjas gewoon natuurlijk mag voelen, net zo natuurlijk en vanzelfsprekend als in een negentiende-eeuwse roman.

Ze houdt me een pakje sigaretten voor. Ik ben op 12 november 1996 gestopt met roken. Ik neem er een, ze geeft me vuur, daarna steekt ze haar eigen sigaret aan.

Het eerste trekje heeft hetzelfde effect als het eerste trekje op het schoolplein, net achter de fietsenstalling. Ik heb het gevoel dat ik me ergens aan vast moet klampen om niet te vallen, en ik raak even haar bontjas aan.

'Maar wacht...' begin ik. 'Wie ben jij... u... *you*...'

Ik maak een vaag gebaar naar het gezelschap om ons heen, dat inmiddels al afscheid van elkaar aan het nemen is.

'Ik ben je uitgever, Herman,' zegt ze. 'Dat wil zeggen: de uitgeverij is mijn eigendom. Ik houd de cijfers in de gaten, mijn man doet de auteurs. Daar ben ik hem dankbaar voor, ik zou daar zelf nooit het geduld voor kunnen opbrengen.'

Hier buiten in haar bontjas lijkt ze nog meer op Anna Karenina dan daarnet in het restaurant. Ze doet me nu nog sterker denken aan de eerste Anna Karenina die ik ooit heb gezien.

Dat was lang geleden geweest. In 1973, in Finland.

Het was geen vanzelfsprekendheid dat ik die avond naar het dansfeest in het dorp zou gaan. In eerste instantie had ik mijn schouders opgehaald en in mijn beste Fins – ik was er inmiddels ruim een maand – gezegd dat ik misschien liever thuis bleef.

'Maar het is goed om mensen te leren kennen,' zei Matti. 'Voor jou. Mensen van je eigen leeftijd. Je kent hier nog helemaal niemand.'

Matti had gelijk. Althans wat betreft zijn constatering dat ik hier na een maand nog altijd niemand kende. Goed, ik 'kende' de mannen van de houtzagerij, die ik inmiddels ook redelijk goed kon verstaan. Tijdens de lunchpauzes werd ik bij het rondgaan van de met spiritus gevulde melkfles niet meer overgeslagen. Ze vertelden verhalen over de Fins-Russische oorlog van 1939-1940. De Russen dachten dat ze Finland wel even in een paar dagen onder de voet konden lopen, maar dat viel vies tegen. De Finnen kampten met een gebrek aan wapens, maar muntten uit in vindingrijkheid. Een van de mannen vertelde hoe hij als jongen van zestien achter op de Russische tanks klom, het luik in de geschutskoepel opende en een molotovcocktail naar binnen wierp. De Russische soldaten die brandend naar buiten kwamen waren een gemakkelijke prooi voor de achter de berkenbomen verscholen scherpschutters.

De grootste – ik zeg met opzet niet de dikste, want het was geen vet dat hem zo groot maakte – van de houtzagers, over wie het verhaal ging dat hij een vat van tweehonderdvijftig liter dieselolie van de laadbak van een aanhangwagen kon tillen, vertelde over een voorval tijdens de oorlog waarbij een jonge Russische soldaat levend uit een brandende tank was ontsnapt. Een jongen nog, zei hij, misschien achttien, negentien. Daarna vertelde hij wat ze met deze jongen hadden gedaan. Mijn Fins was nog te beperkt om het helemaal te kunnen volgen, de hiaten werden opgevuld door mijn fantasie. De andere houtzagers vielen stil, wie weet kenden ze het verhaal al en werd het hier voor de honderdste keer verteld. En anders kenden ze zelf misschien wel soortgelijke verhalen. Een van de houtzagers spoog een zwarte fluim tabak in de sneeuw, een ander schudde zijn hoofd. 'Wat wil je?' zei de verteller. 'Het was erg, maar het was oorlog. Dat soort dingen deden we gewoon.'

Ik kende nog een paar mensen in het dorp, hoewel 'kennen' een groot woord is. Evenals 'dorp'. Een dorp in Finland was een plek waar de huizen drie kilometer van elkaar stonden in plaats van dertig. In de winter kwamen alleen de tractoren door de sneeuw heen. En de arrensleeën, want ook die waren nog een vrij normaal vervoermiddel in het Finland van 1973. De brieven die ik elke drie dagen aan mijn vriendin in Amsterdam schreef, bracht ik op langlaufski's naar de enige, op twee kilometer van de boerderij gelegen brievenbus. Eerst de heuvel af aan het eind van het erf en dan het bevroren meer over. Ik had nog nooit in mijn leven op ski's gestaan, en ik viel dan ook regelmatig, meestal zijwaarts, waarna het me de grootste inspanning kostte om weer overeind te komen.

Soms ging ik met de tractor bij andere boerderijen langs om iets op te halen of weg te brengen: een landbouwmachine, zakken kunstmest, melktonnen. De meeste boeren nodigden me binnen voor een kop koffie. De gesprekken verliepen steevast volgens hetzelfde patroon. Hoe oud? Ouders? Broers en zussen? Mijn Fins was toereikend om deze vragen te kunnen beantwoorden, maar er zat geen nuance bij, het klonk als een formulier waarop je bij alle vragen alleen *ja* of *nee* kon aankruisen. Meestal liepen de gesprekken na mijn korte, eenduidige antwoorden dan ook vast. Dat mijn drie zussen en enige broer kinderen uit een vorig huwelijk van mijn vader waren, lukte me nog net te zeggen, maar zonder nadere toelichting klonk het op de een of andere manier zondiger dan het in werkelijkheid was geweest. Ik kon het me verbeelden, maar soms leek het of de aanvankelijk nog glimlachende en belangstellend luisterende boerengezichten even verstrakten na deze informatie. Ze zagen in mij misschien wat ik niet was: een zondig kind, geboren uit een, wie weet, buitenechtelijke relatie van mijn vader. In elk geval had hij zijn eerste vrouw en vier opgroeiende kinderen in de steek gelaten om zijn lust voor een veel jongere, en naar alle waarschijnlijkheid ook veel mooiere vrouw na te jagen. Voor de werkelijkheid had ik niet genoeg Finse woorden tot mijn beschikking. Mijn vader is eerst bij dat gezin weggegaan, wilde ik zeggen, alsof dat wat uitmaakte, en pas daarna heeft hij mijn moeder ontmoet.

En dan de zussen en de broer zelf, zo noemde ik ze: mijn zussen en mijn broer, terwijl ze dat strikt genomen natuurlijk niet waren. Het was al met al een behoorlijk gecompliceerd verhaal dat ik, met gebruikmaking van misschien niet meer dan veertig Finse woorden, in de omliggende boerderijen ophing. Niet alleen was mijn vader een zondaar en een echtbreker, ikzelf was enig kind, ongetwijfeld behept met alle vooroordelen die er over enig kinderen de ronde deden. Nog meer dan in Nederland was een enig kind een uitzondering, een rariteit. Vier tot acht kinderen was hier de norm, daar kon ik met drie halfzusters en één halfbroer nooit tegenop. Vaak heb ik gedacht dat je beter niets kon hebben dan iets halfs. Het woord alleen al: het klonk naar andere dingen die halfvol of half af waren. Naar halfvolle melk, een product dat in 1973 nog niet bestond, laat staan in Finland, waar de melk vol en schuimend rechtstreeks uit de koe kwam.

Zo kwamen we via de zusters en de broer eerst bij mijn vader terecht en ten slotte bij mijn moeder. Wat mijn vader voor werk deed, wilden de boeren weten, maar opnieuw beschikte ik niet over de woordenschat om uit te leggen dat mijn vader later dat jaar zeventig zou worden, dat hij in feite dus gepensioneerd was, of beter gezegd, zou moeten zijn. Dat hij op zijn negenenzestigste nog altijd elke ochtend om halfacht opstond om naar zijn werk te gaan, zou ik onmogelijk uit kunnen leggen. Halverwege die uitleg zouden de woorden opraken, misschien zou mijn gezicht langzaam lichtroze beginnen te kleuren, zou ik beginnen te stotteren en mijn ogen neerslaan, alsof ik niet in de complexiteit van de uitleg maar in een zelfgesponnen web van leugens was vastgelopen.

Daarom beperkte ik me tot een kort pantomimestukje waarin ik op een onzichtbare typemachine tikte en ten overvloede ook nog eens een niet-bestaande stapel formulieren rangschikte.

De Finnen begrepen altijd onmiddellijk wat ik bedoelde. 'Een kantoor,' zeiden ze, hoewel ik het Finse woord voor 'kantoor' inmiddels ben vergeten. 'Je vader werkt op een kantoor.'

Dat ik met het mimen van een typemachine ook net zo goed een heel ander beroep had kunnen uitbeelden, drong pas tot me door toen een van de boeren me een keer vroeg wat ik zelf wilde worden. Nog net op tijd wist ik mijn eerste impuls om opnieuw een typemachine uit te beelden te onderdrukken. De boer had de logische conclusie kunnen trekken dat het mijn ambitie was om later ook op een kantoor te gaan werken, net als mijn vader.

Ik kon inmiddels tot honderd tellen in het Fins, maar tijdens al die gesprekken aan de boerentafels heb ik de leeftijd van mijn vader nooit prijsgegeven. Zo'n oude vader! hoorde ik de boeren in gedachten uitroepen. Ook dat was zielig. Een stokoude vader die niet met je kan voetballen omdat hij al na één schot op doel buiten adem in het gras zou moeten neerhurken.

Nu waren we dicht bij het eind van elk gesprek. Wat deed mijn moeder? Geen onlogische vraag in een land waar, in tegenstelling tot in Nederland, vrijwel alle vrouwen werkten, ook hier in de provincie Noord-Karelië, waar de vrouwen op de boerderijen hetzelfde zware werk verrichtten als hun mannen.

Mijn moeder doet helemaal niks meer, dacht ik, terwijl ik de boeren over de tafel heen aankeek, nog een slok koffie nam en diep ademhaalde.

De nu nog vriendelijk lachende gezichten, dacht ik ook elke keer opnieuw, gezichten die zich niet bewust waren van het naderende eind van ons gesprek.

Ik kon dus tellen in het Fins. Ik kende de Finse woorden voor kalveren, pinken en koeien. Voor melk en brood. Voor kaas en motorzaag, tractor en aanhangwagen. Voor ski's, arrenslee, spar en berkenboom. Voor winter, lente, zomer en herfst. Voor vis. Voor houtblokken, voor warm of koud, ijs en sneeuw. Voor vader, broer en zus. Voor moeder en voor dood.

Zo antwoordde ik ook altijd op de vraag naar wat mijn moeder voor beroep uitoefende, met die twee woorden, zonder werkwoord ertussenin.

Vandaag de dag kan ik alleen nog maar tot drie tellen, en

'motorzaag' zou ik in een woordenboek moeten opzoeken. Andere woorden liggen ergens diep verborgen in het geheugen, op een plek waar ze eerst wakker moeten worden gekust – uit hun winterslaap gehaald door iets, een geur, een landschap, een flard muziek.

Zo gebeurde het tijdens de daling boven de naaldwouden in de aanvliegroute naar de luchthaven van Helsinki in 2012. Ik zag de typische rode en gele herfstkleuren van de berkenbomen die tussen de eeuwig groene sparren stonden. Een landschap dat sterk leek op landschappen in Rusland, Noorwegen en Canada, maar dat ik onmiddellijk als een Fins landschap zou herkennen.

Het waren de eerste twee woorden die naar boven kwamen. Ik had ze al die jaren niet meer in de mond genomen, althans niet in het Fins, maar hier waren ze er opeens weer, alsof ze nooit weg waren geweest.

Äiti kuollut.

Moeder dood.

'Äiti kuollut,' herhaalden de boeren – de ene ontweek mijn blik en krabde zich op zijn hoofd, de andere schoof het schaaltje met koekjes nog wat dichter naar me toe.

Maar er gebeurde wel altijd iets. Ik las het in de gezichten die tot dan toe voornamelijk hadden gelachen en nu zonder uitzondering ernstig keken.

Mijn vader had zijn gezin in de steek gelaten voor een jongere vrouw. Na *äiti kuollut* was mijn moeder opeens niet jong meer, maar uitsluitend nog dood.

Het feest werd gehouden in de dorpsschool. Er hingen slingers en lampions aan het plafond, alsof er iemand jarig was, en uit een pick-up klonk Finse volksmuziek.

Er was niemand van mijn leeftijd, zag ik meteen, iedereen

was of veel ouder of veel jonger. Er waren kinderen die met elkaar dansten, de meeste volwassenen zaten op stoelen tegen de muur. Verder was er geen enkele poging gedaan om enige sfeerverlichting te creëren, de lichtjes in de lampions hadden geen schijn van kans tegen de tl-buizen aan het plafond. Een bejaarde vrouw trok een andere bejaarde vrouw uit haar stoel de dansvloer op. De vrouw die uit haar stoel werd getrokken deed alsof ze tegenstribbelde maar gaf zich ten slotte toch gewonnen.

Het was zo'n feest waar je het liefst zo snel mogelijk weer weg wilt, maar ik had al net iets te lang in de deuropening van het schoollokaal gestaan om ongemerkt te kunnen verdwijnen. Ik zag een paar vaag bekende gezichten, twee mannen en een vrouw staken een hand naar me op, ongetwijfeld boeren bij wie ik met de tractor een eg of een ploeg was komen ophalen, en bogen zich vervolgens naar elkaar toe. Een van de mannen zei iets in het oor van de vrouw, waarna de vrouw een korte blik op mij wierp en zich tot de tweede man richtte.

Dat is die Nederlandse jongen die op de boerderij van Matti en Ritva werkt, zeiden ze ongetwijfeld. Die jongen van wie de moeder dood is.

Nee, het was te laat om rechtsomkeert te maken, ik moest verder, als ik nu al zou verdwijnen zou het niet lang duren voordat het nieuws van mijn overhaaste vertrek de boerderij zou bereiken. Ik zou Matti en Ritva onnodig in verlegenheid brengen.

En waar had ik heen gemoeten? Het was me dit keer gelukt om zonder ook maar één keer te vallen de drie kilometer naar de dorpsschool af te leggen. Ik zou op zijn minst nog een paar uur op mijn langlaufski's door de besneeuwde bossen moeten rondzwerven om op een geloofwaardig tijdstip bij de boerderij te kunnen terugkeren. Ik had er ongeveer een halfuur over gedaan om hier te komen, schatte ik. Onder mijn jas was alles nat van het zweet, tot aan mijn vingers in de dubbele handschoenen aan toe. Maar de druppels snot en tranen op mijn bovenlip en in mijn ooghoeken waren onderweg keihard bevroren. Kort voor binnenkomst in de dorpsschool had ik het op mijn gezicht vastgevroren snot verwijderd: het voelde alsof ik de korsten van een wond af trok. En ik deed het met uiterste voorzichtigheid. Zowel op de houtzagerij als op de boerderij had ik verhalen gehoord over mensen die per ongeluk een stuk van, of zelfs hun hele bevroren oor hadden afgebroken. Het was kortom niet helemaal ondenkbaar dat ik een verblijf van langer dan een halfuur in de bossen niet zou overleven.

Ik stak schuin de dansvloer over en liet me zo ver mogelijk bij de drie vaag bekende gezichten vandaan op een lege stoel zakken. Mensen keken naar me. Kinderen, volwassenen, bejaarden: tijdens het dansen draaiden ze zich steeds zo dat ze me onbeschaamd konden opnemen.

Oppervlakkig gezien leken wij misschien op elkaar, Finnen en Nederlanders, er waren hier ongeveer net zoveel blonde mensen en mensen met donker haar als in Nederland, maar toch zou je mijn gezicht met de beste wil van de wereld niet als Fins kunnen beschouwen. Daarvoor was het net als de rest van mijn lichaam te dun en te smal. Bij de Finnen was alles ronder en breder, hun ogen lagen verder naar achteren in hun gezicht, vaak leek het of ze over hun ronde wangen heen moesten kijken, alsof ze achter een heuvel of duin verscholen lagen. Ik vroeg me af hoe het was om zulke wangen te hebben, of je ze, wanneer je naar iets of iemand keek, altijd onder in beeld had als het kader van een fototoestel.

Rechts van mij zat een vrouw van middelbare leeftijd met bruin krulletjeshaar. Dat dacht ik althans in eerste instantie, maar toen ik me voor de tweede keer naar haar toe draaide en een gesprek probeerde te beginnen door te vragen of ze hier in het dorp woonde, een vraag die er voor de verandering in één keer foutloos uit kwam, zag ik dat het in werkelijkheid een meisje betrof. Een meisje van mijn leeftijd bovendien, hooguit een paar jaar jonger, maar dat zich zowel qua kleding als qua haardracht als een vrouw van middelbare leeftijd had vermomd. Een bruine bloemetjesjurk die tot net over haar knieën viel, donkerbruine kousen – net als alle aanwezigen hier had ze naar Finse gewoonte haar schoenen bij de deur van het schoolgebouw uitgetrokken, de mensen dansten allemaal op sokken of op kousen, iets wat de mogelijk sensuele kant van het dansen zo goed als volledig onderuithaalde –, maar het was in de eerste plaats haar haar, ook donkerbruin, dat haar jaren ouder maakte dan ze in werkelijkheid was.

Ik zou mezelf op mijn negentiende geen kenner van vrouwenhaar willen noemen, maar ik zag meteen dat de krullen niet van haarzelf waren, daarvoor zaten ze te bewegingloos om haar hoofd, ze bewogen zogezegd niet mee wanneer ze haar hoofd draaide, en ook niet toen ze als antwoord op mijn vraag kort knikte. Het was goed mogelijk dat ze ter gelegenheid van het feest krulspelden in haar haar had gezet – maar welk meisje van zestien of achttien doet zoiets? vroeg ik me af. Welk meisje van zestien probeert met de keuze van haar kleding en door het aanbrengen van krulspelden op haar moeder te lijken?

Ik vergeet snel gezichten, vandaag de dag nog sneller dan veertig, vijftig jaar geleden. Ik kom iemand tegen op een feest, ik kijk naar het gezicht en ik weet dat ik het ergens van ken, maar hoe ik mijn geheugen ook afgraaf, het lukt me niet om een naam aan het gezicht te verbinden. Een en ander is des te pijnlijker omdat de naamloze drager van het gezicht mij wel degelijk enthousiast heeft begroet en daarbij ook nog eens mijn naam heeft genoemd.

Met de namen en gezichten van lang geleden ligt het anders. Het gezicht van het meisje op het feest zou ik ook nu nog tot in de kleinste details kunnen uittekenen. Op ditzelfde moment zie ik het voor me, hoewel ik het zevenenveertig jaar geleden voor het laatst heb gezien en het verder nauwelijks een rol speelde in de zes maanden dat mijn verblijf in Finland duurde. Ik heb haar na die ene keer ook nooit meer teruggezien. De wegen van het geheugen zijn ondoorgrondelijk, er wordt kennis met een hoog Triviant-gehalte in opgeslagen.

Ze had mooie, bruine ogen die diep in haar gezicht lagen, en ze droeg een bril met een dun, eveneens bruin glimmend montuur. Wanneer ze haar hoofd bewoog, schoten de reflecties van de lampions en de tl-buizen over de glazen. Ik keek in haar ogen, maar zag vooral de heen en weer schietende lichteffecten. Wanneer je alles bij elkaar optelde – haar jurk, haar kousen, haar nepkrullen – was de bril misschien wel het meest sexy attribuut van haar totale outfit.

'You are the boy,' zei ze in vrijwel accentloos Engels.

'Sorry?' zei ik.

'The boy who works at Matti and Ritva's farm. I heard about you.'

Het was het eerste Engels dat ik in een maand hoorde, ik moet vast en zeker met mijn ogen hebben geknipperd.

Ik was nergens op uit, dat wil ik nog even benadrukken. Twee weken na mijn moeders dood had ik een meisje ontmoet met wie ik nog steeds was, inmiddels alweer bijna anderhalf jaar. Dat was ook op een feest geweest, de verjaardag van haar beste vriendin. Dat wij onmiddellijk voor elkaar vielen had alles met mijn moeders dood te maken. Ik had me voorgenomen om er niet aan onderdoor te gaan, om mezelf niet te verwaarlozen. De makkelijke weg was die van overmatig drank- en drugsgebruik, van vieze kleren en een stinkend huis. Ik had me voorgenomen om alles in stand te houden, het door haar ingerichte huis in stand te houden, en die eerste weken lukte me dat nog best aardig. Ik wist zeker dat mijn moeder me kon zien, daarom kocht ik om de week verse bloemen, zoals zij dat ook altijd deed, al kreeg ik ze nooit zo goed in een vaas als zij. Ik hield het huis schoon, ik kookte voor mijn vader en mij, ik waste elke dag mijn haar voordat ik naar school ging.

Zo kwam ik ook binnen op het feest: als een jongen van wie iedereen wist dat hij kortgeleden zijn moeder had verloren. Dit verlies maakte mij ongetwijfeld interessanter. Misschien was er een bepaald verwachtingspatroon: zo'n jongen zou er waarschijnlijk slecht uitzien, diepe wallen onder zijn ogen hebben, hij zou dunner zijn dan de andere jongens omdat hij geen moeder meer had die de warme maaltijden voor hem op tafel zette. Door niet aan dat verwachtingspatroon te voldoen zou ik in ieders achting stijgen. Ik had mijn haar gewassen en schone, zij het ongestreken, kleren aangetrokken. Aan strijken zou ik me ook nog wel een keer wagen, zo dacht ik toen nog. Ik doorbrak het verwachtingspatroon door vaak te lachen en grappen te maken. Ik kon mezelf niet zien, maar wist zeker dat ik straalde. Wat een sterke jongen, zag ik de anderen denken. Zijn moeder is nog maar net dood, en moet je zien hoe hij daar staat te lachen.

Ik had het voordeel dat ik de eerste was. Binnen onze vriendenkring had nog niemand een ouder verloren. Ongetwijfeld dachten ze dat hun wereld in zou storten bij zo'n verlies. Door te lachen en grappen te maken bood ik ze perspectief. Als ik zo kort na het instorten van de hele wereld alweer kon lachen, waarom zouden zij dat dan niet ook kunnen?

Mijn wereld was inderdaad ingestort. En niets had me kunnen voorbereiden op de manier waarop ik met die ingestorte wereld omging. Door erboven te zweven, zou je kunnen zeggen, in elk geval in het openbaar. 's Nachts, alleen in het donker, lag ik met mijn ogen open in bed. Tot voor kort, in de laatste weken van haar leven, had ik in ditzelfde bed voor een omslag gebeden. Voor een wonder. Niet tot een of andere abstracte grootheid maar direct tot God. Ik beloofde God dat ik voor altijd in Hem zou blijven geloven wanneer Hij dat wonder zou bewerkstelligen. Als God bestond zou mijn moeder de volgende ochtend voor het eerst sinds weken rechtop in de kussens zitten, een stralende glimlach op haar gezicht.

'Ik weet het niet,' zou ze zeggen, 'maar ik voel me opeens veel beter.'

En ik zou een ontbijtje voor haar maken. Ik zou verse croissants gaan halen en sinaasappels uitpersen. Dat alles zou ik haar op een dienblaadje op bed brengen.

'Misschien is het nog te vroeg,' zou mijn moeder zeggen, 'maar ik zou wel weer eens naar buiten willen. Heb jij iets te doen vanmiddag? Zullen we een ommetje maken? Gewoon even door de Beethovenstraat en terug?'

Dat was het ene moment. Het volgende moment wist ik zeker dat God niet bestond en dat alles nog altijd met grote snelheid op het donker afstevende. Op de afgrond waarin geen daglicht doordrong. Ik drukte mijn gezicht in het kussen. Het voelde als overgeven: je houdt het heel lang tegen, maar na afloop is er altijd de opluchting dat het er allemaal uit is.

Op het feest waarop ik een maand na mijn moeders dood mijn toekomstige vriendin zou ontmoeten, was van dit alles niets te merken. De ingestorte wereld bestond uitsluitend 's nachts, in de momenten waarop ik alleen was en niemand me kon zien. Hier stond ik ontspannen met mijn biertje in mijn hand, in de verste verte niet de zielige jongen die iedereen had verwacht. Mijn beste vrienden lieten het ook maar zo. Ze lieten me mijn gang gaan. Als dit de manier is waarop hij het verwerkt, wie zijn wij dan om daar vraagtekens bij te plaatsen? redeneerden ze. Een paar van mijn vriendinnen kwamen dichterbij staan dan anders, pakten mijn hand en knepen in mijn vingers. Er was sowieso iets met de meisjes dat ik andere gevoelens bij ze opriep dan bij de jongens. Moederlijke gevoelens, zou ik bijna zeggen, maar dat was te simpel. Mijn toestand van gelijktijdig stralen en boven een ingestorte wereld zweven, maakte iets in ze wakker, iets onvervreemdbaar vrouwelijks, een niet te onderdrukken aanvechting om zich over mij te ontfermen, op dezelfde manier waarop alle vrouwen zich uiteindelijk over de mannen ontfermen.

'Ik weet niet hoe ik het anders moet zeggen,' zei mijn toekomstige vriendin maanden later. 'Maar op dat feest leek je haast wel doorschijnend.'

Ik begreep meteen wat ze bedoelde. Tegelijkertijd was ik haar dankbaar dat ze niet het woord 'kwetsbaar' had gebruikt. Dat is wel het laatste wat een jongen van net achttien wil zijn. Ik straalde. Ik straalde licht uit, maar op hetzelfde moment stroomde het licht ook naar binnen. Ik had niets meer te verbergen. Alle redenen om iets te verbergen, om iets voor te wenden, om iemand anders proberen te zijn dan ik in werkelijkheid was, waren een maand eerder weggevallen.

We werden dus meteen verliefd, al zou het nog maanden duren voordat we onze gevoelens hardop durfden uitspreken. Ik kneep mijn ogen dicht en probeerde me voor te stellen hoe mijn moeder op het meisje zou reageren wanneer ik haar de eerste keer mee naar huis zou nemen. Mijn moeder was altijd nogal uitgesproken over mijn vrienden en vriendinnen. De een was 'verwend', de ander was vooral een 'aandachtstrekker', een derde deed 'stoer'. Maar ook haar voorkeuren stak ze niet onder stoelen of banken. Een van mijn beste vrienden was 'sterk en evenwichtig' en 'honderd procent zichzelf'. 'Daar kun jij nog wat van leren, Herman,' zei ze, en een tijdlang vroeg ik me af of ze haar eigen zoon slap en onevenwichtig vond – in elk geval niet zichzelf. Met de meisjes volgde ze hetzelfde procedé, zij het dat ze hier veel minder kritisch was. Ze vond al mijn vriendinnen zonder uitzondering 'leuk', als in 'Wat een leuk meisje is die Patricia!' Daarna vroeg ze al snel of ik voor een van al die leuke meisjes 'speciale gevoelens' koesterde, en als ik net deed of ik haar niet begreep verduidelijkte ze: 'Dat je een warm gevoel vanbinnen krijgt als je haar ziet.'

Ik vond al mijn vriendinnen ook leuk, maar bij geen van hen kreeg ik een warm gevoel vanbinnen. Het ging soms te snel, dan kenden we elkaar al te goed, hadden we in hetzelfde bed geslapen zonder dat er iets gebeurde. Het moment voor de warme gevoelens ging ongemerkt voorbij.

Wat zou mijn moeder van dit meisje vinden? dacht ik soms. Een meisje dat ze nooit had gekend, het eerste meisje na haar dood. Ik probeerde mijn nieuwe vriendin door mijn moeders ogen te zien. Ze was niet zacht en poeslief zoals B., niet ongevaarlijk zoals G., en ook niet gewoon 'best leuk' zoals P.

Op een ochtend, terwijl ik hierover nadacht, stootte ik per ongeluk een van de porseleinen honden om die in de vensterbank stonden. De hond brak op de vloer in vijf stukken uiteen. Ik vloekte, terwijl de eerste tranen in mijn ogen sprongen. Er waren inmiddels meer dan vijf maanden verstreken sinds mijn moeders dood. Tot dusverre had ik alles zo goed en zo kwaad als het ging in stand weten te houden. Er sneuvelde weleens een glas of bord, maar dat viel nog binnen de normale schade die het dagelijks leven in een gemiddelde huishouding kon aanrichten. De porseleinen hond was van een andere categorie. Mijn moeder verzamelde porseleinen honden, in alle soorten en maten. Op de een of andere manier was de hond mijn moeder zelf, zo voelde ik het althans op dat moment. Vijf maanden geleden was mijn moeder in stukken uiteengevallen en vandaag viel ze opnieuw.

Ik raapte de losse stukken hond voorzichtig op, deed ze in een theedoek en borg ze op in de kast in de woonkamer waar ook de zogenaamde 'mooie' glazen stonden, zo ver mogelijk naar achteren zodat niemand de theedoek zou kunnen vinden. Ik gokte erop dat het mijn vader niet zou opvallen dat er nu nog maar één enkele hond moederziel alleen in de vensterbank zou staan – en ik gokte goed. Ooit, op een dag ergens in de toekomst, zou ik de stukken van de kapotgevallen hond aan elkaar lijmen en zou de heel gebleven hond niet meer in zijn eentje zijn, zo nam ik me voor, ook al wist ik toen eigenlijk al dat ik dit voornemen nooit ten uitvoer zou brengen.

Onder de plank met mooie glazen stonden de flessen sterkedrank, wat daar althans nog van over was. Toen mijn moeder nog leefde, schonk ik mezelf snel na elkaar drie borrels in en vulde de fles jenever of whisky vervolgens met water aan tot het oude niveau. Maar aangezien mijn vader thuis niet dronk, was de noodzaak tot het aanvullen van de flessen weggevallen. Eerst dronk ik de flessen port, whisky, jonge jenever en sherry helemaal leeg en vervolgens kocht ik van het huishoudgeld, dat mijn vader elke week trouw in een portemonnee op de keukentafel stopte, een nieuwe fles.

Gebroken hond of niet, het was hoe dan ook een moment om iets in te schenken, besloot ik. Ik pakte een borrelglaasje, bedacht me toen, en schonk een wijnglas tot de rand toe vol met whisky.

Al na twee slokken voelde ik hoe de vertrouwde warmte via de slokdarm bezit nam van de rest van mijn lichaam. Als ik te lang naar de nu eenzame hond in de vensterbank zou blijven kijken, zou ik ongetwijfeld gaan huilen. Daarom keek ik naar buiten, naar de mensen drie verdiepingen lager in de Gerrit van der Veenstraat. Bij de bloemenstal stond een oude vrouw naar verschillende bossen bloemen te wijzen, ik kon de bloemenman bijna horen zuchten. Uit de snackbar kwamen drie jongens met puntzakken frites naar buiten. Ik had een nieuwe vriendin van wie ik meer hield dan van wie op de wereld ook. Als ik aan haar dacht werd ik helemaal week en slap vanbinnen, alleen al haar bestaan was het bewijs dat God bestond. En dan zou ik haar nu alsnog aan mijn moeder moeten voorstellen? Bijna een halfjaar na haar dood? Waarom was mijn moeder er dan niet als ze zo nodig mijn vriendinnen moest goed- of afkeuren?

Ik liep terug naar de kast en schonk mezelf een tweede glas in. Ik besefte dat ik me op een cruciaal punt bevond. Een draaipunt misschien wel.

Je moet zorgen dat je er bent. Nu ben je er niet en is de beslissing geheel aan mij. Dit is het meisje van wie ik hou. Het laat me koud wat je van haar vindt.

Ik rilde. Ook het tweede glas was bijna leeg. Net als dit huis. Nee, pas op, sprak ik mezelf toe, geen valse symboliek. Je bent sterk genoeg. Maar je kunt niet de rest van je leven suppoost in een museum van porseleinen honden blijven spelen.

Het laat me niet koud, maar ik ben wel de enige die van nu af aan over de meisjes kan beslissen.

Ik zou alsnog kunnen gaan huilen, maar dat was niet wat ik ging doen. Ik was op de juiste weg. De enige juiste weg. Er zouden nog meer honden kapotvallen. Maar dat betekende niet het einde van de wereld. Eerder een nieuw begin. Het oude kon niet eeuwig bewaard blijven.

Ik weet zeker dat je me begrijpt. Je begrijpt me omdat ik de dingen in eigen hand neem. Zo zou je het het liefst hebben gezien.

En ik moest lachen omdat ik nu via een omweg toch weer mijn moeder in mijn gedachten toeliet als enige persoon die mijn daden goed of af mocht keuren. Maar dat hoefde verder niemand te weten. Dat was tussen haar en mij.

We spreken het zo af. Ik ben nu dronken, maar dat doet niets af aan wat ik voel. We spreken af dat je er altijd bent, maar dat ík van nu af aan de beslissingen neem.

Bij de bloemenstal was de oude vrouw eindelijk tot een keuze gekomen. Met het armzaligst denkbare kleine bosje takken met drie of vier bloemetjes eraan verwijderde ze zich in de richting van de Beethovenstraat. Zo waren ze hier allemaal, die oude wijven: nooit eens een groots gebaar. Alles afgepast en afgemeten. Wie alles afpaste kreeg ook nooit iets terug, maar het zou je een half leven kosten om ze dat uit te leggen.

Op een dag zou ik lijm kopen. De barsten zouden te zien blijven, maar we zouden aan die barsten geen symbolische betekenis toekennen. Vandaag was ik dronken. Vandaag was mijn eigen leven begonnen.

Op het feest in het Finse schoolgebouw schitterde de drank vooralsnog door afwezigheid. Op een met een plastic bloemetjeskleed gedekte tafel stonden een paar schalen met onduidelijke stukken taart en koek. Verder zag ik twee of drie anderhalveliterflessen cola en Fanta, en nog een ander type priklimonade, de Finse variant van een drank die het midden hield tussen tonic en Rivella. Vanaf mijn stoel naast het meisje zocht ik met mijn blik de tafel af naar iets wat me over de eerste barrière van een gesprek heen zou kunnen zetten. De Finnen verstopten de alcohol soms in flessen die iets anders bevatten, zo wist ik inmiddels uit ervaring: een flesje limonadesiroop of een eenvoudige doorzichtige fles zonder etiket. Behalve op de houtzagerij was me ook bij mijn bezoeken aan de omliggende boerderijen weleens een glaasje uit zo'n naamloze fles aangeboden: zelfgestookte wodka of op doktersrecept verkregen medicinale spiritus; dranken die een veel hoger dan het gebruikelijke alcoholpercentage bevatten. 'Negentig procent,' zei een van de boeren een keer lachend toen de tranen me al bij de eerste slok in de ogen sprongen.

'Waar kom je vandaan?' vroeg het meisje.

Ik keek haar aan. Was dit geen vraag waarop ze het antwoord allang moest weten? Iedereen hier, van de houtzagers tot aan de bewoners van de meest afgelegen boerderijen in een omtrek van vijfentwintig kilometer, was er inmiddels van op de hoogte dat er een Nederlandse jongen op de boerderij van Matti en Ritva was komen werken.

'Uit Nederland,' zei ik.

Ze glimlachte, een mooie glimlach was het, gedurende een paar seconden werd een smetteloze rij witte boventanden zichtbaar. 'Ja, dat weet ik,' zei ze. 'Ik bedoel waar uit Nederland.'

'Uit Amsterdam,' zei ik in het Fins; ik hoopte althans dat ik het goed zei. De Finse taal had vele naamvallen, ik wist nog altijd niet hoeveel, meer dan het Duits in elk geval. De betreffende naamval diende achter het te verbuigen zelfstandig naamwoord te worden geplaatst, al naargelang je bedoelde dat je ergens naartoe ging, ervandaan kwam, er iets had gekocht, er ooit zou gaan wonen, of er iets van tegoed had. Ook met een plaatsnaam als Amsterdam diende het juiste achtervoegsel te worden gebruikt. Zo had je Amsterdam*in* voor als iets bezit van de stad was, Amsterdam*iin* als je ernaartoe ging, Amsterdam*ista* als je er juist vandaan kwam, Amsterdam*ille* voor toekomstplannen met Amsterdam en Amsterdam*ilta* voor bijvoorbeeld tulpen uit Amsterdam.

‘Ah, je spreekt Fins,’ zei het meisje in het Fins.

‘Nee, nee,’ zei ik snel in het Engels. ‘Een paar woorden, meer niet.’

En toen, terwijl een man van in de zeventig met een dikke grijze baard en op rode sokken ons ieder een plastic bekertje in de hand drukte en dat vervolgens volschonk met gele Finse priklimonade, stak ik van wal. Ik had tot nog toe geen enkel samenhangend gesprek gevoerd. Ik vertelde het meisje – van wie ik na nog een blik op haar ogen, haar zachtroze wangen en haar nog altijd glimlachende mond moest vaststellen dat ze toch echt niet ouder dan vijftien kon zijn – kortom alles: van de boottocht over de dichtgevroren Oostzee tot aan mijn aankomst in de haven van Helsinki, en daarna de treinreis door de nachtelijke bossen naar Lieksa. Ik probeerde haar iets duidelijk te maken over de reden van mijn verblijf hier in Noord-Karelië, dat ik thuis in Amsterdamista een groep vrienden had die het plan had opgevat om ergens in Frankrijk of Italië een verlaten dorp te kopen en daar geiten te gaan houden en de velden te bebouwen, terwijl de een ondertussen beeldhouwwerken zou maken, de ander muziek, nog een ander speelfilms en documentaires, en een vierde boeken zou gaan schrijven; dat er bij mij thuis in de boekenkast een met een sleutel af te sluiten geldkistje stond waar ieder van ons wekelijks een bedrag in stopte om voor het te kopen dorp te sparen. Dat die bijdragen na een paar weken waren gestopt, vertelde ik er niet bij. Ik was hier in Finland om het vak van boer te leren, zodat ik me in de nabije toekomst nuttig zou kunnen maken voor het collectief. ’s Ochtends zou ik met de geitenkudde de berg op gaan, ’s middags met de tractor de velden in en ’s avonds zou ik bij kaarslicht boeken schrijven.

Wat ik het meisje ook niet vertelde, was dat er nog een andere reden was voor mijn verblijf in Finland, die alles met mijn meest directe toekomst te maken had. Mijn vader had mijn reis bekostigd met als voorwaarde dat ik hem tegen de zomer, maar het liefst nog eerder, zou vertellen 'wat ik nou eigenlijk wilde in het leven'. Met andere woorden: voor welke studie hij me bij de universiteit zou inschrijven. Ik had mijn vader niet helemaal weggelaten, maar mijn moeder wel, althans het feit dat ze niet meer in leven was. Ik had het meisje kort over mijn ouders verteld, alsof ze er gewoon allebei nog waren. Misschien had het meisje al iets gehoord over mijn staat van halfwees, misschien ook niet. Ik weet niet precies waarom ik nu een andere versie van mijn leven gaf, ik denk omdat ik niet wilde dat het gesprek de verkeerde kant op zou gaan, dat ze plotseling 'I'm sorry' zou zeggen en, wie weet, misschien wel mijn hand zou vastpakken.

Ik had in de bossen gestaan, mijn benen tot aan de knieën in de sneeuw, en geprobeerd om over de toekomst na te denken. Over wat ik nou eigenlijk wilde in dit leven. Ik had omhooggekeken, langs de bijna tot de hemel reikende sparren, naar de knalblauwe lucht, alsof de toekomst zich daar misschien bevond, maar ik was nooit verder gekomen dan de gedachte dat welke beslissing ook altijd de verkeerde zou zijn.

Als ik hier voor altijd in de bossen zou kunnen blijven staan, was mijn volgende gedachte geweest, geen toekomst, alleen maar dit, voor de rest van mijn leven alleen nog nu. Daarna had ik de motorzaag gestart.

Het meisje had tot dusverre weinig teruggezegd: waarschijnlijk had ik haar daar ook niet de kans toe gegeven. Maar nu had ik een korte stilte laten vallen en het bekertje Finse priklimonade naar mijn mond gebracht.

Ze maakte van deze korte pauze gebruik door haar gezicht naar het plafond te richten en een diepe zucht te slaken. Ik kon het niet goed zien, maar ik sloot niet uit dat ze even met haar ogen rolde.

Het volgende moment draaide ze haar gezicht weer naar me toe, keek me aan en slaakte opnieuw een diepe zucht.

'Shall we dance?' zei ze.

Aleksi zette me niet voor de ingang van het hotel af, zoals ik min of meer had verwacht, maar parkeerde de auto en liep met me mee naar de receptie – iets waar ik hem dankbaar voor was. Tot op de dag van vandaag beschouw ik het nog altijd als een klein wonder wanneer een weken of maanden, en soms hooguit een paar dagen van tevoren online, al dan niet door jezelf of door een derde partij gemaakte reservering ook daadwerkelijk in de computer van het betreffende hotel blijkt te staan. Ik zou geen verbazing kunnen veinzen als de receptionist na een paar minuten op het scherm turen en twee of drie muisklikken zijn hoofd zou schudden en me met een onbewogen gezicht zou meedelen dat er geen kamer op mijn naam is gereserveerd; hij zou me vragen om mijn voor- en achternaam nog een keer te spellen om vervolgens opnieuw zijn hoofd te schudden. Er is geen kamer, we zitten helemaal vol, herhaalt hij, terwijl hij fysiek al afscheid van mij neemt door iets te gaan verzitten en even langs me heen te kijken of er misschien nog meer mensen staan te wachten om in te checken. Van mijn naam hebben ze nog nooit gehoord.

In de afgelopen tien jaar is dit me eigenlijk maar één keer in het echt overkomen. Dat was in Frankfurt, bij mijn eerste bezoek aan de zogenaamde Frankfurter Buchmesse. Een modern hotel van twintig verdiepingen, een ruime lobby met plantenbakken en aquaria waarin kleurige vissen apathisch rondzwommen. De receptionist bleef vriendelijk en correct, maar ook niet meer dan dat. Ik kon zo snel niet op het Duitse woord voor misverstand komen, laat staan op een hele zin als: 'Er is mogelijk sprake van een misverstand.'

Terwijl ik tevergeefs een paar telefoonnummers probeerde, dronk ik aan de bar een biertje. En daarna nog een. Zie je wel, schoot het door me heen. Ze kennen je hier niet. Ze hebben nog nooit van iemand met jouw naam gehoord. Het voelde, ik kan het echt niet anders omschrijven, als een ontmaskering. Ik was door de mand gevallen. Ik was helemaal geen schrijver. Op een boekenbeurs had ik niets te zoeken. Het zou me op dat moment niet hebben verbaasd als de receptionist me in mijn gezicht had uitgelachen. Als hij had gezegd dat ik het hem niet kwalijk moest nemen, maar dat er nog meer mensen op hun kamersleutel stonden te wachten. 'Echte schrijvers. Geen bedriegers zoals u. Ik raad u met klem aan om terug te keren naar uw eigen land.'

Ik ben altijd nieuwsgierig geweest naar hotelkamers. Eerst naar elk nieuw hotel zelf: waar het zou liggen, aan het water of aan een drukke snelweg, of ergens verscholen achter containers op een naamloos bedrijventerrein. Met de komst van online reserveringssites is iets van die nieuwsgierigheid verloren gegaan. Je klikt van foto naar foto van het betreffende hotel en je houdt jezelf voor dat de werkelijkheid hooguit iets minder mooi zal zijn dan het paradijs met zwembad en palmbomen dat je op deze foto's wordt voorgespiegeld. Maar het hotel zelf, de lobby, de bar en het restaurant, de kamer, beantwoorden allemaal min of meer aan het beeld dat je je ervan had gevormd. Sommige hotels prijzen zichzelf aan met als exclusief aangemerkte voorzieningen die vandaag de dag nergens en door niemand meer als exclusief worden bestempeld. 'Al onze kamers zijn voorzien van flatscreen-tv,' meldt een hotel opgetogen, alsof er in het tweede decennium van de eenentwintigste eeuw nog andere tv's dan flatscreens zouden bestaan.

In aanwezigheid van Aleksi maakte ik me in elk geval geen zorgen over de mogelijkheid dat er geen kamer op mijn naam zou zijn gereserveerd. En inderdaad overhandigde de receptionist me, nadat ik op een formulier mijn paspoortnummer en vast adres in Nederland had ingevuld, met een glimlach mijn kamersleutel. Aleksi herinnerde me er nogmaals aan dat hij me de volgende ochtend om negen uur zou komen ophalen en vertrok.

In tegenstelling tot bij hotels die ik voor mezelf boek kijk ik eigenlijk nooit op de website van de hotels die door anderen voor me zijn geboekt. Daarmee krijg ik weer iets van de spanning van vroeger terug, toen je een hotel nog telefonisch reserveerde in een taal die je nauwelijks machtig was. Maar in feite reserveerde je vroeger vrijwel nooit en liep je gewoon vanaf het station het oude stadscentrum in. Of nog beter: je beschikte over een auto of een motorfiets en reed in een zo recht mogelijke lijn direct naar het centraal gelegen plein aan de voet van de kathedraal. Daar was dan meestal ook het hotel.

Er zijn mensen die eindeloos blijven zoeken, die alles bekeken willen hebben voordat ze hun keuze bepalen, maar het is mijn ervaring dat het eerste hotel altijd het beste is.

Zo nieuwsgierig als ik naar het Finse hotel en de bijbehorende kamer was geweest, zo snel begon nu ook alles te vervagen. Dat was in feite al in de lobby begonnen, die ik uitsluitend als 'groot' of 'ruim' zou kunnen omschrijven, maar waarvan ik me verder geen enkel detail meer kan herinneren. En die snel vervagende herinnering betrof ook het hotel zelf, vanaf het moment dat Aleksi zijn auto op het zo goed als verlaten parkeerterrein voor de hoofdingang had neergezet.

Het hotel lag 'niet ver van het centrum', zoals hij me had verzekerd, wat ongeveer alles kon betekenen, behalve dat het in het centrum lag. In de verte waren er wat lichtjes tussen de bomen te zien geweest, misschien wel van de haven waar ik jaren geleden voor het eerst voet op Finse bodem had gezet.

In de lift nam het vervagen van de herinnering alleen nog maar in snelheid toe. In sommige hotelliften moet je eerst het kaartje van de kamer in een gleuf steken voordat de lift in beweging komt, iets wat altijd weer voor dezelfde verwarring zorgt wanneer de lift ook na herhaaldelijk drukken op de knop met het getal zeven nog altijd onverzettelijk op de begane grond blijft staan.

Misschien hebben ze je bij de receptie op dit beveiligingssysteem attent gemaakt, misschien ook niet. Ik vermoed dat ik die avond bij de receptie een kaartje in plaats van een echte sleutel overhandigd heb gekregen – zo'n hotel was het nou eenmaal. Bij een kaartje is er altijd de lichte spanning of de deur van je kamer zich ook daadwerkelijk zal openen, niet alleen de eerste keer, maar ook alle volgende keren.

Het lichtje in de deur verspringt van rood naar groen, er klinkt een korte zoemtoon en dan een klik, en een met niets te vergelijken opluchting begint nu door je hele lichaam te stromen. Ik denk dat die opluchting alles te maken heeft met de bevestiging van je legitieme aanwezigheid in het hotel. Niet alleen blijk je echt te bestaan en beschik je over een kaartje dat je zonder verdere tegenwerking toegang biedt tot tenminste een van de honderddertig kamers, het is ook of het groene lichtje je iets over jezelf vertelt.

Bij rood licht moet je terug naar de receptie; doorgaans gebeurt dit niet de eerste keer, maar de kans op rood neemt toe naarmate je verblijf in het hotel van langere duur is. Ook al krijg je snel een nieuw exemplaar, de betreffende receptionist zal je door een minieme verschuiving in zijn blik laten merken dat het niet aan het kaartje kan liggen, maar dat jíj iets verkeerds hebt gedaan: iets doms en onbeholpens waardoor je niet helemaal in de moderne wereld van hotels met kaartsloten thuishoort, zo ongeveer als mensen van boven de vijfenzestig die nog altijd de vierduizend mogelijke toepassingen van hun smartphone niet onder de knie hebben, en die je, in plaats van dat ze een boodschap op je voicemail inspreken, alleen maar 'Godverdomme, hij is er ook nooit' hoort mompelen.

Zelf geef ik te allen tijde de voorkeur aan een ouderwetse sleutel. Niet alleen is het me nog nooit overkomen dat ik de deur van een hotelkamer niet open kon krijgen met een echte sleutel, het komt ook dichter bij het gevoel van thuiskomen wanneer je na een lange avond in een vreemde stad eindelijk de sleutel in het slot van je kamer mag steken. Het is waarschijnlijk niet voor niets dat wij de deur van ons eigen huis met een sleutel openen en niet met een kaartje.

Nog mooier is het wanneer de sleutel is voorzien van een loodzware sleutelhanger van echt ijzer met koperen randen waar het kamernummer in staat gegraveerd. Zo'n sleutel neem je niet mee de stad in, hij past al nauwelijks in je broekzak en bovendien trekt hij door zijn gewicht je hele broek aan één kant naar beneden. Zo'n sleutel laat je achter bij de receptie, waardoor je hem ook nooit kunt kwijtraken en, zoals in het geval van een huissleutel, gedwongen zou zijn om in het holst van de nacht een slotenmaker te bellen.

Ik kan met de beste wil van de wereld niet zeggen of de kamerdeur in het Finse hotel na het één keer door het gleufje halen van het kaartje meteen opensprong. Zelfs niet of er wel een gleufje was of dat het kaartje alleen maar op een vaak zeer nauw luisterende afstand van een plek net onder de deurklink moest worden gehouden. Eenvoudigweg omdat mijn geheugen deze niet ter zake doende details voor altijd heeft gewist.

Ik opende mijn kamerdeur en zag... helemaal niets! Ik zie althans niets in mijn herinnering. Geen tweepersoonsbed of twee eenpersoonsbedden, geen ingelijste foto van een Fins winterlandschap of een schilderij van een schuin op zijn kant liggende vissersboot. Nergens een aanwijzing, een bepaalde lamp op een van de nachtkastjes waar het geheugen zich aan vast zou kunnen haken.

Mijn ritueel na het betreden van een hotelkamer is eigenlijk altijd hetzelfde en verschilt weinig van dat van talloze andere hotelgasten. Ik trek mijn jas uit en leg hem over de rugleuning van een stoel, of hang hem aan een haakje bij de deur. Meestal reis ik met bijna niets in mijn North Face-rugzak. Ik loop de badkamer in, kijk even in de spiegel en inspecteer alvast het mechanisme van de douche: of dit de volgende ochtend moeilijkheden zal opleveren. Zelden heb ik een sterker verlangen naar huis gevoeld als op de ochtenden waarop het douchemechanisme zich hardnekkig tegen mijn onhandigheid bleef verzetten en het nog altijd niet warm wordende of juist veel te hete water alleen nog maar uit de kraan in het ligbad bleef stromen. Er zijn douches met meerdere douchekoppen, een zogenaamde 'handdouche' en een 'regendouche'. Nog niet zo lang geleden werd ik in een Frans hotel natgespoten door koud water dat met krachtige horizontale stralen uit de wanden van de douchecabine kwam. Het dieptepunt is nog altijd de douchekop die in het geheel niet op een plek boven je hoofd aan een stang of aan de muur kan worden bevestigd, maar alleen in de hand kan worden gehouden. Meestal zie ik in zo'n geval helemaal van douchen af, of spoel ik mijn schuldgevoel weg door, uitsluitend voor de vorm, mezelf gedurende twintig seconden nat te spuiten.

Ik heb weleens gedroomd dat ik in een onbekend huis een deur naar een kamer opende en er achter die deur helemaal niets was: geen kamer, alleen een zwart gat. En een zwart gat is nu ook wat ik voor me zie wanneer ik in mijn herinnering de deur naar de Finse badkamer open. De hotelkamer zelf kan nog kunstmatig worden gereconstrueerd met de bekende elementen (bed, nachtkastje, telefoon op dat nachtkastje, flatscreen!-televisie aan de muur, schilderij van vissersboot, koffiezetsetje, minibar, strijkbout in de kast), ongeveer zoals je een poppenhuis inricht.

Lange tijd is het me een raadsel gebleven hoe de nooit afwezige nieuwsgierigheid naar elke nieuwe hotelkamer valt te rijmen met deze inwisselbaarheid. Inmiddels denk ik dat ik het raadsel heb opgelost. In een hotelkamer val je zogezegd volledig met jezelf samen. In de spiegels (een in de badkamer, en een langwerpige naast de klerenkast) zie je nog af en toe je eigen hoofd en je eigen lichaam – maar er is niemand die jou kan zien. Je bent als het ware vrij van je eigen aanwezigheid, je kunt elk gewenst gezicht trekken. Je hoeft niet net te doen alsof je er bent.

In het vliegtuig had ik me nog min of meer gedragen als degene die ik tegenover anderen meende te moeten zijn. Naar de stewardessen had ik vriendelijk geglimlacht, ik had ze met net iets meer dan beleefdheid bedankt voor het dienblaadje met de lunch, en later, opnieuw met een glimlach, voor het extra biertje. Ik checkte altijd zo vroeg mogelijk online in en zocht op de plattegrond van het vliegtuig eerst naar de stoelen aan het gangpad. Het maakte me niet uit of ik voor of achter in het toestel zat, zolang het maar aan het gangpad was.

De plaats aan het gangpad was een overblijfsel van de periode in mijn leven waarin ik nergens in ging waar ik ook niet meteen weer uit kon: behalve vliegtuigen waren dat bussen, liften, theaters en kabelbanen, maar ook etentjes waar de minimale beleefdheid vereist dat je tot aan het dessert blijft zitten. Ik heb een halfjaar in een huis gewoond waar de drie trappen zo steil en smal waren dat ik eenmaal boven meteen weer naar beneden wilde. In bioscopen kon je nog aan het gangpad gaan zitten, maar in theaters kon je niet weg zonder de hele voorstelling te ontregelen. Dat leidde bij mij tot een hartslag van boven de tweehonderd en vervolgens tot het besluit om nooit meer een theatervoorstelling bij te wonen.

In de bus van Krakau naar Auschwitz vroeg ik mijn toenmalige vriendin of ze de chauffeur wilde vragen om ons eruit te laten. Dit was in de winter van 1981, we reden door een onbestemd grijs landschap met akkers en kale bomen. Ik had de gedachte al toegelaten dat dit min of meer hetzelfde landschap moest zijn als waar de volgepakte goederenwagons doorheen hadden gereden. Toch vraag ik me tot op de dag van vandaag in alle eerlijkheid af of het niet eerder de bus was dan de bestemming.

'Voel mijn handen,' zei ik. 'Voel hoe nat. Voel mijn pols.'

De vriendin praatte op me in: dat we er bijna waren, en dat er hier, tussen deze kale akkers, helemaal niets was, dat het ons uren zou kosten om weer bij ons hotel in Krakau te geraken.

Ik luisterde naar haar stem die voornamelijk redelijk klonk, maar toch meende ik in de ondertoon te horen dat dit voor haar misschien wel de druppel was en dat er met iemand als ik in feite niet te leven viel.

Ik nam me voor om te blijven zitten. Om het haar niet aan te doen midden in dit niemandsland uit te moeten stappen. Waarschijnlijk zou mijn hart helemaal op hol slaan, dacht ik, ik zou sterven, of anders in elk geval het bewustzijn verliezen.

In het kamp zelf overheerste de opluchting dat ik weer buiten was, dat ik vrij kon rondlopen en niet langer met een hartslag van boven de tweehonderd in een bus hoefde te zitten. Ik herinner me dat de zon doorbrak, dat er mussen in de dakgoten van de barakken zaten; twee of drie mussen fladderden naar beneden om uit een plas water in de modder te drinken.

Al met al was het net als wanneer een zwart-witfilm plotseling naar kleur wordt gedraaid. De Tweede Wereldoorlog had zich in zwart-wit afgespeeld, maar de kleuren verplaatsten de barakken, het prikkeldraad en de wachttorens naar het heden. Ik bedacht dat er destijds ook mussen moesten zijn geweest die water uit de modderige plassen hadden gedronken; dat de zon vaak moest hebben geschenen, net als nu; dat er mooie dagen waren geweest, en minder mooie; dat de struiken buiten het kamp wel degelijk groen waren en niet grijs zoals op de foto's.

Ik vroeg me af of de kleuren de gevangenen enige troost hadden geboden of juist niet.

'Ik ga er wat aan doen,' zei ik tegen mijn vriendin. 'Ik zal de hulp van een psycholoog inroepen. Beloofd.'

Ik zei het zo neutraal mogelijk, als iemand die belooft om na drie dagen eindelijk de afwas te gaan doen.

Pas veel later moest ik concluderen dat mijn paniekaanvallen na het bezoek aan Auschwitz over hun hoogtepunt heen waren. Maar een paar weken na onze Poolse reis maakte mijn vriendin het alsnog uit. Ik wist niet precies wat ik voelde, ik vond het vooral een verademing dat ik nu ook de psycholoog op de lange baan kon schuiven.

Tijdens de korte wandeling van de aankomsthal van de luchthaven naar de parking had Aleksi een telefoontje aangenomen. En terwijl ik naar mijn eerste Fins sinds jaren luisterde, viel het me op hoeveel woorden me bekend in de oren klonken. Ja, van sommige wist ik zelfs de betekenis nog. Ergens diep in mijn geheugen moest zich een bevroren bergmeer bevinden dat nu langzaam begon te ontdooien. Tijdens de daling had ik naar de naaldwouden gekeken, naar de witte plekken bevroren sneeuw die tussen de sparren door schemerden, en waren er twee Finse woorden boven komen drijven: *äiti* en *kuollut. Moeder* en *dood.* Maar nu herkende ik ook de woorden voor *dank je wel* en *tot ziens*: *kiitos* en *näkemiin.*

Zo was mijn aankomst in Finland begonnen. Tijdens de korte rit van het vliegveld naar het hotel voerden we een gesprek, ik weet niet meer waarover, het was gewoon het soort gesprek dat je voert om een bepaalde afstand in plaats en tijd te overbruggen. Over de vlucht waarschijnlijk, of ik een goede vlucht had gehad, en toen reden we al bijna het parkeerterrein bij het hotel op. Tijdens het invullen van het formulier bij de receptie was ik nog niet alleen geweest, in de lift naar boven begon ik geleidelijk uit het zicht te verdwijnen. Al in de lange gang, op zoek naar het juiste kamernummer, zal ik het gezicht hebben getrokken dat iedereen trekt die zich onbespied waant.

Nu stond ik in de kamer waar ik me niets meer van herinner. Waarschijnlijk heb ik de gebruikelijke handelingen verricht die je verricht wanneer je zojuist een hotelkamer hebt betreden. Licht aan – meestal moet hiervoor eerst het kaartje in een gleuf naast de deur worden gestoken –, bedlampjes testen, badkamer in, alvast een eerste blik op het mechanisme van de douche, boek uit rugzak en op het nachtkastje leggen, telefoon- en iPad-opladers op het bureau leggen, vervolgens ook mijn laptop op datzelfde bureau neerleggen.

Intussen zag de kamer er al een beetje uit als de slaapkamer in mijn eigen huis. Omdat het maar voor één nacht was, liet ik mijn schone kleren in de rugzak zitten. In de spiegel van de badkamer zag ik mijn eigen gezicht: het was vast en zeker het gezicht dat ik trek wanneer ik alleen ben, het gezicht dat niemand ooit te zien krijgt.

'We zijn er,' zei ik hardop tegen mijn spiegelbeeld, omdat er behalve ikzelf niemand was die me kon horen.

'En heb je in die zes maanden dan nooit...' vroegen de vrienden in Nederland, zowel kort na mijn terugkeer in Amsterdam, als veel later – tot op de dag van vandaag. 'Ik bedoel, tegen mij kun je dat best zeggen, ik zou er alle begrip voor hebben.'

Ik hoorde ook altijd iets anders in deze vraag, een ondertoon die me niet alleen probeerde te verleiden om het nu eindelijk eens op te biechten – alles op te biechten – maar die ook naar een verklaring zocht voor iets wat in feite onverklaarbaar was.

Het was dezelfde ondertoon die ik wel vaker proefde in vragen over mijn verblijf in Finland. Over mijn keuze voor Finland, beter gezegd, en dan binnen Finland ook nog eens een van de verst denkbare uithoeken. Een uithoek waar ongetwijfeld minder dan niets gebeurde.

Leeftijdgenoten vertrokken naar de druivenpluk in Frankrijk, of naar een kibboets in Israël (dat kon nog in 1973 zonder met opgetrokken wenkbrauwen te worden geconfronteerd); bestemmingen die een bepaalde belofte in zich droegen: van andere leeftijdgenoten, vooral van het andere geslacht.

Wie zichzelf in de Finse bossen opsloot was misschien niet helemaal normaal – niet gezond, hoorde ik de ondertoon soms fluisteren. Een gezonde jongen van negentien, waar denkt die in de eerste plaats aan? Wat zocht je daar? was een vraag die misschien wel nooit letterlijk zo is gesteld, maar die wel in alle vragen meeklonk.

Soms vertel ik ze het andere verhaal. Om van alles af te zijn. De waarheid was dat ik naar de Finse bossen was getrokken om alleen te zijn. Helemaal gezond was dit misschien niet, het klonk in elk geval minder gezond dan gewoon net als iedereen dronken te worden na afloop van een vermoeiende werkdag op de druivenpluk. 'Je begrijpt hoe dat daar ging, jongens en meisjes sliepen in aparte baraktenten, maar ja, wie hield ons tegen?' Of dat andere schrikbeeld, mijn schrikbeeld: een kampvuur op een kibboets, iemand stemt een gitaar en begint te zingen, we dansen allemaal in een kring en klappen in onze handen, een soort zakdoekje leggen voor negentienjarigen.

Nee, ik zocht het isolement, het volledig afgezonderd en onvindbaar zijn. Voelde je je dan nooit eens eenzaam? was de vraag die het meest terugkeerde. Ja, dat voelde ik me. De eenzaamheid was in Finland mijn beste gezelschap. Ik was op zoek naar iets, al wist ik toen nog niet precies wat. Ik sjouwde met boomstammen, molk koeien, ploegde akkers om. Zoals gezegd begonnen vrienden, bekenden en familieleden allemaal een beetje te lachen wanneer ik over mijn verblijf in Finland begon. En als ze niet lachten grijnsden ze wel, ze probeerden hun ongeloof te verbergen. Jij? zag ik ze denken, op een tractor? Boomstammen?

Een jaar of twintig geleden ben ik ermee opgehouden er nog over te vertellen. Nee, dat is niet helemaal waar: af en toe vertelde ik er wel over, maar dan begon ik zelf mee te lachen. Je gelooft het waarschijnlijk niet, maar ik heb ooit... En dan pas het hele verhaal. Ik bekeek mezelf door dezelfde ironische bril waarmee die vrienden, bekenden en familieleden me bekeken. Natuurlijk was ik niet echt geschikt voor dat zware werk, zei ik – lachte ik. Je weet toch dat ik nog geen spijker in een muur kan slaan?

Een tijdlang dacht ik dat het zo nog wel geslikt zou worden, tot ik merkte dat mijn eigen ervaring beschadigd raakte door deze al bij voorbaat in ironie te drenken. Alsof het allemaal niet echt was gebeurd, alsof het mij niet zelf was overkomen, niet op deze manier althans. Ik lachte mee met mijn toehoorders, en met terugwerkende kracht klonk mijn lach ook in de Finse bossen waar ik de boomstammen met dikke, zware kettingen achter de tractor bevestigde – totdat de lach ook mijn gevoel bereikte. Mijn gevoel van dat moment, daar helemaal alleen, staande in de sneeuw die tot boven mijn kniehoge laarzen reikte.

Ik was naar Finland gegaan om nog even respijt te hebben. Uitstel. Al maanden voor mijn op het nippertje gehaalde eindexamen drong mijn vader aan op een beslissing, een duidelijke keuze. Wat wilde ik gaan doen? Wat wilde ik met de rest van mijn leven gaan doen? Ik was negentien, ik had met grote tegenzin toch nog eindexamen gedaan en wist nu even niet wat ik wilde. Nou ja, ik wist het eigenlijk wel (schrijver worden), maar dat is niet het antwoord dat vaders graag willen horen.

De rest van je leven – het klonk als een doodvonnis, als de laatste maaltijd die een terdoodveroordeelde krijgt voorgezet.

Om van het gezeur af te zijn, ging ik weg. Ver weg. Op de een of andere manier was Finland in 1973 verder weg dan nu. Met mijn vader maakte ik de afspraak dat ik na die zes maanden wél zou weten wat ik wilde. Maar omdat ik al wist wat ik wilde, beschouwde ik die zes maanden als uitstel.

Ik vertrok midden in de winter. Bij het verlaten van de boot in de haven van Helsinki gleed ik uit op de vijftig centimeter dikke ijslaag op de kade. De trein naar het noorden liep vast in een sneeuwstorm. Urenlang stonden we stil tussen de sparren en de berkenbomen. De buitentemperatuur van zevenentwintig graden onder nul nam langzaam bezit van de hele trein.

Zoals gezegd betrof het werk in de winter voornamelijk het omzagen van bomen, die daarna met de tractor naar de houtzagerij werden versleept. Na een paar keer oefenen was het vertrouwen dat Matti in me stelde al zo groot dat hij me er in mijn eentje op uit stuurde. Ik kreeg een motorzaag, een paar dikke werkhandschoenen en een met bont gevoerde helm. De helm was bedoeld om je bij een terugslag van de zaag tegen de ernstigste verwondingen te beschermen.

Zo stond ik daar helemaal alleen in de doodstille bossen. Ik stond daar om over mijn toekomst na te denken, maar ik dacht aan helemaal niks. Ik luisterde naar het neerkletteren van ijspegels uit de hoogste takken van de sparren en startte de motorzaag. Ik was voorzichtig. Ik was me ervan bewust dat bij zo'n ernstige verwonding hulp te laat zou komen.

Ik probeerde over mijn toekomst na te denken, maar er kwam nog steeds niks. Ik dacht aan wat ik straks tegen mijn vader zou zeggen en stelde me zijn verwachtingsvolle gezicht voor. En, weet je het al, Herman? Weet je inmiddels wat je met je leven wilt gaan doen?

Dit, zou ik hem willen antwoorden (het was elke keer hetzelfde antwoord). Hier voor altijd tussen de bomen in de sneeuw blijven staan.

Nee, dat was niet iets wat ik kon zeggen. Ik zou iets vaags over een studie mompelen. Ik zou zijn blije gezicht zien, de opluchting op dat gezicht.

Twee avonden in de week bracht ik samen met Matti een paar uur in de sauna door. Met mijn Fins ging het al een stuk beter.

De sauna werd op houtblokken gestookt, die ik met de motorzaag in kleinere stukjes had gezaagd. Na afloop stortten we ons naakt in de sneeuw. Daarna namen we een biertje. Het bloed stroomde inmiddels met zo'n hoge snelheid door je aderen dat je na twee seconden dronken was en veertig seconden later weer nuchter.

Als dit voor altijd de toekomst zou kunnen blijven, dacht ik elke dag opnieuw, terwijl ik daar in mijn eentje tussen de bomen stond, dan hoef ik er ook niet meer over na te denken.

'Als je het leuk vindt, kan je met ons mee,' zei Risto.

Voor het eerst sinds hij me op het station van Lieksa was komen afhalen stond Matti's broer midden in de keuken van de boerderij; hij had zichzelf een mok koffie ingeschonken en was over het skiweekend in Lapland begonnen, een weekenduitstapje met alle leraren van de middelbare school waar hij lesgaf.

Ik wist het niet meteen. Ik was amper een halfjaar van school af, ik wist niet of het verstandig was om zo kort na mijn eindexamen opnieuw het gezelschap van leraren op te zoeken.

'Het zijn drie dagen,' vervolgde Risto. 'We vertrekken vrijdagmiddag en rijden maandagochtend weer terug.'

'Maar...' begon ik om tijd te winnen. 'Kan ik zomaar... ik bedoel, ik...' Ik keek om me heen en daarna keek ik weer naar Risto, ik maakte een vaag gebaar naar buiten, naar het erf en de stallen.

'Je vraagt je af of je hier wel gemist kan worden,' zei Risto. 'Maak je geen zorgen, ik zal het er met Matti over hebben. Ik denk dat hij wel een weekendje zonder je kan.'

Hij lachte. Tot op de dag van vandaag weet ik nog altijd niet of het een geruststellende lach was of dat hij me recht in mijn gezicht stond uit te lachen.

We vertrokken een week later met de bus, bijna vijftig leraren in totaal. Risto stelde me voor aan Aatto, een vriend van hem die Engels gaf, een man met donker krullend halflang haar en een nog vollere baard dan die van hemzelf.

Van de reis zelf herinner ik me weinig: de sneeuwhopen aan weerszijden van de weg, de met sneeuw bedekte sparren. Er was geen merkbare verandering in het landschap. De witte open plekken tussen de bossen konden zowel meren als ondergesneeuwde weilanden of akkers zijn.

Vrijwel alle herinneringen aan mijn verblijf in Finland, en dus ook die aan het skiweekend in Lapland, zijn verdeeld in scènes zonder duidelijk begin of eind. Binnen die scènes is alles dan weer van een ongekende helderheid.

Zo herinner ik me de eerste avond in een leegstaand schoolgebouw, ergens in een buitenwijk van wat volgens mij de hoofdstad van Lapland was: Rovaniemi. We aten aan lange tafels in de gymzaal. Aan het eten zelf (vlees, aardappelen, groente?) bewaar ik geen enkele herinnering.

Op zeker moment tijdens die eerste avond stond Risto op en gebaarde me hem te volgen. In een hoek van de gymzaal duwde hij een deur open waarachter zich de keuken bevond.

'Ik wil je even voorstellen aan onze fantastische kokkinnen,' zei hij.

Achter een aanrecht met een fornuis stonden twee meisjes. Ze droegen zwarte voorschoten en hadden haarnetjes op hun hoofd.

'Dit zijn onze geliefde zusjes, Anna en Päivi,' zei Risto. 'Ze zijn met de andere bus meegekomen. En dit is Herman, dames.'

Het ene zusje stond dichter bij me dan het andere, dat ook minstens een kop kleiner was. Ik zou hier kunnen zeggen dat ik hun leeftijd probeerde te schatten, maar dat zou een leugen zijn.

Ik keek alleen maar zonder dat ik een woord wist uit te brengen. Ik keek naar het langste zusje, van wie ik vermoedde dat ze dus ook wel de oudste zou zijn.

'Herman heeft zijn tong verloren,' zei Risto, en ik zag dat hij de meisjes een knipoog gaf. 'En ik denk dat ik wel begrijp waarom.'

Het jongste zusje (Päivi) had een lief gezicht, het nog onvolgroeide gezicht van een klein meisje. Het oudste zusje (Anna) had dezelfde ronde, blozende gelaatstrekken die ik al eerder bij Finse vrouwen had gezien, maar ook nog iets anders: iets in haar ogen. Volgens de overlevering zijn de Finnen duizenden jaren geleden ergens vanuit Binnen-Mongolië westwaarts getrokken. Anna's huid was bijna zo wit als de sneeuw buiten; afgezien van de roze wangen zat er geen kleur in haar gezicht, maar die kleur was er in die duizenden jaren misschien afgesleten.

Het was niet zo dat ze haar ogen samenkneep toen ze haar armen in de lucht stak: haar ogen waren al samengeknepen – veel verder zouden ze de komende dagen niet meer opengaan.

Het was ook niet bij wijze van groet dat ze haar armen in de lucht had gestoken, maar alleen om me te laten zien dat ze me onmogelijk een hand kon geven.

'I am sorry,' zei ze. 'I can not...'

En toen deed ze iets met haar hand, met haar vingers eigenlijk. Haar hand en haar vingers die bedekt waren met restjes gelig deeg of beslag. Nu pas zag ik op het aanrecht een onbestemde, eveneens gelige deegmassa die ze kennelijk had staan kneden.

Terwijl Anna me aankeek met haar samengeknepen ogen (en ik nog half verwachtte dat zij ze binnenkort helemaal zou opendoen), draaide ze haar pols en bewoog ze haar vingers – alsof ze iets of iemand aaide, ik weet ook niet hoe ik het anders moet omschrijven, alsof ze een dier onder zijn kin kietelde en het daarna over zijn kop aaide.

Ik schraapte mijn keel.

'That's okay,' zei ik.

Ik herinner me nog dit: ergens tijdens die eerste avond kwam Anna met een bordje met daarop een appel uit de keuken en liep tussen de lange tafels door. De appel was kennelijk een afwijkend dessert voor een van de leraren die niet van de deegmassa hield; een mierzoete deegmassa die niet tot een taart of cake was gebakken, maar die we rauw naar binnen hadden gewerkt.

Het werk was waarschijnlijk zo goed als gedaan, ze droeg in elk geval haar voorschoot niet meer, maar nog wel het haarnetje.

Ik volgde haar met mijn blik. Ik probeerde me een voorstelling van haar haar onder het netje te maken. Daarna dacht ik aan haar handen, de bewegingen van haar vingers in de keuken, toen ze even leek te twijfelen of ze deze al dan niet aan de voorschoot af zou vegen om me een hand te kunnen geven.

Maar nu, terwijl ze met het bordje met de appel tussen de tafels door liep, vroeg ik me af of ze het misschien met opzet had gedaan. Of het haar er van het begin af aan om te doen was geweest dat ik de bewegingen van haar vingers zou zien.

Ze keek zoekend rond tussen de tafels, totdat ze de leraar voor wie de appel was bestemd had gevonden. Langzaam, althans langzamer dan bij haar binnenkomst in de gymzaal, liep ze terug naar de keuken.

Opnieuw zochten haar ogen tussen de tafels, ik voelde iets warms in mijn gezicht, op mijn wangen, een warmte die niet van binnen maar van buiten leek te komen, als van een open vuur waar iemand net een vers blok hout op heeft gegooid. Ik deed iets met mijn haar, ik haalde mijn hand erdoorheen, probeerde een lok achter mijn oor te steken maar daarvoor was mijn haar net iets te kort.

Toen zag ze me – zagen we elkaar.

Op het eerste gezicht, zeggen de mensen soms. Het was liefde op het eerste gezicht. Ook hoor je vaak woorden als flits of bliksemschicht.

Maar dit was iets anders. Terwijl we elkaar aankeken, in elkaars ogen keken, voelde ik een ronde steen – een door miljoenen jaren stromend water rond geslepen steen, zoals je die aantreft in rivierbeddingen of aan de kust – van ergens achter in mijn keel naar beneden vallen waarna hij met een heldere plons onder in mijn maag belandde.

De schoollokalen waren met stapelbedden als slaapzalen ingericht. Ik sliep boven, Risto beneden. Op het bovenbed naast ons strekte Aatto zich uit met een boek: een Penguin-pocket. Toen hij merkte dat ik keek, draaide hij het boek met het omslag naar me toe.

Een schilderij van een vrouw, zag ik, een vrouw uit een andere eeuw. *Anna Karenina*, luidde de titel.

'I am almost finished,' zei hij. 'Then you can borrow it, if you like.'

Nadat de lichten in het lokaal waren gedoofd, lag hij nog altijd met behulp van een zaklantaarn te lezen.

Ik lag lang wakker. Onder in mijn maag rommelde iets, het dessert vermoedde ik, de deegmassa met suiker die traag en zwaar als een gletsjer tegen mijn maagwand aan drukte op zoek naar de kortste weg naar buiten.

Ik dacht aan de vingers van Anna die het dessert hadden gekneed, aan de sierlijke beweging die ze met diezelfde vingers had gemaakt.

Daarna dacht ik aan het haarnetje, het haar zelf, donkerbruin meende ik me te herinneren, er waren maar een paar lokken van te zien geweest, waarschijnlijk had ze haar haar eerst opgestoken en er daarna het netje overheen gedaan.

Ten slotte dacht ik aan haar ogen. Zowel in de keuken als later in de eetzaal had ze met samengeknepen ogen naar me gekeken. Zag ze misschien slecht? dacht ik nu voor het eerst. Had ze eigenlijk een bril nodig, maar was ze te ijdel om er een te dragen?

Ik keek opzij naar Aatto, die zijn boek had laten zakken.

'Sweet dreams,' zei hij, en hij deed de zaklantaarn uit.

Van de volgende dag herinner ik me vrijwel niets meer. Het was grijs en bewolkt. De groep leraren verspreidde zich over de skihellingen. Ik had alleen mijn houten langlaufski's bij me, die eigenlijk ongeschikt waren voor al te steile afdalingen.

Dit is wat ik me nog wel herinner: mijn pogingen om op de been te blijven terwijl de ski's me ergens anders naartoe brachten dan waar ik heen wilde. Ze kregen geen grip op de helling, in een wolk van stuifsneeuw gleed ik voortdurend schuin naar beneden, totdat er niets anders op zat dan me te laten vallen, wilde ik nog bijtijds voor een hek, boom of afgrond tot stilstand komen.

Soms waren er ook andere leraren dan Risto en Aatto die zich om me bekommerden. Ik herinner me een vrouw van een jaar of vijfendertig in strakke, felrode skikleding die informeerde of alles in orde was. Ik knikte heftig van ja vanaf de laatste plek waar ik me zijdelings in de sneeuw had laten vallen. Ik zou met geen mogelijkheid overeind kunnen komen zonder eerst mijn ski's uit te doen, en ik hoopte alleen maar dat de vrouw snel weer weg zou gaan zodat ze hier geen getuige van hoefde te zijn.

Die avond in de eetzaal hield ik mijn blik zo vaak als mogelijk op de deur naar de keuken gericht, maar Anna noch haar zusje vertoonde zich dit keer. Er werd uitsluitend water en een soort Fanta aan tafel geschonken. Ik vroeg me af of ik het na een paar biertjes wél zou hebben gedurfd: om op te staan en de deur naar de keuken te openen. Om Anna en haar zusje te vragen of ze een leuke dag hadden gehad.

Op zondag was er een langlaufexcursie georganiseerd waar iedereen aan meedeed. Ook de twee zusjes. Ze stonden ergens achteraan de hele groep met Risto en Aatto te praten en het was niet meer dan natuurlijk dat ik me bij hen zou voegen.

'Hello,' zei Anna. Ze was van top tot teen in het wit, een strakke witte skibroek, witte skilaarzen, een witte trui met alleen een paar grijze meanderende motieven op borsthoogte, en een kort, pluizig wit jasje van een onbestemde stof met een eveneens witte bontkraag. Op haar hoofd droeg ze een witte bontmuts waar slechts een paar donkerbruine haarlokken onder uitstaken – nog minder dan bij het haarnetje.

'Hello,' zei ik, en daarna groette ik met een hoofdknikje ook haar zusje, van wie ik nu al de naam was vergeten. Het zusje leek direct vanuit de keuken de sneeuw in te zijn gestapt, haar kleding was voornamelijk bruin, waarbij een tamelijk wijde corduroybroek nog het minst geschikt leek voor een langlaufexcursie.

In tegenstelling tot de vorige dag scheen de zon vandaag fel. Vrijwel iedereen had een zonnebril op, ook Anna, haar zusje, en Risto en Aatto. Ik had geen zonnebril, misschien zelfs niet eens in Amsterdam, ik kon me in ieder geval geen zonnebril herinneren. Hoe dan ook lag de al dan niet bestaande zonnebril thuis, of niet eens thuis, omdat ik inmiddels geen thuis meer had in Amsterdam: mijn ouderlijk huis was leeggeruimd zonder dat er vooralsnog een nieuw huis voor in de plaats was gekomen, de meubels stonden in een opslag.

Ik betwijfelde of er ergens in een van de kisten en dozen waarin het serviesgoed, de schemerlampen en de overgebleven porseleinen honden van mijn moeder waren opgeborgen een zonnebril zou liggen. Het was in elk geval niet het eerste attribuut waar ik aan had gedacht toen ik mijn rugzak had ingepakt voor een verblijf in de Finse bossen.

Door Anna's zonnebril kon ik haar ogen niet zien. Ik kon niet zien of ze opnieuw samengeknepen waren terwijl ze naar me keek – zelfs over dat laatste bestond geen zekerheid, misschien had ze haar ogen wel dicht.

Het eerste kwartier kon ik het tempo nog redelijk bijhouden. Risto kwam een poosje naast me skiën en vroeg hoe het ging.

'I am okay,' hijgde ik.

Ook Aatto bleef een paar keer op me wachten.

'Please,' zei ik. 'Go ahead. I'm fine.'

Niet lang daarna verdween de laatste leraar achter een met lage struiken begroeide heuvel. Het was niet moeilijk om hen te blijven volgen: er was die nacht verse sneeuw gevallen, en vijftig leraren op ski's en met skistokken lieten meer dan voldoende sporen na.

Ik zweette onder mijn jas en trui, er stond ook zweet op mijn voorhoofd. Mijn voornaamste zorg was om niet te vallen, van de vorige dag wist ik hoeveel extra inspanning het kostte om vanuit een dik pak verse poedersneeuw weer overeind te komen.

Ik minderde vaart, het deed er nu toch allemaal niet meer toe, ik was de groep kwijt en zou als laatste bij het schoolgebouw terugkeren. Ik keek naar de zon die nu al lager boven de horizon leek te hangen dan toen we een halfuur geleden waren vertrokken, maar voorlopig maakte ik me nog geen zorgen. De zon hing altijd laag, hier in Lapland nog een stuk lager dan in Noord-Karelië, ik hoopte alleen dat ik voor het donker het schoolgebouw zou weten te bereiken.

En daar stond ze opeens, helemaal alleen boven op de volgende heuvel, tussen twee sparren waarvan de onderste takken doorbogen onder het gewicht van vers gevallen sneeuw. Hoewel de zon zich ergens achter haar bevond en ik haar alleen in silhouet zag, wist ik meteen dat zij het was. Het was het begin van een filmscène, een scène dicht naar het eind, vlak voordat de muziek nog een keer aanzwelt en de aftiteling door het beeld begint te rollen.

Het kwam er nu op aan zo natuurlijk mogelijk op haar af te skiën, maar ze stond hoger dan ik en ik gleed een paar keer terug.

Hijgend voegde ik me ten slotte bij haar. Anna had haar bontmuts afgedaan en haar zonnebril op haar voorhoofd geschoven. Ook toen ze haar haar losschudde zag ik dat vooralsnog alleen in tegenlicht. Met haar samengeknepen ogen keek ze me aan.

'I wait for you,' zei ze.

Zoals afgesproken stond Aleksi om negen uur in de lobby op me te wachten toen ik met mijn rugzak losjes over een schouder de lift uit kwam.

Ik had de wekker van mijn iPhone op halfacht gezet, zodat ik de tijd zou hebben om rustig te douchen en te ontbijten. Na het douchen – onder een douche waar ik me niets meer van herinner, en dus ook niet of deze eerst te heet en daarna te koud water produceerde – was ik erachter gekomen dat ik mijn scheermesjes had vergeten.

Dit overkwam me de laatste jaren vaker, ik vergat altijd wel iets wanneer ik op reis ging. Onbelangrijke kleinigheden meestal, toiletartikelen die ook in het land van bestemming te koop waren. Eén keer was ik op een reis van vier dagen vergeten om schone onderbroeken in mijn rugzak te pakken.

Het gebeurde altijd in bepaalde lacunes van het geheugen of de concentratie: het ene moment had ik de la met sokken en onderbroeken opengetrokken, het volgende moment ging mijn telefoon of riep A. iets van beneden, en schoof ik de la weer dicht.

Ik had mijn gezicht al ingezeept en zocht in mijn minuscule toilettas – eerder een hoesje met een rits dat nog het meest aan een schooletui deed denken – tussen de miniverpakkingen deodorant en tandpasta naar het scheermesje. Misschien vertoonde ik alle uiterlijke kenmerken van paniek toen ik de toilettas ten slotte helemaal omkeerde en de inhoud in de wasbak liet kletteren, maar paniek was het niet – eerder een lichte ergernis over het feit dat ik nu het scheerschuim weer van mijn gezicht zou moeten wassen.

Het merkwaardige verschijnsel doet zich voor dat andere mannen dan ik een baard van een paar dagen kunnen laten staan, en het zo kunnen laten lijken of ze hun baardharen bewust op die lengte hebben getrimd, maar dat het er bij mij altijd zal blijven uitzien alsof ik ongeschoren ben. Een vorm van verwaarlozing als het ware, als een tuin waarin het gras te hoog staat, een aanrecht met een paar vuile borden, een broek met een vlek erin, omdat het de enige broek is die je hebt meegebracht.

Het motregende toen we de parkeerplaats overstaken. Aleksi vroeg of ik goed had geslapen en ik antwoordde bevestigend. Ik streek even over mijn baardstoppels, maar hield vooralsnog mijn mond.

Hij hield het rechterachterportier voor me open, en toen pas zag ik dat er al iemand op de passagiersstoel voorin zat. Een vrouw van rond de veertig die zich half naar me omdraaide om me een hand te geven en een naam te noemen die ik op hetzelfde moment weer vergat. Ook over haar uiterlijk kan ik geen details verstrekken, ik zag gedurende de hele rit naar Turku voornamelijk haar achterhoofd. Donker krulletjeshaar, denk ik, al zou ik daar geen eed op durven doen.

Ik was eigenlijk wel blij met deze onverwachte medepassagier, misschien zouden Aleksi en zij genoeg aan elkaar hebben en me grotendeels met rust laten.

En ik kreeg gelijk. Na twee of drie beleefdheidsvragen richtten ze zich tot elkaar. Aanvankelijk nog in het Engels, maar toen we Helsinki uit reden waren ze al op Fins overgegaan.

Ik keek naar de voorbijschietende naaldwouden aan weerszijden van de snelweg en luisterde half naar hun conversatie om te horen of ik misschien nog meer Finse woorden zou herkennen. Af en toe werden de bossen onderbroken door weilanden met wat witte koeien. En opeens wist ik het Finse woord voor koe weer. En meteen daarop ook voor kalf, pink en melk.

'Wat zei je, Herman?' vroeg Aleksi.

'Niets,' antwoordde ik. 'Ik bedoel dat me net het Fins voor koe te binnen schoot.'

Kennelijk had ik dit woord zonder het te beseffen hardop uitgesproken. Net als het vergeten van scheermesjes en onderbroeken overkwam ook dit me de laatste jaren vaker: dat ik iets hardop zei zonder me dit in eerste instantie te realiseren.

Het was niet geheel ondenkbaar dat ik gisteren tijdens de landing in Helsinki ook de woorden 'moeder' en 'dood' hardop had uitgesproken, bedacht ik nu. Maar dat leek toch niet erg waarschijnlijk. In elk geval was er geen medepassagier of stewardess geweest die me om uitleg had gevraagd.

De vorige avond was ik, nadat ik de inrichting van de uit mijn geheugen verdwenen hotelkamer had voltooid, naar buiten gegaan. Tussen de bomen en het struikgewas aan het einde van de parkeerplaats had ik in de verte opnieuw de lichtjes gezien: ik twijfelde er intussen niet meer aan dat zich daar de haven bevond waar ik op mijn negentiende aan land was gekomen. Ik zou die kant op kunnen gaan en dan als vanzelf in het centrum terechtkomen, wist ik me nog te herinneren, maar ik besloot in tegengestelde richting te lopen, een onduidelijke buurt met flatblokken in. Al na een minuut of tien zag ik op een hoek het uitnodigende rood verlichte raam van een pizzeria.

Er zijn mensen die meteen na aankomst in een vreemde stad het restaurant weten te vinden waar de beste lokale gerechten worden geserveerd. Die zich al op hun eerste avond in Helsinki tegoed zouden doen aan een stoofpot op basis van beren- of rendiervlees. Zelf behoor ik niet tot deze categorie wereldreizigers. Ik zou kunnen beweren dat ik een pizzeria in een buitenwijk 'authentieker' vind dan een Fins specialiteitenrestaurant: de tafeltjes in het specialiteitenrestaurant zouden immers voornamelijk bezet worden door mensen van buiten, buitenlanders die hier al maanden van tevoren hadden gereserveerd, terwijl je in de pizzeria veel meer kans had 'gewone' Finnen aan te treffen.

Maar de waarheid is veel simpeler: ik heb geen geduld voor plaatselijke specialiteiten, ik ben niet wezenlijk geïnteresseerd in hoe beren- of rendiervlees smaakt. Ik ben geen dierenactivist of vegetariër, maar ik vind dat bepaalde dieren gewoon niet gegeten moeten worden. De beer en het rendier bevinden zich op de glijdende schaal van gevoelens oproepende diersoorten dichter bij de hond en de kat dan bij de koe of het varken.

De werkelijke reden om het specialiteitenrestaurant links te laten liggen is dat ik in een vreemde stad het liefst ergens verdwijn. Onzichtbaar word. Ik ben alleen, er is niemand die ziet wat ik doe. Wanneer ze me na terugkeer vragen hoe beren- of rendiervlees smaakt, kan ik daar altijd nog over liegen. Ik zie de gezichten van de liefhebbers van beren- en rendiervlees al voor me. 'Een pizzeria? In Helsinki?' De verbijsterde uitdrukking op die gezichten. Misschien was ik wel te lui, zie ik ze denken. Te lui om naar het restaurant te vragen waar het beste beren- en rendiervlees van heel Finland wordt geserveerd.

Binnen was de pizzeria voornamelijk donker en leeg. Aan een tafeltje zaten twee vrouwen van middelbare leeftijd tegenover elkaar; iets verder naar achteren, in het donkerste gedeelte, zat een jongen met een baard en een paardenstaart naast een meisje met een wit gezicht en lang zwart haar. In een hoek hing een flatscreen!-tv waarop een basketbalwedstrijd te zien was. Achter een bar stond een man in een mouwloos hemd glazen te drogen: zijn onder- en bovenarmen waren vrijwel geheel bedekt met tatoeages.

Gedurende een kort ogenblik vroeg ik me af of ik eerst op de man achter de bar zou toelopen en zou vragen of er misschien een tafeltje vrij was, maar misschien zou dit als ironie of sarcasme worden opgevat, besloot ik, en ik koos een tafeltje tussen vier andere lege tafeltjes in, waar ik het beste uitzicht had op de basketbalwedstrijd.

Ik weet niet meer welke pizza ik heb besteld, maar ik herinner me nog wel het bier dat ongevraagd in pullen van een halve liter werd getapt. Er zijn mensen, familieleden, sommige van mijn beste vrienden, die niet in hun eentje in een restaurant durven te gaan zitten. Of die zich, nadat ze zichzelf met een uiterste wilsinspanning over de drempel heen hebben gezet, alsnog doodongelukkig voelen. Eenzaam vooral. Ze hebben het idee dat iedereen ze kan zien, dat alle andere eters naar ze kijken, de hele avond lang. Het is niet de eenzaamheid van het effectief in je eentje zijn, maar de zelfbewuste variant waarbij je jezelf door de ogen van anderen moederziel alleen aan een tafeltje in een restaurant ziet zitten. Een door en door zielig persoon. Iemand die kennelijk helemaal niemand op de wereld heeft om mee uit eten te gaan.

Zelf heb ik het alleen eten in 1986 ontdekt, in Barcelona. De eerste weken volgde ik nog het Nederlandse ritme: 's ochtends een croissant of een tosti (die in Catalonië een bikini heet) met een café con leche op een terras, rond lunchtijd broodjes met jamón of queso; in de avonduren zwierf ik langs de restaurants – achter de ramen zag ik mensen aan hun tafeltjes zitten, allemaal druk in gesprek, niemand zat daar in zijn eentje – zonder dat ik naar binnen durfde.

Het grote voordeel van Barcelona is dat je er in bijna alle jaargetijden ook 's avonds op een terras kunt zitten. Op een terras is het eenvoudiger om je een houding te geven. Je bestelt een biertje en een tortilla of een ensaladilla rusa en kijkt misschien af en toe even op je horloge waar je afspraak toch blijft.

Na die eerste weken begon me iets op te vallen. Rond het middaguur aten de Spanjaarden en Catalanen zonder uitzondering een volledige maaltijd: voorgerecht, hoofdgerecht en dessert. Een enkeling nam daar een flesje mineraalwater bij, maar de meesten trakteerden zichzelf toch op bier of een kwart liter wijn.

En er zaten mensen helemaal in hun eentje te eten. Zowel mannen als vrouwen. Sommigen hadden een krant voor hun neus, anderen keken naar het nieuws op een in een hoek van het restaurant opgehangen tv. Ze leken tevreden met zichzelf zoals ze daar zaten. Ze straalden een natuurlijke vanzelfsprekendheid uit die ik nooit eerder had gezien bij mensen die alleen in restaurants aten. Zielig waren ze in elk geval niet.

De eerste keer nam ik zelf ook een krant mee. Ik bestudeerde het menu. Er kon worden gekozen uit vier voorgerechten, vier hoofdgerechten en vier desserts. Als voorgerecht nam ik de ensaladilla rusa, en als hoofdgerecht de libritos de lomo. Over het dessert kon later een besluit worden genomen, begreep ik van de ober, die vroeg wat ik wilde drinken. Misschien eerst een biertje, antwoordde ik, en daarna – ik wees op een van de tafeltjes verderop waar een man, die net zo alleen was als ik, een flesje van een kwart liter rode wijn naast zijn bord had staan – zo'n flesje rode wijn als die meneer daar. Koud, vroeg de ober. Ik dacht eerst dat ik hem niet goed had verstaan, maar hij bedoelde wel degelijk dat er twee keuzemogelijkheden waren: *natural*, op kamertemperatuur, en *frío*, rechtstreeks uit de ijskast.

Ik dacht aan mensen in Nederland, zogenaamde wijnkenners, die de wijn eerst naar hun neus brachten, hem vervolgens een paar keer rond lieten draaien in het glas om ten slotte een paar druppels op hun tong te gieten. Sommigen gorgelden er ook nog even mee, terwijl de ober tijdens dit hele procedé, dat rustig tot voorbij de vijf minuten kon uitlopen, als een gedienstige lakei aan het hof van Lodewijk XIV, met de fles, het etiket naar de wijnproever toe gekeerd, braaf naast het tafeltje stond te wachten.

Aan deze wijnkenners, voor wie een rode wijn uit de ijskast een ergere doodzonde zou zijn dan het verbranden van de hele oogst, dacht ik toen ik een koud flesje bestelde. Ik vouwde *El País* dubbel en staarde naar de voorpagina zonder iets te lezen. Na het biertje en de ensaladilla rusa, maar vooral na het eerste glas ijskoude rode wijn, keek ik om me heen.

Niemand aan de ongeveer vijfentwintig tafeltjes leek speciale aandacht aan me te besteden. Behalve ik waren er nog zeven personen die alleen aten, vier mannen en drie vrouwen. En wat smaakte de koude wijn heerlijk! Dat boorden de wijnkenners zichzelf toch maar mooi door de neus met hun deskundige gesnuif en gegorgel.

Zo zat ik nu niet in een Fins specialiteitenrestaurant, maar in een donkere pizzeria met schuin in de hoek een basketbalwedstrijd tussen twee mij onbekende teams op de tv. De tweede halve liter bier deed zijn werk. Ik glimlachte naar niemand in het bijzonder, ik had ook niet het idee dat er na mijn binnenkomst nog op me werd gelet – ik glimlachte vooral naar mezelf.

Het was negen uur 's avonds, te vroeg voor alles. Ik zou alsnog de stad in kunnen gaan, maar ik was hier helemaal alleen. Niemand zou me vragen wat ik op mijn eerste avond in Helsinki had gedaan. Tijdens het tweede biertje was ik begonnen mezelf te vergeten, en waar zou ik dat beter kunnen voortzetten dan in mijn hotelkamer?

En zo is het gegaan. Ik ben teruggekeerd naar mijn hotelkamer, naar een plek waar ik me geen enkel detail meer van kan herinneren. Ook wat ik op die hotelkamer heb gedaan zal voor altijd in duisternis gehuld blijven. Misschien heb ik nog wat langs Finse tv-kanalen gezapt om uiteindelijk bij CNN te blijven hangen.

Het laatste wat ik me van de avond kan herinneren is de lobby van het hotel, de receptionist achter de balie, en dat ik me afvroeg of ik wel of niet iets tegen de man moest zeggen. Een korte verklaring voor mijn vroege terugkeer. *Ik heb een lange reis achter de rug. Morgen wacht een zware dag.* Maar het zou onmiddellijk zichtbaar zijn, de leugen zou van mijn gezicht af druipen. De receptionist zou meewarig zijn hoofd schudden bij zoveel leugenachtigheid.

Acht jaar eerder was ik op het idee gekomen om me een week in een klein Spaans dorp terug te trekken om aan een boek te werken. Een romantisch idee: een schrijver in een hotelkamer, een balkon met uitzicht op zee, een fles whisky, ijsblokjes. ’s Avonds wandelt hij met zijn handen in zijn zakken losjes langs de terrassen op de boulevard.

Maar de kamer had in werkelijkheid een hoog raam waardoor je alleen als je op een stoel ging staan naar buiten kon kijken. Het begon er al mee dat ik niet meteen om een andere kamer had gevraagd. De kamer zelf herinner ik me tot in de kleinste details, waarschijnlijk omdat ik er iets heb gedaan, maar misschien nog wel meer omdat ik er wanhopig ben geweest. Met het raam hoog in de muur hoefde de verbeelding niet eens te ver op hol te slaan om me in een isoleercel te wanen. 's Avonds ging ik naar buiten en dwaalde doelloos door de straten, net zo lang tot ik het niet meer idioot vroeg vond om naar het hotel terug te keren. Bij de receptie voerde ik een soort pantomime op voor de receptionist. Iets met mijn schouders en een door geen enkele bestaande emotie ondersteunde grijns. Het is idioot vroeg, wilde ik de receptionist met de pantomime duidelijk maken. Maar wie weet ga ik straks opnieuw de straat op.

De receptionist schonk me elke avond dezelfde glimlach, waarmee ze me wilde laten merken dat ze me doorzag. 'Welterusten,' zei ze op de derde avond om halftien, niet eens op een spottende toon. De vorige twee avonden was ik immers ook niet opnieuw de straat opgegaan?

Soms streek ik tijdens die zwerftochten neer op een terras en bestelde een dubbele J&B met ijs. En daarna nog een. Dan ging het weer even. Terwijl de whisky mijn aderen verwarmde, geloofde ik er weer in, in mijn aanwezigheid in deze Spaanse kustplaats – in mijn voornemen om hier een boek te schrijven. Maar vaker nog besefte ik na de tweede whisky dat ik me alleen maar moed had ingedronken om langs de receptionist te komen.

En ook de lobby van het hotel in Frankfurt waar men mij niet kende, herinner ik me als de dag van gisteren. Omdat ik uitgerekend daar mezelf niet kon vergeten en met mijn neus op het feit werd gedrukt dat ik er niets te zoeken had, dat alles op een vergissing berustte en dat inderdaad niemand een kamer voor me had gereserveerd.

Uit de liften kwamen voortdurend nieuwe stromen mannen in pakken (voornamelijk mannen, hooguit af en toe een vrouw), uitgevers vermoedelijk, of schrijvers die zich als mannen in pakken hadden vermomd, mannen die in elk geval het volste recht hadden hier aanwezig te zijn, in tegenstelling tot mij: een oplichter en een bedrieger die weliswaar een paar boeken had gepubliceerd maar niet moest denken dat dit genoeg was om zijn aanwezigheid te midden van de hier zo overvloedig aanwezige plantenbakken en aquaria te kunnen rechtvaardigen.

Wanneer ik het verhaal aan anderen vertel, eindig ik het meestal hier: met Anna op de heuvel. Nee, ik eindig het niet echt, ik sla iets over. Ik ga gelijk door naar de volgende ochtend, de maandag van ons vertrek uit Rovaniemi.

Ik weet niet precies wat het is, maar ik denk dat ik iets voor mezelf wil houden. Dat ik het verhaal niet wil besmeuren. Het mag niet te veel lijken op de verhalen die er over de druivenpluk worden verteld.

Die maandagochtend vroeg – het was nog donker buiten en het sneeuwde – stond de bus klaar voor de terugreis naar Lieksa. Anna en ik stonden bijna tegen elkaar aan. De bus dampte, de motor ronkte zachtjes, sneeuwvlokken dansten in het licht van de koplampen.

We stapten als eersten in, liepen zo ver mogelijk door naar achteren. Risto en Aatto waren meteen na ons ingestapt en kwamen op de twee stoelen voor ons zitten.

'We will leave you alone,' zei Risto, terwijl hij zich omdraaide en zijn hoofd tussen de rugleuningen van de stoelen stak, 'so you can talk about love.'

De vorige avond was er ter afsluiting van het skiweekend een kampvuur geweest. Iemand had een krat bier naar buiten gebracht. Ruimschoots te weinig voor circa vijftig leraren, maar er ging ook nog een andere fles rond, een fles zonder etiket zoals ik die al eerder had gezien.

Het liep tegen middernacht, Anna's werk in de keuken zat erop. Ze droeg geen haarnetje meer en ook geen muts. Haar donkerbruine haar hing los over de bontkraag van haar korte witte winterjas, en daarna nog verder naar beneden, tot halverwege haar rug.

In de bus praatten we zo zacht mogelijk, fluisterden bijna, zodat niemand ons zou horen, en bogen onze hoofden dicht naar elkaar toe. De geur van het kampvuur hing nog in haar trui – en ook in haar haar, zo rook ik toen ik met de punt van mijn neus even haar oorschelp aanraakte. Met mijn vingers streek ik over de zachte, pluizige mouw, en daarna verder naar beneden tot aan de nog zachtere huid van haar hand.

Ze vertelde over haar Russische vader die tijdens de Fins-Russische oorlog van 1939 krijgsgevangen was gemaakt. Na zijn vrijlating, in 1945, was hij niet zoals de meeste krijgsgevangenen teruggekeerd naar Rusland maar in Finland achtergebleven. Begin jaren vijftig was hij voor de behandeling van de tbc die hij tijdens de oorlog had opgelopen in een ziekenhuis in Joensuu opgenomen. Daar had hij Anna's moeder ontmoet, die als verpleegster in het ziekenhuis werkte.

Dit alles vertelde Anna in een taal die niet anders dan als 'gebroken Engels' was te omschrijven. Soms slaakte ze een diepe zucht en sloeg haar handen voor haar gezicht wanneer ze niet op een bepaald woord kon komen.

'My father… in war… he Russian… he fight… then… then he…'

'Wounded?' probeerde ik haar te helpen, maar ze schudde haar hoofd. Ze deed of ze een touw om haar polsen wikkelde, daarna verborg ze haar handen achter haar rug.

'Prison?' zei ik. 'Your father prisoner?'

'Yes!' riep ze uit en ze pakte mijn beide handen vast en kneep erin. 'He prison...! Prisoner...'

Ik weet nog goed hoe ik mijn best deed om mijn eigen Engels net zo gebroken te laten klinken als het hare. Om haar niet in verlegenheid te brengen in de eerste plaats, maar ook en vooral om dezelfde taal te spreken als zij. Tegelijkertijd werd het verhaal over de lotgevallen van haar vader tijdens de Fins-Russische oorlog authentieker door de weinige woorden waarin het werd verteld, als in een documentaire waarin de overlevenden ondertiteld moeten worden.

'He very cold,' zei Anna en vlocht haar vingers in de mijne, alsof ze het zelf ook koud had. 'He in snow... He almost dead.'

Aan weerszijden van de weg trokken opnieuw de besneeuwde sparren en de metershoge sneeuwhopen voorbij. Het was maar een kleine stap naar een in diezelfde sneeuw vastgelopen Russische tank, de in hun witte camouflagepakken neerhurkende Finse soldaten, Anna's vader bijna doodgevroren in dit ijskoude, bevroren landschap, vierendertig jaar geleden.

Ik vertelde haar over mijn eigen ouders. Over mijn vader die ook dingen in de oorlog had gedaan. Ik zal niet ontkennen dat ik die dingen een beetje heb aangedikt om er een beter verhaal van te maken, althans een verhaal dat het misschien heel in de verte kon opnemen tegen dat van de vader van Anna.

Nadat ik haar over mijn moeder had verteld, kuste ze me zachtjes op mijn wang, op een paar centimeter van mijn oor, waarbij ze eerst met haar vingertoppen een paar plukken van mijn haar opzij trok.

'And now?' vroeg ze. 'Now you okay?'

Ik knikte.

'Yes,' zei ik. 'Now I am okay.'

Na een halve dag rijden – het was alweer begonnen te schemeren – stopte de bus op een verlaten driesprong midden in de bossen. Hier zouden Anna en haar zusje uitstappen om een aansluitende bus naar Joensuu te nemen, had ik begrepen, waarna wij zouden doorrijden naar Lieksa.

Toen Anna opstond en door het gangpad naar voren liep, stond ik ook op en liep achter haar aan. Haar zusje, dat tijdens de hele reis ergens voor in de bus had gezeten, stond al bij de deur.

Daar, op de plek naast de chauffeur, kusten wij elkaar. Alle leraren applaudisseerden.

Het was het tweede filmmoment in twee dagen. Dit tweede moment wekte zekere verwachtingen. Wanneer zouden wij elkaar weer terugzien? Het was op de een of andere manier geen moment waarop de aftiteling door het beeld zou beginnen te rollen.

Ik zwaaide nog een laatste keer, toen ging de deur dicht en zette de bus zich in beweging. Terwijl ik terugliep naar mijn plaats, lachten alle leraren me toe, sommige staken hun duim omhoog. Door de achterruit zag ik de twee meisjes met hun tassen naast de weg staan en langzaam kleiner worden in de invallende duisternis. Risto drukte me een blikje ijskoud bier in de hand, Aatto stond op om me op mijn schouder te slaan.

'That was great,' zei hij. 'That was real love.'

En daarna? Wat gebeurde er daarna? Kwam er nog een derde filmmoment waarin de twee geliefden elkaar zouden weerzien:

op elkaar toe zouden rennen langs de oever van een Fins meer, de armen gespreid voor de komende omhelzing onder een rood gloeiende avondzon?

Dit is het gedeelte waar ik altijd het meest moeite mee had wanneer ik het verhaal over het skiweekend aan mijn vrienden vertelde. Vaker vertelde ik het verhaal daarom niet. In het begin, kort na mijn terugkeer, deed ik dat niet omdat ik in de drie dagen waarin het verhaal zich afspeelde een vriendin in Amsterdam had – een 'vaste' vriendin zoals dat toen nog met enige ironie werd genoemd. Door de nadruk op 'vaste' te leggen, insinueerde je dat je er mogelijk meer dan één had.

Maar het was toch vooral iets anders. Het paste gewoon niet goed bij de rest, bij de hoofdlijn van mijn verblijf in Finland: de besneeuwde bossen, de houtzagerij, de nabijheid van wolven en beren, mijn wezenlijke eenzaamheid wanneer ik op de rode tractor van boerderij naar boerderij, en later, aan het begin van de lente, van akker naar akker reed.

Soms vertrok ik vroeg in de ochtend met een in aluminiumfolie verpakte donkerbruine dubbele boterham met kaas en een thermoskan koffie naar een van die kilometers verderop gelegen akkers om pas kort voor het donker op de boerderij terug te keren. In de tussentijd beleefde ik momenten die tot de gelukkigste van mijn leven behoren.

Het had alles met de tijd te maken, of beter gezegd, met de tijdloosheid. Het ploegen van een akker leek nog het meest op het inkleuren van een kleurplaat, op het vullen van een pagina, het strijken van een overhemd. Als het klaar was was het klaar. Eerst was er alleen de chaos van de onbewerkte aarde, losliggende kluiten waaruit sprietjes onkruid staken, of door een periode van droogte aan elkaar gekoekte grond met diepe barsten erin, als een landschap uit de Sahel. Met het ploegen werd alles mooi en strak.

Ik streefde naar perfectie. Wanneer ik achteromkeek en zag dat na mijn laatste bocht van honderdtachtig graden aan het eind van de akker een stukje van dertig bij dertig centimeter ongeploegd was gebleven, zette ik de tractor in zijn achteruit en ploegde ik ook dat stuk alsnog onberispelijk strak.

Het mooiste moment brak altijd aan wanneer ik halverwege was: op de ene helft van de akker de chaos en de rommelige grond, op de andere helft – mijn helft inmiddels – de toekomst.

En ik was alleen. Het geluk dat in het alleen-zijn schuilt is uitsluitend uit te leggen aan mensen die ook nerveus worden wanneer ze te lang in gezelschap van hun medemens hebben moeten verkeren. Mensen die ongemerkt verdwijnen op recepties, bruiloften en boekpresentaties – ze nemen van niemand afscheid, dat duurt te lang en trekt vooral te veel de aandacht, ze zijn in één keer verdwenen, misschien hooguit via een niet noodzakelijke tussenstop op het toilet.

Wie een akker ploegt hoeft niet over de toekomst na te denken. Dat deed ik dan ook niet. De enige toekomst die voor mij bestond was het gedeelte van de akker dat nog ongeploegd was.

De tractor had geen stuurbekrachtiging. Elke bocht voelde je in je spieren. Maar het was vooral op de weerbarstige aarde, op het moment waarop je aan de rand van de akker gekomen moest keren, dat alles op spierkracht aankwam. Matti had me geleerd om het stuur juist niet al te stevig vast te houden. Hij had me verteld over onervaren boerenknechten die een vinger of een duim hadden gebroken wanneer het stuur plotseling de wielen gehoorzaamde in plaats van andersom.

Op een van die lange, eenzame middagen lette ik bij het keren aan het eind van de akker niet goed op. Plotseling kwamen de voorwielen los van de grond en bleven een paar seconden besluiteloos in de lucht hangen: zou de tractor zijn voorwielen weer rustig neerzetten, of zou hij achteroverkantelen en mij onder zijn gewicht verpletteren, als een wild paard op een rodeo zijn onervaren berijder? Mij eindelijk ontmaskeren als het onhandige, verwende watje uit Amsterdam-Zuid? Een jongen die te dun was voor dit zware werk, die hier goedbeschouwd natuurlijk niets te zoeken had.

Ik had het stuur stevig vastgegrepen toen de tractor begon te steigeren, en op het moment waarop de wielen uiteindelijk weer met een harde klap op de grond belandden, draaide het met hoge snelheid een paar wilde rondjes.

Ik voelde het meteen in mijn duim: een helse pijn. 'Godverdomme, sufferd!' schreeuwde ik tegen mezelf, terwijl de tranen me in de ogen sprongen. Ik had handschoenen aan, maar ook met handschoenen was te zien dat mijn rechterduim er in een vreemde knik bij hing.

De motor was afgeslagen. Het was opeens doodstil op de akker. Toen ik de duim zonder na te denken dwars door de handschoen heen zo goed en zo kwaad als het ging op zijn plaats terugduwde, was het gekraak, als van droge takjes die doormidden worden gebroken, het enige geluid dat de stilte verstoorde.

Op de boerderij liet ik dit incident onvermeld. Ik had ook pas na thuiskomst de handschoen uit durven trekken. Van buitenaf was er niets te zien, maar ik hoorde opnieuw geluiden toen ik tegen mijn duim duwde. Tot op de dag van vandaag is mijn rechterduim mijn zwakke plek: er hoeft maar iets te gebeuren – een bal die ik probeer te vangen, de klep van de kofferbak die ik niet meteen dicht krijg – of ik voel opnieuw dezelfde pijn die ik bijna vijftig jaar geleden op die verlaten akker in Finland heb gevoeld.

Zo liet ik in mijn latere verhalen dus altijd een deel van het skiweekend weg. Het hielp dat er maar weinig getuigen waren geweest. Toegegeven, een hele bus Finse leraren had voor ons geapplaudisseerd, maar vanuit Amsterdam gezien waren die leraren inmiddels ver weg, op meer dan negentienhonderd kilometer – en met elke verstrijkende dag ook steeds verder weg in tijd.

Misschien wilde ik Anna vooral voor mezelf houden, wilde ik niet dat het een verhaal werd zoals andere verhalen over meisjes. Daar stond ze, boven op een heuvel in de sneeuw. Ze had op me gewacht, zei ze.

Misschien wilde ik het 'en toen, en toen?' vermijden: mijn toehoorders die nu tot elke prijs zouden willen weten hoe het verder ging.

Het zou zomaar een banaal verhaal kunnen worden. Over eerste kussen bij een kampvuur, een versnelde hartslag, gerommel met truien en knopen in een kast van een schoollokaal – een besmeurde versie van de werkelijkheid.

Op een middag was er telefoon voor me. Ik had mijn vriendin in Amsterdam amper twee weken eerder nog gesproken, ik wist niet goed wie er verder nog zou kunnen bellen.

Heel even, in de twee of drie seconden waarin Ritva de hoorn van het aan de muur bevestigde telefoontoestel nog voor me vasthield, dacht ik aan Anna.

Ze had navraag gedaan. Via een van de leraren, via Risto of Aatto misschien wel, had ze het nummer van de boerderij gekregen.

Er zou een derde filmmoment komen. Wij zouden afspreken, langs de oever van het meer zouden wij op elkaar toe rennen. Daarna zou ik haar mijn kamer boven de stal laten zien.

'Herman,' klonk de stem van mijn vader aan de andere kant van de lijn, 'ben je daar?'

Hij vroeg hoe het met me ging, of ik nog geen heimwee had, en ik antwoordde naar waarheid dat ik mijn draai inmiddels had gevonden.

Verhalen door de telefoon vanuit verre landen zijn altijd tot mislukken gedoemd, als een foto van een te weids landschap: om het landschap echt te kunnen overbrengen heb je aan honderd foto's nog niet genoeg.

Midden in een verhaal over een afgelegen akker brak hij me plotseling af.

'We kunnen zo nog een poosje doorpraten,' zei hij. 'Maar eerst iets anders. Heb je al nagedacht wat je straks wilt gaan doen? Ik vraag dat ook omdat de inschrijftermijn voor de universiteit binnenkort sluit. Als je me nu kunt zeggen wat je wilt gaan studeren, kan ik je een dezer dagen inschrijven.'

Ik dacht aan de toekomst die opeens met duizelingwekkende snelheid dichterbij kwam. Tot vandaag was ze nog heel ver weg geweest, als een nog niet hoorbaar onweer, maar terwijl ik daar stond met de hoorn aan mijn oor was het net of ik nu toch echt de eerste druppels voelde.

Ik deed een stap opzij. Door het raam zag ik het erf van de boerderij, de stallen en verder naar achteren het roerloze oppervlak van het meer.

Ik dacht aan de nog te ploegen akkers – aan de eeuwigheid die binnen handbereik lag.

'Russisch,' zei ik.

Een paar dagen later was er opnieuw telefoon. Dit keer verwachtte ik mijn vader, om me te vertellen dat hij me met succes had ingeschreven voor de studie Russisch en op welke datum ik terug in Amsterdam zou moeten zijn om met die studie te beginnen. Ik zou niet langer over mijn toekomst na hoeven denken, maar met het begin van de studie zou er ook een einde aan die toekomst komen.

Aan de andere kant van de lijn klonk opeens de stem van Aatto, die me opgewekt begroette en me uitnodigde om een keer bij hem langs te komen.

'Het is ongeveer vijftig kilometer,' zei hij. 'Misschien wil iemand je brengen en anders kan ik je ook wel komen halen.'

Ik besprak de mogelijkheden met Matti. Een weekend was het beste, een zondag. Er was geen busverbinding, dus stelde Matti voor om me te brengen en aan het eind van de dag weer op te komen halen. De datum werd vastgesteld op een zondag twee weken later. Ik belde Aatto.

'Leuk,' zei hij. 'Ik verheug me erop.'

'Ik ook,' zei ik. 'Ik zal *Anna Karenina* voor je meenemen.'

'Heb je het dan al uit?'

'Bijna,' loog ik.

Ik was in het boek begonnen maar al na een paar hoofdstukken vastgelopen. Het had er ook mee te maken dat ik elke avond doodmoe in bed belandde en na hooguit twee pagina's in slaap viel.

Wel gebeurde er tijdens het lezen iets onverwachts. Al bij de eerste keer dat Anna Karenina ten tonele verscheen, dacht ik aan Anna. Het gebeurde vanzelf. Het boek telde meer dan duizend pagina's. Ik verheugde me op de maanden die het me zou kosten om *Anna Karenina* uit te lezen – op al die keren dat ik de andere Anna voor me zou zien.

Het zou jammer zijn om het zo snel alweer terug te moeten geven, maar ik verheugde me ook op het bezoek aan Aatto: op een hele dag praten in een taal die ik min of meer beheerste. Met het Fins ging het een stuk beter, maar ik merkte dat ik aan tafel de draad van de gesprekken al snel kwijtraakte. Een op een ging nog wel, maar zodra er meer dan drie Finnen door elkaar heen begonnen te praten, haakte ik af. Ik zag als het ware mijn eigen, geleidelijk steeds glaziger wordende blik. Wanneer iemand me iets zou vragen, zou ik onmiddellijk door de mand vallen als een van de aanwezigen die het laatste kwartier al niet meer had geluisterd.

Op de bewuste zondag reed Matti de auto uit de schuur. Ritva kwam naar buiten met hun anderhalf jaar oude dochtertje op de arm, en daarna volgden ook Matti's ouders.

Misschien had ik zijn ouders eerder in dit verhaal moeten introduceren, maar zoals het ging speelden ze nu pas een (kleine) rol van betekenis.

Zijn moeder kon heel goed koken en bereidde ook vrijwel alle maaltijden. Soms werd er vis gegeten, die Matti en ik in de roeiboot uit hun netten midden op het meer bevrijdden.

Het waren niet al te grote vissen, naar verhouding bestonden ze uit meer graten dan vis. Matti's moeder zag me worstelen.

'Vind je het niet lekker, Herman?'

Het was geen moment om eromheen te draaien.

'Niet echt,' zei ik.

Vanaf die dag trok zijn moeder elke keer dat er vis werd gegeten een blik knakworstjes voor me open.

Met zijn vader verrichtte ik soms klusjes in en om het huis. Ik herinner me een hek, een heel lang hek om het weiland waar de koeien graasden. We zouden een voor een alle palen vernieuwen. Wat ik ook deed, of ik de paal vasthield en zijn vader hem met een voorhamer de grond in sloeg, of dat zijn vader de paal vasthield terwijl ik de hamer hanteerde, het viel niet te verhullen dat ik ongeschikt was voor dit werk.

Matti's vader zuchtte, schudde zijn hoofd en keek me bijna bedroefd aan. Misschien was hij de enige op de boerderij die me zo openlijk liet merken wie ik eigenlijk was – dat ik in elk geval nooit boer zou worden. Na een halve dag palen hameren vroeg ik Matti of er niet nog ergens een akker te ploegen was.

Toen zijn ouders naar buiten kwamen en in de auto stapten dacht ik nog heel even dat het misschien een misverstand betrof, maar Matti hielp me snel uit de droom.

'We gaan allemaal,' zei hij. 'Het is zondag. We vinden het allemaal leuk om die collega van Risto te leren kennen.'

Het was vol in de auto, op de achterbank zat ik tegen het portier aan geklemd, aan weerszijden van de weg trokken de sparren voorbij, af en toe werd het uitzicht onderbroken door een meer.

Ik maakte me een voorstelling van hoe het bezoek zou verlopen – en die voorstelling kwam uit.

Aatto heette iedereen hartelijk welkom, aan niets was te merken dat hij niet op zo'n groot gezelschap had gerekend. Hij zette theekopjes op tafel en kwam terug uit de keuken met een zelfgebakken citroentaart.

Hij glimlachte naar me. Hij vroeg me een paar dingen in het Engels, daarna ging de conversatie al snel over op het Fins. Ik probeerde het gesprek te volgen, maar na een kwartier haakte ik af. Ik kan me niet herinneren dat ik zelf nog iets heb gezegd in de twee uur dat het bezoek duurde.

Het gebeurde pas tegen het eind. Iedereen maakte aanstalten om op te staan. Ik vroeg naar het toilet en Aatto liep met me mee de kamer uit om het me te wijzen. We liepen door de keuken en kwamen in een klein, donker halletje. Voor de deur van het toilet bleef ik staan.

'I... I am sorry,' zei ik.

Ik kon Aatto's gezicht niet zien; in het halfduister van het halletje kon ik niet zien of hij glimlachte of ernstig keek.

‘What are you sorry for, Herman?’ vroeg hij; hij sprak mijn naam op zijn Engels uit: Hurman.

Ik maakte een gebaar met mijn arm in de richting van de woonkamer.

‘So many people,’ zei ik. ‘I had no idea… I really didn’t know…’

I had wanted to come alone, wilde ik zeggen maar zei het niet.

Nu kon ik toch zien dat Aatto lachte, ik zag zijn tanden wit afsteken tegen het donkerbruin van zijn baard.

‘No need to apologize,’ zei hij. ‘I know how it works. Finnish people…’

Hij maakte zijn zin niet af, haalde alleen even zijn schouders op.

‘Don’t worry about it, Hurman,’ zei hij. ‘Maybe next time?’

De boekenbeurs van Turku verschilde niet wezenlijk van andere boekenbeurzen die ik had bezocht. Een aantal geschakelde hallen met te hoge plafonds en verkeerde akoestiek waar op andere dagen van het jaar auto's, caravans, zeiljachten of de laatste uitvindingen op huishoudelijk gebied werden tentoongesteld. Hallen die in feite te groot waren voor boeken, al lagen ze hier wel in reusachtige, intimiderende stapels uitgestald, de meeste nog in doorzichtig plastic verpakt zodat je er niet in kon bladeren.

Op een podium naast de stand van de uitgeverij werd ik geïnterviewd door Aleksi's oudere broer Touko. Het ging over mijn recent vertaalde roman *Zomerhuis met zwembad*, die in het Fins overigens *Huisarts* heette, de titel die ik oorspronkelijk aan het boek had willen geven, maar waar ik op het allerlaatste moment, om voor mezelf nog altijd onbegrijpelijke redenen, van af had gezien.

Daarna was het al snel tijd voor bier. Ik nam er eerst een paar met Touko, die er voor ons allebei een hotdog bij bestelde, en vervolgens nog een stuk of drie met Aleksi, uit plastic bekers van een halve liter.

Het was drie uur. Die avond stond er een etentje op het programma. Het ging er nu vooral om de tijd tot aan dat etentje te overbruggen, met een wandeling over de boekenbeurs misschien, en zo mogelijk met nog meer biertjes.

Met de beide broers Siltala sprak ik af dat ik me uiterlijk om vijf uur weer bij de stand van hun uitgeverij zou melden. 'Voor het aperitief!' zei Touko en hij stak zijn lege plastic beker in de lucht.

Zo wandelde ik een poosje doelloos van stand naar stand. Er is iets met boekenbeurzen wat maakt dat het van een stapel pakken en bladeren in een boek echt het laatste is wat je er zou willen doen. Zoals gezegd waren de meeste boeken ter afschrikking in plastic verpakt. Niet voor het eerst vroeg ik me af wat mensen op een boekenbeurs kwamen doen. Waarom ze de voorkeur gaven aan deze veel te hoge hallen boven de boekwinkel om de hoek.

Ergens in Hal 3 of 4 nam ik nog een plastic biertje. Hoofdzaak was om de alcohol zo goed mogelijk te doseren, om hem zo ideaal mogelijk over de rest van de dag te verspreiden – om niet te vroeg te pieken.

Ik dacht aan de vriend die voorafgaand aan een vlucht altijd een flinke hoeveelheid bier innam op de luchthaven om de vliegangst te dempen. Ik dacht aan de keer waarop hij al vier halve liters ophad toen er werd omgeroepen dat zijn vlucht drie uur vertraging had.

Nog drieënhalf uur tot het etentje, schatte ik. Het was beter om niet laveloos op dat etentje te arriveren, maar nu stoppen met drinken was ook geen optie. Als ik nu zou stoppen zou het grote inzakken onvermijdelijk een aanvang nemen en zou ik tijdens het etentje vooral de aandacht trekken door mijn niet te doorbreken zwijgzaamheid.

Op peil houden, nam ik mezelf voor en bestelde nog een biertje. Continuïteit, vasthouden wat je hebt.

In Hal 5 of 6 kwam ik Aleksi weer tegen; we wandelden een eindje samen op totdat hij iemand begroette bij een stand waar bij hoge uitzondering de boeken niet in plastic waren verpakt. Nadat hij me had voorgesteld begon Aleksi een gesprek met de standhouder; ik vond het onbeleefd om door te lopen en boog me daarom quasigeïnteresseerd over de uitgestalde boeken.

Mooi uitgegeven boeken waren het, simpele omslagen in wit of grijs met uitsluitend zwarte hoofdletters die de titel en de naam van de auteur vermeldden, en op sommige hooguit een enkele, eveneens in zwart uitgevoerde pentekening van een boomtak of een bloem.

Een dichtbundel, realiseerde ik me te laat toen ik er een van een stapel pakte en hem opensloeg. Nu pas zag ik dat alle boeken voornamelijk dun waren, het belangrijkste kenmerk van de dichtbundel, behalve wanneer het verzamelde werken betreft.

Mijn verhouding tot gedichten is geen natuurlijke, ze verloopt op zijn zachtst gezegd wat stroever dan bij romans en verhalenbundels. Ik heb in mijn leven meerdere mooie gedichten gelezen, maar het ging nooit helemaal vanzelf. Ik moest me er altijd toe zetten, zo ongeveer als in de tijd dat ik een vriendin had die een balletopleiding volgde en ik in haar gezelschap soms balletvoorstellingen bezocht. Als ik eenmaal begin met lezen, lees ik het gedicht ook altijd uit, de stroeve, niet helemaal natuurlijke relatie tot een gedicht zit hem in het beginnen zelf. Na één gedicht heb ik ook vrijwel altijd het gevoel dat mijn plicht erop zit, dat het werk is gedaan.

In proza of non-fictie schrik ik altijd een beetje wanneer de tekst wordt onderbroken door een gedicht – alsof er iemand midden in een film plotseling begint te zingen. Wanneer het gedicht onderaan de rechterpagina begint kijk ik even snel hoelang het op de volgende pagina nog doorgaat. Het behoeft hier waarschijnlijk geen verdere uitleg dat ik na één bezoek aan een musical (*Anatevka*) op mijn elfde ook deze kunstvorm voor de rest van mijn leven heb gemeden – nadat de balletvriendin het had uitgemaakt, voelde ik behalve een mengeling van spijt en verdriet toch ook opluchting over het feit dat ik geen balletvoorstellingen meer zou hoeven bezoeken.

Ik legde de dichtbundel terug op de stapel. Op de stapel ernaast lag een nog dunner boek, dunner dan het andere in elk geval. Ik weet niet precies hoe het ging, misschien wilde ik helemaal geen boek meer doorbladeren, misschien heb ik even gekeken of Aleksi al klaar was met zijn gesprek, hoe dan ook pakte ik het dunne boek toch van de stapel.

Ik las de naam van de auteur. Ik zou hier de spanning kunnen verhogen door te beweren dat voor- en achternaam mij vaag aan iemand deden denken, maar zo was het niet: het kon natuurlijk altijd nog dat het hier een naamgenoot betrof, maar eigenlijk wist ik al meteen dat het om iemand ging die ik persoonlijk had gekend.

Ik draaide de bundel om, maar er stond geen foto op het achterplat. En ook niet op een van de twee binnenflappen, daar werden alleen nogmaals de voor- en achternaam vermeld.

Suomen päivät, luidde de titel van de bundel; ik had de afgelopen anderhalve dag al veel Fins om me heen gehoord, ook andere, sinds lang dood gewaande woorden waren opnieuw tot leven gekomen. Naast de vaak voorkomende woorden als 'dank je wel' en 'tot ziens' was inmiddels ook het Finse woord voor 'bier' aan dit rijtje toegevoegd.

Misschien had ik het woord 'päivät' vandaag ook al een keer voorbij horen komen, ik wist in elk geval meteen de betekenis. En 'suomen' was gewoon een van de vele vervoegingen van

‘Suomi’, de Finse naam voor ‘Finland’.

Finse dagen was de titel van de bundel, het was ook de titel van het eerste gedicht.

SUOMEN PÄIVÄT

Suomen päivät
Suomen yöt
Ennen kaikkea
On odotettava

Ik kwam niet veel verder dan ‘Finse dagen’, en daarna nog een ander woord met ‘Finse’ – ‘weken’? ‘Maanden’? ‘Nachten’ misschien? ‘Finse dagen/ Finse nachten’, verder kwam ik voorlopig niet met de vertaling. Ik zou het zo aan Aleksi vragen, maar die was nog altijd in gesprek met zijn collega.

Het hele gedicht ‘Finse dagen’ besloeg ongeveer acht strofen van vier regels elk. Ik bladerde vluchtig door de bundel en las daarna verder in het eerste gedicht om te zien of er nog meer woorden in stonden die ik kende.

Alle gedichten waren gedateerd. ‘1973’ stond er onder het gedicht ‘Finse dagen’.

In de zesde strofe las ik mijn eigen naam, of althans een vervoeging van mijn naam: een vervoeging waarvan ik inmiddels niet meer wist of deze ‘vanaf’, ‘in’, of ‘naartoe’ moest aangeven.

Natuurlijk kon het om een andere Herman gaan, maar hoeveel Hermannen zouden er aan het begin van de jaren zeventig in Finland hebben rondgelopen?

Aan alle twijfel kwam een eind toen ik verder las en bij de vierde regel twee woorden tegenkwam waarvan ik de betekenis maar al te goed kende. Ze stonden ook nog eens bij elkaar.

Äiti kuollut.

Moeder dood.

'Zullen we gaan, Herman?' vroeg Aleksi en pakte me bij mijn elleboog. 'Tijd voor het aperitief.'

Ik sloeg de dichtbundel dicht en legde hem terug op de stapel.

'Had je iets gevonden?' vroeg Aleksi. 'Wilde je iets kopen?'

'Nee,' zei ik, 'ik keek alleen maar even.'

Terwijl we terugwandelden naar de stand van Siltala Publishing leek het of het geroezemoes van de bezoekers van de boekenbeurs zich naar een hoger gelegen gedeelte van de hallen had verplaatst, dichter bij het dak.

Het aperitief bestond uit meerdere biertjes in plastic bekers. Er waren ook plastic bakjes met nootjes en chips. Ik wachtte een geschikt moment af, zei tegen Aleksi dat ik even naar de wc ging en liep terug naar de hal waar zich de stand met de dichtbundels bevond.

Tijdens het etentje in een niet ver van het hotel gelegen restaurant kwam het gesprek na verloop van tijd op immigratie, vluchtelingen en volksverhuizingen in het algemeen.

Een Finse schrijfster wilde weten hoe het toch kon dat een land als Nederland, dat toch bekendstond om zijn tolerantie, nu zo massaal voor een populistische politicus stemde. Een aanwezige journalist haalde zijn notitieblokje uit zijn binnenzak. Ik stak hetzelfde verhaal af dat ik al vaker in diverse buitenlanden had afgestoken.

Tolerantie is een wassen neus, zal ik ongeveer hebben gezegd, hoewel ik nu zeker weet dat ik nooit op de vertaling van 'wassen neus' zal zijn gekomen. Tolerantie is hooguit een uiting van superioriteit jegens de getolereerde. Als alle mensen gewoon thuis zouden blijven, hadden wij ongetwijfeld een betere wereld, maar het zit nou eenmaal in de menselijke natuur om achter de horizon te willen kijken. Wanneer wij nu mensen willen verbieden om de Middellandse Zee over te steken, moeten we met terugwerkende kracht ook Columbus naar huis terugsturen. Dan moeten we Columbus opvangen in zijn eigen regio, zoals de populisten bepleiten.

De journalist schreef in zijn notitieblokje. Er werd nog meer wijn besteld, en daarna tot drie keer toe calvados voor bij de koffie.

Zonder merkbare overgang stonden we opeens buiten in de nacht, in een onbekende straat. Ik vroeg me af of ik het hotel zou kunnen terugvinden, en aan wie ik de weg zou kunnen vragen, aan Aleksi, of misschien beter aan de Finse schrijfster, toen Touko zei: 'Je gaat toch nog wel mee naar De Apotheek?'

Het zegt waarschijnlijk iets over al die plastic bekers bier die, aangelengd met de drie glazen calvados, door mijn aderen stroomden, dat ik zijn voorstel letterlijk opvatte.

'Gaan we naar een apotheek?'

'Dé Apotheek,' zei Touko. 'Het oudste en beroemdste café van Turku. Niemand kan beweren in Turku te zijn geweest zonder De Apotheek te hebben bezocht.'

Het was daar, in De Apotheek, dat ik mijn jasje naast me op een houten bank had gelegd, zodanig dat ook de binnenzak zichtbaar werd, en iemand – de Finse schrijfster, een van de twee broers Siltala? – op de in bruin papier gepakte dichtbundel wees en vroeg of ik iets interessants had gekocht op de boekenbeurs.

Het zou onbeleefd zijn geweest om alleen met ja te antwoorden, daarom trok ik de ingepakte bundel uit mijn binnenzak en haalde hem vervolgens uit het papieren zakje. *Met bonzend hart*, zou ik hier kunnen schrijven. *Met bonzend hart trok ik de dicht-*

bundel tevoorschijn en overhandigde deze aan de Finse schrijfster. Maar zo was het niet, mijn hart bonsde hooguit van de hoeveelheid alcohol die het in mijn bloedbaan moest rondpompen. Het was eerder een niet geheel onprettige spanning, heel in de verte vergelijkbaar met het soort spanning dat de deelnemers aan een spelletje Russische roulette moesten voelen.

Terwijl de Finse schrijfster door de bundel bladerde en ik haar vroeg of ze de auteur misschien kende, waarop ze ontkennend antwoordde, oefende ik alvast op het gezicht dat ik zou trekken wanneer ze het titelgedicht ('Finse dagen') verder zou lezen dan alleen de eerste regels en op mijn naam zou stuiten.

Inmiddels ging de dichtbundel van hand tot hand. Er werd wat halfslachtig gebladerd. Hoe zou ik reageren? Was het geloofwaardiger wanneer ik onmiddellijk zou toegeven dat ik wist dat het gedicht over mij ging? Of moest ik een verbaasd gezicht trekken? Mijn naam? Waar? Van alle aanwezigen hier aan tafel waren alleen de beide broers Siltala op de hoogte van mijn eerdere verblijf in Finland. Aan de ene kant was ik nieuwsgierig naar de inhoud van het gedicht, aan de andere kant twijfelde ik of ik die inhoud wel wilde horen aan een tafel met tien uitgevers, schrijvers en journalisten.

Als laatste kreeg Aleksi de bundel in handen. Hij bestudeerde eerst het achterplat en begon toen van achteren naar voren te bladeren, vluchtig, zonder echt iets te lezen.

Ik vroeg hem of hij de auteur kende.

'Vaag,' antwoordde hij. 'Ik bedoel dat ik de naam weleens heb gehoord. Maar het is vrij lokaal. Vooral bekend in Noord-Karelië.'

Het was nu nog maar een kleine stap. Ik hoefde alleen maar de bundel van hem over te nemen, de betreffende bladzijde op te slaan en 'Wat staat hier?' te vragen.

Ik zou iets te weten komen. Iets wat mogelijk verder reikte dan moeder en dood.

'Noord-Karelië,' zei Aleksi. 'Dat is waar jij op die boerderij hebt gewerkt, toch?'

'Ja,' zei ik.

'Heb je het daarom gekocht?'

'Ik weet het niet... Of ja, ik denk het. Ik denk het wel.'

De vorige avond in Helsinki had ik nog net op tijd de aanvechting bedwongen om de receptionist een verklaring voor mijn vroege terugkeer te geven. Hier was zo'n verklaring niet nodig. Het precieze uur ben ik vergeten, maar mijn staat van dronkenschap en het feit dat er na mijn herhaaldelijk en langdurig aanbellen een nachtportier naar de glazen deur kwam sloffen, waren als verklaring ruimschoots voldoende.

Ik zou willen dat ik kon zeggen dat ik met de dichtbundel op bed ben gaan liggen en met behulp van een online woordenboek het bewuste gedicht ben gaan vertalen. Maar het werd zo'n nacht waarin je ergens tegen het ochtendgloren wakker schrikt met het licht en al je kleren nog aan. En met een nog altijd zwaar bonzend hart, een lichaam dat je verwijt dat je het hebt misbruikt en dat je nu de rekening presenteert.

Ik worstelde me een weg terug in mijn herinnering maar kwam niet verder dan de scène waarin de dichtbundel van hand tot hand ging om ten slotte in Aleksi's handen te eindigen.

Wat er vervolgens was gezegd, kon ik me met de beste wil van de wereld niet meer te binnen brengen. Was Aleksi uiteindelijk toch nog op het bewuste gedicht gestuit? Of had ik hem er zelf op attent gemaakt?

Maar ik kwam niet verder dan een paar flarden: een lege, nachtelijke straat in Turku; een luide lach; de sloffende nachtportier die, zo wist ik me nu opeens wél te herinneren, een grijze kimono droeg en een soort officierspet op zijn hoofd had.

Het laatste deel van de avond moest zijn gewist door de hoeveelheid bier in De Apotheek – zoals dat gaat met dronken herinneringen. Je schiet alleen nog van dronken moment naar dronken moment: een cafédeur die dichtslaat, iemand die je vraagt of je de weg terug naar je hotel nog wel weet te vinden, een Finse schrijfster die haar arm in de jouwe haakt en tegen de anderen zegt dat ze nog een eindje met je op zal lopen.

Na de nachtportier is er niks meer: geen lift, geen al dan niet met gebloemd tapijt beklede gang, geen sleutel (een echte sleutel met een zware sleutelhanger of een kaartje), niet eens mijn eigen bezopen hoofd in de spiegel van de badkamer.

De volgende dag reden we van Turku naar Helsinki. Dit keer zat ik alleen met Aleksi in de auto. Grijze mistflarden dreven tussen de groene sparren aan weerszijden van de weg; mijn rugzak, met daarin de dichtbundel, lag op de achterbank.

Rechts van de weg stond een bord: SINT-PETERSBURG 318 KM. Heel even dacht ik aan *Anna Karenina*, en daarna aan de Anna die negenendertig jaar geleden in de sneeuw op mij had gewacht. Na de eerste hoofdstukken had ik het boek aan Aatto teruggegeven. Ik nam me voor om het meteen na thuiskomst helemaal te gaan lezen.

In een op een authentieke Engelse pub gelijkende bar in de vertrekhal van het vliegveld at ik een dubbele hamburger met frites en dronk in recordtempo drie flesjes San Miguel. Terwijl het vliegtuig naar de startbaan taxiede, sloeg ik de dichtbundel open. In het bewuste gedicht meende ik nu ook nog de Finse woorden voor ‘blond’ en voor ‘vriend’ of ‘vriendschap’ te herkennen.

Toen kwam ik bij de twee woorden die ik niet in een woordenboek hoefde op te zoeken. Ze stonden achter elkaar, aan het einde van een regel.

Het waren de eerste woorden die me te binnen waren geschoten tijdens de landing twee dagen geleden. Het waren de laatste woorden die ik uit Finland zou meenemen.

Het had ook andersom kunnen gaan.

Ík had op mijn zeventiende kunnen sterven. Mijn moeder zou ontroostbaar zijn geweest.

In plaats van dat ík ontroostbaar was geweest, zou ik hieraan toe kunnen voegen, maar zo was het niet. Ik was weliswaar verdrietig, mijn wereld stortte in, maar ik was niet ontroostbaar. Zo heb ik het altijd gevoeld. Er gebeurde iets, de wereld was verre van saai. Als een nieuwsuitzending waarin het niet over belastingverlaging gaat maar over een vliegtuig dat is neergestort, de nog nasmeulende brokstukken liggen over een groot gebied verspreid.

Ook later, toen mijn vriendin het met me uitmaakte, en toen mijn vader stierf, voelde ik dat er vooral doorgeleefd moest worden. Anders geleefd, dat wel. Intenser. Sommige dingen waren voor altijd veranderd. Mensen zouden nooit meer terugkeren. Het leven zelf stortte niet in, het maakte alleen een scherpe bocht. Achter een heuvel doemde een nieuw landschap op. Een spannender landschap. Onbekender.

Na de dood van mijn moeder was ik een tijd het middelpunt. Van alles. Waar ik ook kwam vielen de gesprekken stil. Daar zou ik later nog aan moeten wennen, dat ze niet meer stilvielen.

Ik beleefde alles net iets anders. Meer beeld voor beeld. Op de avond na mijn moeders dood ging ik met mijn halfzus Marijke de stad in. Om er even uit te zijn, weg uit een huis waar inmiddels een kist stond op de plek waar mijn moeders bed had gestaan. We namen de tram. Op het Weteringcircuit boorde de tram zich in een auto.

Dit is wat ik me herinner: het zwaar ingedeukte linkerportier van de auto; de bestuurder die alleen een bloedneus had en naast de tramrails stond te trillen en een sigaret opstak; de passagiers die allemaal moesten uitstappen en, net als wij, hun weg te voet vervolgden.

Maar ik herinner me vooral het verhaal dat zich al tijdens het uitstappen begon te vormen. Een verhaal dat ik niet meer kwijt zou kunnen, althans niet bij mijn moeder. En met dat besef hield het ook meteen op een verhaal te zijn.

Nee, het hield niet op, het werd een ander verhaal. Een verhaal dat zo zou moeten beginnen: 'Op de avond na mijn moeders dood...'

Een paar weken later begon school weer. Leraren waren een en al meelevendheid. Ze vroegen of ik wel genoeg at, misschien was ik in de afgelopen maanden nog dunner geworden. Ze lieten hun blik over mijn kleren glijden en vroegen of ik die zelf moest wassen nu er geen vrouw meer in huis was. Voor even was ik niet die lastige leerling met de laagste cijfers van de hele klas, maar een jongen van zeventien die geen moeder meer had. Ik zat in mijn eindexamenjaar. Het zou nog tot na de kerstvakantie duren voordat de rector me op zijn kamer zou ontbieden om me met klem aan te raden het eindexamen dat jaar te laten schieten. Vanwege de statistieken. Het slagingspercentage. Het percentage geslaagde leerlingen zou stijgen wanneer ik, een gegarandeerde zakker, van het eindexamen zou afzien.

Meer dan enige andere gebeurtenis herinnerde het korte gesprek met de rector me eraan dat de dingen zich intussen hadden genormaliseerd. Had de rector het lef gehad om over het slagingspercentage te beginnen als mijn moeder pas twee weken geleden zou zijn overleden in plaats van vijf maanden?

Ik weet nog dat ik daar even op probeerde te zinspelen. Dat ik een 'moeilijke start' van het schooljaar had gehad. Maar de rector leek niet te begrijpen waar ik het over had, of deed alsof. Wat had hij er tenslotte voor boodschap aan dat hier een halve wees voor hem stond? Het ging hem uitsluitend om het bewaken van het slagingspercentage.

Er was alleen één ding dat hij over het hoofd zag: ik was inmiddels een schrijver. Een aankomend schrijver weliswaar, een schrijver in de toekomst, maar voor de dingen die je in je opneemt, alles wat je in gedachten noteert voor later gebruik, maakte dat geen verschil. Hij verkeerde waarschijnlijk in de veronderstelling dat dit een privégesprek was, dat hij hier uitsluitend met een leerling in zijn kamer stond, maar daarin vergiste hij zich deerlijk.

Vooruitlopend op de eindexamendroom nam ik de rector in me op. Zijn miezerige gestalte nadat hij vanachter zijn bureau was opgestaan om me de hand te drukken. Beeld voor beeld, zoals ik ook het ingedeukte autoportier op het Weteringcircuit in me had opgenomen.

Voor later gebruik – in een ooit te schrijven boek.

Dit boek.

Vijf maanden! Ja, zo ging dat met de tijd, hij schoof gewoon door, steeds verder naar voren. Elke keer dat ik over mijn schouder keek was alles alweer verder weg, als een station dat in de verte verdwijnt: je hangt uit het coupéraampje, op het perron staat nog iemand te zwaaien, een familielid misschien, maar het is al te ver weg, je ziet al niet meer wie het is.

Ik had intussen een vriendin en een motorfiets. Dat heeft me in het begin nog behoorlijk dwarsgezeten: dat ik gelukkig was. Niet alleen na vijf maanden, maar al veel eerder. Misschien al wel op de dag zelf, of anders in elk geval kort na de begrafenis.

Drie weken na haar dood kocht ik mijn eerste motorfiets: een Maico 125cc, bouwjaar 1955. Iemand in de buurt van Purmerend vroeg er tweehonderd gulden voor.

De motorfiets was boven verwachting mooi: lang en zwart, met aan beide kanten van het motorblok een zwarte uitlaat. Het was een Duitse 'ordonnansmotor' zoals de boerenjongen, aan wie ik zonder af te dingen de acht biljetten van vijfentwintig overhandigde, er trots bij vermeldde. Weliswaar van na de oorlog, maar het verschil bedroeg maar tien jaar. Ik had geen rijbewijs, ik was nog geen achttien, op de tweebaansweg naar

Amsterdam probeerde ik de maximumsnelheid uit, pas in de bebouwde kom minderde ik vaart. Niet tot de toegestane vijftig kilometer per uur, maar in elk geval wel tot tachtig.

Ik wist precies wat ik deed. In de eerste twee weken na mijn moeders dood was mijn voorste verdedigingslinie weggevallen. Aan mijn risicomijdende gedrag was definitief een einde gekomen. Ik had haar gezicht gezien bij de aanschaf van mijn eerste brommer, kort na mijn zestiende verjaardag. Met de brommer zette ik een stap dichter naar de volledige verdwijning uit haar leven. In de eerste plaats zou ik van haar wegrijden, steeds verder van haar wegrijden, ik zou nog even naar haar zwaaien, maar daarna werd ik al snel een stipje aan de horizon. Achter die horizon loerde het gevaar, ze was bang dat me iets zou overkomen.

Zo leefde ik, zo reed ik ook die eerste dag met mijn nieuwe brommer onze straat uit: voorzichtiger dan je normaal gesproken zestienjarige jongens op brommers zag rijden. Om de hoek gaf ik weliswaar iets meer gas en testte ik een paar keer snel achter elkaar de remweg, maar ik deed geen rare dingen, ik haalde geen toeren uit, ging niet op het zadel staan of met losse handen rijden – dat laatste was sowieso onmogelijk want dan moest je de gashendel loslaten en stond je al na een paar meter stil.

Zo keek ik naar mezelf op de brommer, door de ogen van mijn moeder. Zij zou het niet overleven wanneer ik zou verongelukken. Het was mijn verantwoordelijkheid om dit niet te laten gebeuren.

Mijn vader zou het aankunnen, dacht ik. Hij zou 'normaal' verdrietig zijn, net als ik jaren later bij zijn eigen dood. Normaal verdriet. Overzichtelijk. Verdriet dat binnen de perken bleef.

Met verstikte stem zou hij een paar woorden spreken aan mijn graf. Hij zou vooral een zware dobber aan mijn moeder hebben. Aan haar ontroostbaarheid. Hij zou haar in zijn armen kunnen nemen, maar zij zou dat waarschijnlijk niet toelaten. Hij was van huis uit al niet zo'n natuurlijke trooster – ik zag zijn hand op haar schouder en mijn moeder die deze hand zo snel mogelijk wegsloeg. Dat doe je maar bij die leuke vriendin van je. Misschien geen woorden die letterlijk zo zouden worden uitgesproken, maar die wel als een kleverige mist over de begraafplaats zouden blijven hangen. Raak me niet aan, luidde haar onuitgesproken boodschap. Als je me aanraakt zeg ik iets wat je niet snel meer zal vergeten.

Nee, mijn vader zou haar niet kunnen troosten, hij zou zich zo snel mogelijk uit de voeten maken naar het Minervaplein, waar zijn vriendin woonde. Mijn moeder zou alleen achterblijven in de Gerrit van der Veenstraat.

Die eerste dag op mijn nieuwe brommer minderde ik vaart voor het stoplicht bij de hoek Beethovenstraat-Stadionweg. Ik keek naar links en naar rechts, en ook nog eens achterom. Ik zou niet stoer gaan doen, niet te schuin gaan liggen in de bochten. Bij dat stoplicht beloofde ik mijn moeder plechtig om haar niet zonder mij achter te laten.

Na haar dood veranderde mijn gedrag drastisch. Ik was me er eerst nog niet eens zo van bewust. De eerste keer was tijdens een korte vakantie in Zeeuws-Vlaanderen, een paar dagen na de begrafenis. We hadden de oude motorfiets van Bartens vader uit het schuurtje gehaald en hem aan de praat gekregen. Niemand had een rijbewijs. De handigste jongens gingen eerst, daarna kwam ik.

Ik merkte het meteen al toen ik het tuinhek uit reed: dit was iets anders dan een brommer. De kracht vooral, die je meteen voelde als je de gashendel te ver opendraaide. Het leek of de motorfiets je uit het zadel probeerde te werpen, of hij alleen verder wilde, sneller dan jij ooit zou durven. Ik voelde de wind die mijn ogen deed tranen, het stuur dat aan mijn armen trok.

Het gebeurde al in de eerste bocht. Een lange, flauwe bocht was het, met knotwilgen aan weerszijden van de weg. Zonder dat ik er iets aan kon doen was de motorfiets meer en meer op de linkerweghelft terechtgekomen, binnen nu en twee seconden zou ik tegen een knotwilg te pletter slaan.

Ik remde, de motorfiets begon te slingeren, het voorwiel kwam in de berm terecht, mijn linkerhand schampte de bast van een knotwilg. Op het allerlaatste moment besloot iets of iemand, misschien wel de motorfiets zelf, dat het nog te vroeg was. Zonder over de kop te slaan of mezelf tegen een boom te pletter te rijden, kreeg het voorwiel weer grip op het asfalt en kwam ik met rokende motor tot stilstand.

Niet lang daarna leende ik de motorfiets van een jongen die ik amper kende om voor het Spinoza Lyceum een proefritje te maken. Ik zwaaide naar mijn vrienden op het schoolplein, vergat bijtijds af te remmen en knalde tegen een laag tuinhekje. Ik werd gelanceerd en belandde in een rododendron. De motor was total loss, constateerde de jongen gelaten.

Het begon me inmiddels te dagen wat ik aan het doen was. Ik had geen moeder meer die ik verdriet zou kunnen doen door te verongelukken.

Het werd tijd om een eigen motorfiets te kopen.

Er zijn twee soorten verloedering. Het eerste soort is de verloedering die je zelf niet ziet, die waar anderen je op moeten wijzen: het kattenvrouwtje dat met haar veertig katten woont, haar tanden vallen uit, haar kleren zijn vies, de bank waarop ze tegen de schemering indommelt zit vol vlekken van maar half verwijderde kattenuitwerpselen, de stof van de bank is op meerdere plaatsen gescheurd, er hangt een lucht die je je zakdoek naar je ogen doet brengen.

Maar zelf is het kattenvrouwtje misschien wel zielsgelukkig. Natuurlijk heeft ze haar favorieten, maar eigenlijk zijn al haar katten haar lievelingen. Ze vergelijkt haar leven met de levens in de verzorgingshuizen: die eenzaamheid heeft ze nooit gekend. Als ze sterft kost het de mensen moeite om de deur open te krijgen; er liggen meerdere vuilniszakken achter, de katten springen blazend alle kanten op.

Het tweede soort is de verloedering die je wél zelf ziet. Je weet dat je door verloedering bent omringd, je ziet haar overal: de stapels aangekoekte pannen, borden en glazen op het aanrecht, de lucht die uit de lakens opstijgt, de ramen waardoor je niet meer goed naar buiten kunt kijken, een doordringende geur die vanachter de bank je neusgaten bereikt: je weet dat de katten het daar hebben gedaan omdat de kattenbak al te vol was.

Maar het is vooral het beginnen dat je tegenhoudt. Je ligt op de bank of nog in bed. Opstaan betekent beginnen, daarom blijf je liever nog even liggen. Normaal gesproken is er ook geen reden om te beginnen, op een doodgewone doordeweekse dag is er weinig voor nodig om het beginnen tot morgen uit te stellen. Het is niet erg, het voornemen, het besluit is al het halve werk: morgen ga ik de verloedering aanpakken, vandaag kan ik gewoon doorgaan met mijn leven, zij het binnen een afgebakende ruimte. In de keuken kan ik beter niet komen, en ook de lucht in de woonkamer ruik ik liever niet. Dat geeft allemaal niet, er is ruimte genoeg, er zijn nog andere kamers, de bank in wat voorheen de kamer van mijn moeder was – als ik de deur dichtdoe, is de stank er minder erg dan in de woonkamer.

Ik kleedde me zelden aan, meestal liep ik de hele dag in een bruin met zwart gestreepte badjas van mijn vader. Onder de badjas droeg ik mijn eveneens bruine, bijna kniehoge laarzen.

Een paar dagen na mijn achttiende verjaardag werd er laat op de avond aangebeld. Het was een van de meisjes die weleens kwamen. In haar armen, gewikkeld in een dekentje, droeg ze een kat. Een poes, naar later zou blijken. Nog een kat! dacht ik de gedachten van mijn vader.

Nog geen week eerder had ik van mijn verzamelde vriendenclub een zwarte kat – zwart met een paar witte vlekjes – cadeau gekregen. Er zal vast en zeker een gedachte achter dit cadeau hebben gezeten, maar welke gedachte dat precies was, daar durfde ik niet goed aan te denken.

Waarschijnlijk was bepaalde informatie niet gedeeld binnen de vriendenclub. Cruciale informatie. Eén kat was immers genoeg. Maar het kon natuurlijk ook altijd dat de meisjes binnen de vriendenclub wel degelijk op de hoogte waren van de plannen voor het cadeau en elkaar alleen maar hadden willen aftroeven.

Deze poes was helemaal wit op een grijszwart toupetje boven op haar kop na. Een kuifje met inhammen was het, alsof de poes daar al vroegtijdig kaal werd. In feite waren de kat en de poes elkaars spiegelbeeld: de een met een heleboel zwart en een heel klein beetje wit, de ander helemaal wit met een piepklein beetje zwart.

Ik liet het meisje binnen. Mijn vader was niet thuis die avond, naar alle waarschijnlijkheid zat hij bij zijn vriendin. Het meisje zette de witte poes in de gang, waarop deze het met al haar vier poten uitglijdend op het parket en veel gekras van nagels op een lopen zette om zich in de woonkamer onder de bank te verstoppen. De zwart-met-witte kat was intussen uit mijn slaapkamer tevoorschijn gekomen, met een staart zo dik als een plumeau of eerder nog een suikerspin.

'Ik had mezelf net een whisky ingeschonken,' zei ik tegen het meisje. 'Wil jij er ook een?'

Ik weet niet meer of ik deze avond ook mijn bruin met zwart gestreepte badjas en mijn laarzen aanhad; samen dronken we van de whisky, rookten een paar Gauloises en keken naar de eerste aftastende toenaderingspogingen tussen de twee dieren – de zwart-wit gevlekte kat en de wit-zwart gevlekte poes. De laatste zat nog altijd onder de bank, de eerste ijsbeerde voor de bank en stak af en toe zijn kop er half onder. Dan klonk er een donker gegrom van onder de bank en trok de kat zijn kop snel weer terug.

'Ik ben benieuwd,' zei ik. 'Ik denk dat ze het uiteindelijk wel zullen kunnen vinden samen. Ik ben eigenlijk vooral benieuwd wat mijn vader hiervan vindt. Van twee katten, bedoel ik. Hij is niet bepaald een fan van huisdieren.'

Iets in het aftastende spel tussen de beide katten kon ons niet ontgaan: de parallel met ons eigen aftasten, hoe we tegenover elkaar zaten en niet naast elkaar, hoe we ons niet bepaald soepel verlopende gesprek op gang probeerden te houden. Ik was me maar al te zeer bewust van wat er zou kunnen gebeuren: na nog een paar glazen whisky achtte ik mezelf in staat om op te staan en het meisje op haar mond te zoenen. In mijn herinnering zie ik mezelf plannen maken voor deze stap, maar tegelijkertijd moest ik tot elke prijs zien te vermijden dat het zover zou komen.

Ik was immers verliefd op een ander meisje. Ook al had dat andere meisje geen weet van mijn verliefdheid, toch was het beter om haar niet al bij voorbaat te bedriegen met een ander.

Ik stond op en sloeg het restant whisky in één keer achterover. Ook het meisje stond op. We bevonden ons nu dichter bij elkaar dan toen we nog zaten. Ik rook de whisky in haar adem, of misschien was het wel mijn eigen adem die ik rook. Ik dacht aan een ander ademen: dat van twee monden op elkaar die nog maar amper zuurstof zouden in- en uitademen. Ongemerkt moesten we nog wat dichter bij elkaar zijn gekomen, want nu raakten onze whiskyglazen elkaar.

Je moest maar eens naar huis gaan, waren de woorden die zich in mijn gedachten vormden maar die ik niet uitsprak. Het is al best laat.

Ik weet in ieder geval zeker dat ik de bruin met zwart gestreepte badjas en de laarzen had aangetrokken toen het andere meisje voor het eerst op bezoek zou komen. Ik weet niet meer precies wat ik dacht, welk beeld er door mijn hoofd spookte, op wie of wat ik probeerde te lijken.

Een paar uur voor haar aangekondigde bezoek was ik met opruimen begonnen. Of beter gezegd: ik had een paar halfslachtige pogingen gedaan de ergste sporen van verwaarlozing uit te wissen, maar was daar al na een kwartier mee opgehouden. Ik wist plotseling hoe ik het ging doen. Ik zou geen valse signalen afgeven. Geen opgeruimde keuken met alle afgewassen borden en glazen in het druiprek. Geen kamer met T-shirts, truien en broeken netjes in de klerenkast. Nee, ik zou alles laten zoals het was.

Ik zou het meisje geen vervalst beeld van mezelf voorspiegelen, ik zou me aan haar tonen als wat ik was: een geval. Een zielig geval misschien wel, een achttienjarige jongen die zo goed als alleen in een huis woonde waar ooit een gezin had gewoond. Aan verloedering ten prooi. In de steek gelaten door zijn vader die meerdere avonden per week niet thuis was omdat hij die avonden liever in gezelschap van zijn stokoude vriendin dan met zijn zoon doorbracht. Een volwassen man van achtenzestig die mij willens en wetens in deze deplorabele toestand had achtergelaten.

Dat zou het signaal aan het meisje zijn. Ik ging hierbij voornamelijk af op mijn intuïtie. Ik kende haar niet goed, het was mijn intuïtie die me influisterde dat zij het type vrouw was dat zich over zo'n geval zou ontfermen. Dat al op de allereerste dag aan de afwas zou beginnen, de glazen vol peuken en bodempjes whisky naar de keuken zou brengen. *Ik kwam net op tijd*, zou ze tegen haar vriendinnen zeggen. *Zonder mij was hij er waarschijnlijk aan onderdoor gegaan.*

Ja, daar gokte ik op bij het eerste bezoek van het meisje. Ook dit gesprek verliep niet al te soepel. Ik had voor ons beiden een waterglas whisky ingeschonken en had een sigaar opgestoken. Ze was zichtbaar nerveus. Ze stak de ene sigaret na de andere op, haar whiskyglas was nog sneller leeg dan het mijne. Ik zat op de bank, of nee, ik leunde achterover in de kussens. Ik kruiste mijn benen en droeg er zorg voor dat de badjas iets terugviel zodat de laarzen goed in beeld kwamen. Het was een donkere en mistige dag. Ik had de gordijnen half dicht gelaten: een geval zoals ik let niet meer op details als hoe licht het in een kamer is, redeneerde ik. Het halfduister paste beter bij mijn toestand van verwaarlozing. Af en toe brak er in een ander deel van het huis een gevecht uit tussen de zwarte kat en de witte poes. De dichte rook van mijn sigaar en haar sigaretten verdrong de ergste stank naar de achtergrond.

Ik dacht op dat moment nog dat ik iets speelde. Een rol. Een ooit veelbelovende, maar in zijn eindexamenjaar aan lagerwal geraakte jongen. Zijn vader kan het niet meer aan en is zo vaak mogelijk bij zijn vriendin. Pas veel later is het tot me doorgedrongen dat ik helemaal niets speelde. Dat het allemaal echt was. Ik was echt verloederd. Ik was niet in staat om mijn verloedering met een objectieve blik van buitenaf te beschouwen. Ik had zogezegd geen afstand. Ik zat er middenin.

Een paar dagen na haar bezoek trof ik een goede vriend die dat jaar ook eindexamen deed en bij het meisje in de klas zat.

'In de pauze ging ik met haar naar de snackbar,' vertelde hij me. 'Al onderweg ernaartoe begon ze over jou te vragen. Hoe goed ik je kende en zo. En daarna had ze het alleen nog maar over jou, ze hield echt niet meer op. Ik denk dat je een goede kans maakt, Herman, maar ik zou wel snel zijn als ik jou was. Zo'n meisje als zij blijft echt niet lang alleen.'

Mijn vader reageerde inderdaad zoals te verwachten viel bij de aanblik van de witte poes met het zwarte kuifje op haar kop: met afgrijzen. Ik zag het aan zijn gezicht, hij kon het niet verbergen, hij had zijn hele leven al een gespannen relatie met dieren gehad. Bij mijn opa en oma in de Oranjestraat in Arnhem waren altijd dieren geweest. Meerdere honden tegelijk, altijd wel een paar katten. Tijdens de bezoeken aan het huis van zijn schoonouders probeerde mijn vader de aanwezigheid van deze dieren zo veel mogelijk te negeren. Ik meende zelfs te zien dat hij tijdens de hele duur van het bezoek door zijn mond ademde om ze niet te hoeven ruiken. Maar dieren voelen feilloos aan wie er wel of niet hun vriend is. Mijn vader zat met zijn benen over elkaar, een wit stukje been tussen de onderzijde van zijn broek en zijn sok was onbedekt gebleven. Een van de honden, een oude, bruine cockerspaniël die Sasha heette, waggelde door de kamer, kwam bij de stoel waarin mijn vader zat tot stilstand en likte aan het witte stukje been. Mijn vader schoot overeind uit zijn stoel, alsof niet een hond zijn been had gelikt, maar alsof iemand er een ijsblokje of een gloeiende pook tegen had gehouden.

'Twee katten,' zei hij, toen hij de volgende middag thuiskwam. 'Dat is toch nergens voor nodig?'

'Ik dacht, dan is die ene niet zo alleen,' zei ik.

Op dat moment klonk er ergens vanuit de woonkamer zwaar en diep gegrom, dat na een paar seconden overging in een langgerekt miauwen zoals we dat voorheen alleen 's nachts vanuit de tuinen van ons huizenblok hoorden komen. Het was of er iets was weggevallen: de afstand waarschijnlijk, alsof je een politie- of brandweersirene ineens niet meer op straat hoort, maar in je eigen huis. Het miauwen stopte abrupt, je hoorde de katten nu alleen nog blazen. Het volgende moment bereikten ons geluiden van een gevecht, in de woonkamer viel iets om, een lamp naar later zou blijken, en kwam de witte poes de gang in gestormd.

'Wat is dat?' vroeg mijn vader.

Ik keek naar zijn van afgrijzen vertrokken gezicht en daarna naar de witte poes die met een dikke staart de eetkamer, en voormalige slaapkamer van mijn moeder, in schoot. En ik zag de poes nu ook opeens door zijn ogen. De witte poes met het belachelijke grijze kuifje op haar kop, een onooglijk beest goedbeschouwd, hopeloos lelijk en ongewenst.

'Ik weet het niet, Herman,' zei mijn vader. 'Misschien kun je met dat meisje praten. Misschien kan ze hem nog terugnemen.'

Hij zei 'dat meisje', het kostte hem altijd moeite om de namen van mijn vrienden en vriendinnen te onthouden. En hij zei 'hem', terwijl ik toch duidelijk had gezegd dat het hier een poes betrof en niet een kat.

Ik beloofde mijn vader met mijn vriendin te gaan praten. Iets in me zei dat hij gelijk had. Misschien kon ik me achter mijn vader verschuilen wanneer ik haar zou vragen om de witte poes terug te brengen naar waar ze vandaan kwam.

Maar uiteindelijk deed ik dit niet. Er was natuurlijk het schuldgevoel. Mijn vader was in alles de schuldige: eerst door mijn moeder te bedriegen met een andere vrouw, en daarna door hier nog min of meer in huis te blijven wonen tot ik mijn eindexamen had gehaald, terwijl aan alles was te merken dat hij het liefst zo snel mogelijk bij zijn vriendin was ingetrokken.

Ik had hem misschien kunnen bevrijden. Ik had tegen hem kunnen zeggen dat hij hier echt niet voor mij hoefde te blijven. Ik red me wel, had ik kunnen zeggen, ga jij maar het huis uit. Ik zal nooit weten of hij dat ook zou hebben gedaan. Eerder had hij zonder scrupules een heel gezin in de steek gelaten. Hoeveel moeite zou het iemand die daartoe in staat was geweest, kosten om een achttienjarige zoon aan zijn lot over te laten?

Maar het schuldgevoel was kennelijk sterker. Zo sliep mijn vader drie tot vier nachten in de week thuis, nog altijd op de slaapbank in de woonkamer, hoewel hij het zichzelf gemakkelijk had kunnen maken door zich het tweepersoonsbed van mijn moeder toe te eigenen. Maar kennelijk lag daar ook voor hem een grens. Of lag die grens er alleen maar omdat hij dacht dat ík die als een grens opvatte. Ik voelde aan alles dat hij bang voor me was, wat al met al geen goede basis vormde voor een vader-zoonrelatie. Ik was geen leuk gezelschap. Als een onberekenbare dictator kon ik het ene moment uitsluitend meegaandheid uitstralen om aan het eind van een rustig verlopen avond de zo zorgvuldig opgebouwde gezelligheid met één dodelijke opmerking onderuit te halen. Het zijn van die dingen waar je later spijt van hebt. Waar je je voor schaamt. Ik trof hem eens in de keuken terwijl hij staand voor het aanrecht met mes en vork een boterham met jam wegwerkte.

'Ik heb de hele nacht niet kunnen slapen,' zei hij, 'van wat je gisteravond zei.'

Zijn gezicht zag grijs, in zijn blik viel behalve verwijt ook iets onderdanigs te lezen, de blik van een hond die de hele nacht buiten heeft moeten doorbrengen en hoopt dat hij nu weer binnen zal worden gelaten.

Ik wist niet meer wat ik had gezegd, ik wist het echt niet meer, dat was misschien nog wel het ergste.

'Meende je dat nou echt?' vroeg hij, terwijl hij me niet meer aankeek maar net deed of hij al zijn concentratie nodig had voor het snijden van zijn boterham – en misschien was dat ook wel zo.

Dit is waar ik met schaamte aan terugdenk: mijn onverzoenlijkheid. Zonder er bewust op te hebben aangestuurd had ik hem in een positie gebracht waarin hij alleen nog maar zijn best deed om zijn zoon gunstig te stemmen. Waarbij hij vergat dat zijn rol als vader daarmee automatisch was uitgespeeld.

Maar het was niet alleen schaamte. Het was ook de ergernis over hoe hij daar stond met zijn boterham. Over hoe weinig hij van het leven maakte door staand aan het aanrecht met mes en vork in een boterham met jam te snijden. Weliswaar was er door de stapels vuile borden, kopjes en glazen geen ruimte op de keukentafel om zijn bord neer te zetten, maar hij had op zijn minst iets kunnen doen. Een paar borden naar de gootsteen verplaatsen bijvoorbeeld, ik wist plotseling zeker dat hij ook het bord waar hij nu zijn boterham van stond te eten eerst onder de kraan had moeten afspoelen.

Hij had het bord mee naar de woonkamer kunnen nemen. Het bord en het glas melk waarvan hij nu twee snelle slokken nam terwijl hij het brood nog niet helemaal had doorgeslikt. Koffiezetten kon hij niet. Ik had koffie voor hem kunnen zetten, ik had elke ochtend vroeger op kunnen staan dan hij, de vuile borden kunnen afwassen, of ze op zijn minst naar de gootsteen kunnen verplaatsen. Ik had hem kunnen verrassen met een gedekte ontbijttafel, verse croissantjes, zachtgekookte eitjes – maar dat deed ik allemaal niet.

Ik had nu op hem toe kunnen lopen, mijn armen om hem heen kunnen slaan en hem kunnen zeggen dat ik het niet echt had gemeend – wat het ook was wat ik de vorige avond tegen hem had gezegd waardoor hij de hele nacht wakker had gelegen.

Maar ook dat deed ik niet. In de eerste plaats schrok hij altijd terug voor lichamelijke aanrakingen: er was iets wat mij tegenhield om meer te doen dan hem alleen een hand te geven. Zelfs een hand op de schouder was al te veel van het goede. Er is een babyfoto van mij waarop mijn vader mij met één arm vasthoudt, of beter gezegd: hij balanceert de baby op zijn onderarm terwijl hij met zijn hand het hoofdje ondersteunt. Hij houdt de baby van zich af, op zijn gezicht valt een geamuseerde nieuwsgierigheid te lezen, eerder de nieuwsgierigheid naar een gadget dan naar een levend wezen.

Het was heel goed mogelijk dat hij me de staat waarin de keuken zich bevond verweet. Dat ik nooit die gezellige ontbijttafel voor hem dekte. En dat verwijt viel terug te lezen in zijn lichaamshouding, hoe hij daar met zijn mes en vork aan het aanrecht stond.

'Ik weet niet meer wat ik heb gezegd,' zei ik. 'Ik weet het echt niet meer. Is het belangrijk?'

En zo ging het ook met de witte poes. Zo was het ook met de zwarte kat gegaan. Mijn vader legde zich bij de aanwezigheid van de dieren neer. Dieren die hem op een onbewaakt ogenblik over een stukje bloot been konden likken wanneer hij in zijn gemakkelijke stoel de krant zat te lezen. Hij zou dit jaar uitzitten, het laatste jaar met mij in huis – mijn eindexamenjaar. Maar dan moest dat eindexamen natuurlijk wel worden gehaald.

Het was een omgekeerde gezinssituatie, voor zover je nog van een gezin kon spreken. Niet het kind zou opgroeien en het ouderlijk huis verlaten, maar de vader. In gedachten hoorde ik het hem soms zeggen, een paar blokken verderop, op het Minervaplein, tegen zijn vriendin. *Zodra hij zijn eindexamen heeft gehaald ben ik daar weg.*

Door in één keer mijn eindexamen te halen zou ik hem bevrijden. Ik zou hem toestemming geven om het huis uit te gaan, om 'op zichzelf' te gaan wonen, hoewel dat laatste natuurlijk relatief was. In het gunstigste geval zou hij zijn eigen plekje krijgen in het huis van zijn vriendin. Het zou al met een valse start beginnen. Hij zou bij haar intrekken.

'Ze wil je graag een keer ontmoeten,' zei hij soms. 'Als je daaraan toe bent,' voegde hij er snel aan toe wanneer hij mijn gezicht zag.

Ik dacht aan de middag alweer een jaar of vijf geleden, waarop ik haar voor het eerst in het echt had gezien: een wankele gestalte in een te dunne bontjas voor de etalage van Eichholtz; aan haar grote, verschrikte ogen; aan het moment waarop ze niet was geschept op het zebrapad van de Beethovenstraat en er aan deze hele komedie een vroegtijdig einde had kunnen komen.

De vriendin van mijn vader was al vanaf mijn dertiende in mijn leven aanwezig geweest. Vanaf de regenachtige middag waarop mijn moeder me van die aanwezigheid op de hoogte bracht. We zaten tegenover elkaar in de woonkamer, op dezelfde bank en stoel die ik acht jaar later uit de opslag zou halen om er mijn eerste kamer mee in te richten. Mijn moeder had een Gauloise opgestoken.

'Misschien heb je je weleens afgevraagd waarom je vader twee avonden in de week niet thuis komt eten,' zei ze, 'en waarom hij ook een aantal weekenden per jaar niet hier bij ons is.'

Ik zei niets. De waarheid was dat ik me dat nooit had afgevraagd. Ik vond de afwezigheid van mijn vader net zo vanzelfsprekend als zijn aanwezigheid. Of beter gezegd: ik dacht er helemaal niet bij na. Volwassen mannen met een vaste baan, vaders, moesten soms 'overwerken', dat werkwoord hoorde ik ook weleens in de huizen van mijn vrienden.

Maar ik stond vooral niet te lang bij zijn afwezigheid stil omdat ik het eigenlijk wel prima vond. De avonden samen met mijn moeder waren altijd feestelijker dan die waarop wij als compleet gezin aan tafel zaten. Alsof we vrijaf hadden van iets, alsof we de schijn van een gezamenlijke maaltijd in gezinsverband niet langer hoefden op te houden.

'Je vader is op die avonden dat hij niet thuis is bij een andere vrouw,' zei mijn moeder.

Ik voelde iets onder in mijn buik, een beweging zoals wanneer de gondel van een reuzenrad aan de daling begint; maar het leek ook wel op het moment waarop je nog maar tot aan je knieën in de zee staat en vervolgens nog een stap zet waardoor het koude water voor het eerst de pijpen van je zwembroek nat maakt.

Het was een moment dat nooit meer terug zou komen, moet ik meteen hebben beseft. Eerst is er alleen nog de wereld zoals hij was, en meteen daarna, zonder merkbare overgang, de wereld zoals hij van nu af aan zou worden. Een wereld waarin mijn vader en moeder weliswaar nog mijn ouders zouden blijven, maar niet meer dezelfde ouders als in die met duizelingwekkende vaart uit het zicht verdwijnende wereld waarin ze nog betrouwbare mensen waren geweest. Misschien wel de betrouwbaarste mensen die ik ooit had gehad – tot nu toe.

Tegelijkertijd had ik het sterke gevoel dat ik het allemaal al wist, dat ik het al heel lang had geweten. Dat mijn moeder me in feite niets nieuws vertelde en hooguit dat gevoel van het allang weten bevestigde.

'Hoelang is dit al aan de gang?' vroeg ik.

En meteen al in deze eerste vraag nadat de oude wereld voorgoed uit het zicht was verdwenen, begon de nieuwe wereld gestalte te krijgen. In de nieuwe, volwassen toon, de uit een boek of film geleende formulering: op de ruïnes van ons gezin richtte ik een nieuw bouwwerk op. Een aanvankelijk misschien nog wat wankele constructie waarin ik deze volwassen toon steeds vaker zou aanslaan, zowel tegen mijn moeder als tegen mijn vader.

Ik sta erboven, dacht ik. Dit raakt mij niet wezenlijk. Het is vooral zielig voor hén.

'Iets meer dan een jaar,' zei mijn moeder. 'Anderhalf jaar bijna. Maar we vonden je nog te jong om het je te vertellen. Je bent nu dertien.'

We vonden je nog te jong. Hoezo 'we'? Er was geen 'we' meer. Je bent nu dertien. Maar ik was opeens zelfs geen dertien meer, ik was vele jaren ouder. Mijn moeder zou ik vanaf vandaag moeten troosten. Met mijn vader kon ik alleen maar medelijden hebben: dat hij een vrouw als mijn moeder had verruild voor een ander.

Ik wist nog niet voor wat voor vrouw, dat kwam pas maanden later, toen mijn moeder me op die bewuste middag aanstootte terwijl we door de Beethovenstraat liepen.

'Niet meteen kijken,' zei ze. 'Voor de etalage bij Eichholtz. Dat is ze.'

Vanaf die dag werd het raadsel alleen maar groter, het medelijden met mijn vader veranderde definitief in onbegrip, en nog weer later in een nooit meer helemaal verdwenen weerzin.

De vrouw voor de etalage van Eichholtz was in de eerste plaats een oude vrouw, of misschien nog eerder een oude dame, van het soort dat je zou kunnen aanbieden om ze te helpen met oversteken. Een stuk ouder dan mijn moeder in elk geval, die nog zo jong was en die je toch ook met de beste wil van de wereld geen dame kon noemen. Hier begon het raadsel: want waarom verkoos mijn vader, in een wereld waarin de vaders vrijwel altijd ouder waren dan de moeders, en waarin bij een scheiding de vader zonder uitzondering zijn gezin in de steek liet voor een jongere vrouw, deze oude vrouw (dit 'oude mens', is de nog veel betere omschrijving die me nu te binnen schiet) boven mijn moeder?

Het oude mens stond ondertussen nog altijd voor de etalage, zich onbewust van de blikken van de voor haar ingeruilde vrouw, van de bedrogen vrouw, de nog altijd wettelijke echtgenote – en van de toch ook wel bedrogen zoon. Misschien niet zozeer bedrogen in de betekenis van misleid of voorgelogen, maar vooral in die van teleurgesteld.

Hier schiet mijn schuldige fantasie elke keer weer even op hol, want had ik het bedrog anders beoordeeld wanneer de buitenechtelijke liefde van mijn vader jonger zou zijn geweest dan mijn moeder? Jonger en wie weet zelfs wel mooier? Een vrouw die ik onder andere omstandigheden misschien zelfs wel aardig zou hebben gevonden?

De oude vrouw – een weduwe naar ik later zou vernemen, en waren weduwen immers niet altijd oud? – deed een paar passen opzij, bleef een ogenblik staan en wankelde toen weer terug. Ze droeg lelijke lakschoenen met hakken en goudkleurige gespen, het soort schoenen dat mijn moeder nooit zou dragen. Misschien boog ze zich nu voorover om iets in de etalage beter te kunnen zien, maar ik kon me niet aan de indruk onttrekken – toen niet, al die jaren daarna niet, tot op de dag van vandaag – dat zij naar zichzelf keek.

Mijn moeder en ik waren blijven staan, de afstand tussen de buitenechtelijke vriendin van mijn vader en ons bedroeg niet meer dan een meter of dertig. Wanneer de op haar hakken wankelende vrouw zich een halve slag zou draaien, zou ze ons zien.

Iets in mezelf wilde weg van deze plek, wilde in elk geval niet gezien worden door deze vrouw. Maar ik voelde het aan de manier waarop mijn moeder mijn hand had vastgepakt – wanneer had zij mijn hand vastgepakt? – en zachtjes in mijn vingers kneep: iets onverzettelijks, mijn moeder zou zich niet als eerste omdraaien. Waarom zouden wij weg moeten lopen, zeiden haar vingers die in de mijne knepen. Wij hebben het volste recht om hier te staan, in de Beethovenstraat die immers ook onze straat is. Waarom zouden wij weg moeten lopen omdat een lachwekkende oude dame op lelijke lakschoenen haar eigen spiegelbeeld in de etalageruit van Eichholtz staat te bewonderen?

Ze droeg een halflange jas met luipaardmotief en een zwarte, pluizige stola om haar hals. Een dunne jas: ik zeg met opzet luipaard*motief* omdat het niet met zekerheid was te zeggen of het vel van de jas van een echt luipaard was afgestroopt. Het was een koude dag in januari, het leek of het nog een paar graden kouder werd in de twee minuten waarin wij de vrouw stonden te bekijken, niet alleen door haar aanwezigheid in de Beethovenstraat, voor de etalage van de delicatessenwinkel, maar ook door het simpele feit dat ze te dun was gekleed voor de tijd van het jaar.

Het was niet geheel denkbeeldig dat ze hier op ditzelfde moment kou stond te vatten. Ietwat rillerig zou ze straks thuiskomen, vanavond zou de koorts al zo hoog zijn opgelopen dat ze vroeg onder de dekens zou kruipen. Ze zou mijn vader bellen – hem afbellen. 'Onder deze omstandigheden heeft het geen zin om te komen.' Mijn vader zou niet vragen of ze misschien iets nodig had. Zo was mijn vader niet. Hij kon niets voor de zieken doen: koffie of thee zetten was al te hoog gegrepen, laat staan het bakken van een ei. Hij zou alleen maar in de weg lopen.

Vanavond zouden mijn moeder en ik met mijn vader aan tafel zitten – alleen maar omdat zijn vriendin, zijn buitenechtelijke affaire, de verwoestster van gelukkige gezinnen, met koorts op bed lag. Een leuke avond zonder vader met het eten van opgewarmde restjes en muziek uit de transistorradio werd ons zo door de neus geboord.

Op datzelfde moment draaide de vrouw zich een halve slag en keek ons aan. Nee, ze keek ons niet aan, ze keek langs ons heen, ze zag ons niet staan. Misschien waren haar ogen nog gefocust op het bewonderen van haar spiegelbeeld in de etalageruit en zag ze de straat en de twee leden van het gezin dat ze te gronde had gericht alleen maar als wazige vlekken.

Haar eigen gezicht was voornamelijk wit, de bleekheid voorbij, en net als haar door de dunne luipaardjas bedekte lichaam te dun. Dun op de manier waarop oude mensen denken dat ze jonger lijken zolang ze maar slank blijven, terwijl ze er in werkelijkheid alleen maar ouder door worden. De ogen in het witte, waarschijnlijk met poeder bewerkte gezicht, waren groot en drukten een niet door enige emotie ondersteunde verbijstering uit.

Daar stonden we, mijn moeder en ik, en keken onverschrokken naar het gezicht dat ons niet zag. De hand van mijn moeder, de kracht waarmee ze in mijn vingers kneep, vertelden me dat wij niet opzij zouden gaan.

'Kom,' zei ze, en we zetten ons in beweging, recht op de ingang van Eichholtz af, volgens een route die ons binnen een halve minuut op slechts enkele meters van de stokoude, bleke vriendin van mijn vader zou brengen.

En op hetzelfde moment zette ook de vrouw zich in beweging en begon, weer met die enigszins wankele passen, op ons af te lopen. Nog maar een paar seconden en we zouden elkaar passeren.

De vrouw keek recht voor zich uit met haar grote ogen, al waren deze ogen inmiddels niet meer wijd opengesperd maar tot twee dunne spleetjes samengeknepen als de kijkgaten van een tank. Het viel niet te zeggen of ze alleen maar deed alsof ze ons niet had gezien of dat ze ons echt niet zag.

Misschien had ze geen idee, bedacht ik plotseling. Misschien had ze geen flauw idee hoe wij eruitzagen, mijn moeder en ik, de twee overgebleven leden van dit gezin dat deze witte spook-verschijning zonder ook maar het minste schuldgevoel uit elkaar had getrokken.

Ik was dertien en vaak dacht ik dezelfde dingen die volwassen mensen dachten, alleen keek ik er wel voor uit om dit al te duidelijk te laten merken. Op een middag, een paar maanden voordat ze me van het bestaan van de weduwe op de hoogte zou brengen, had ik mijn moeder huilend in de badkamer aangetroffen. Ik was vroeger dan normaal thuisgekomen van school, en nadat ik de voordeur achter me had gesloten, hoorde ik haar snikken. Op mijn tenen liep ik over de altijd krakende parketvloer van de gang naar de badkamer. Daar, achter de badkamerdeur, kwamen de snikken vandaan. Ik bracht mijn hand naar de deur, maar toen aarzelde ik.

Moest ik mijn moeder gewoon laten huilen en wachten tot ze ermee op zou houden? Kon ik niet beter zachtjes doorlopen naar mijn eigen kamer en net doen of ik het gesnik helemaal niet had gehoord? Maar dat was onmogelijk, ze zou uit de badkamer komen en meteen begrijpen dat ik net had gedaan of ik niets had gehoord. Ze zou zich waarschijnlijk schamen – geen enkele moeder wil dat haar dertienjarige zoon haar ziet huilen.

'Mam?'

Geen reactie, het huilen ging gewoon door en leek zelfs iets in hevigheid toe te nemen.

'Mam?'

Nu klopte ik op de deur, eerst een paar keer zachtjes en daarna een keer hard met al mijn knokkels.

Het huilen hield abrupt op, ik hoorde nu alleen nog wat gesnotter en geluiden als van iemand die een paar keer met kracht zijn neus ophaalt.

Ik drukte de klink naar beneden en duwde de deur een klein stukje open.

Onze badkamer had links een wastafel met een spiegel en rechts een bad met douche. Tussen het bad en de wastafel in was een schuine muur met een radiator en een raam met een matglazen ruit.

Mijn moeder stond tegen de radiator geleund, in een bruine peignoir en op haar favoriete platte gaatjesschoenen die ze binnenshuis altijd droeg. Haar haar zat door de war, haar wangen waren nat en rood, evenals haar ogen. Het was een uur of twee 's middags, maar ze had kennelijk nog geen tijd gehad om zich aan te kleden.

'Ach, jongen,' zei ze, en meteen daarop begon ze weer te huilen.

In twee passen was ik bij haar, voorzichtig sloeg ik mijn armen om haar heen en drukte haar tegen me aan. Ik was toen al iets langer dan mijn moeder, ik kon haar tegen me aan drukken, mijn hand op haar achterhoofd leggen, in haar mooie, dikke, zachte haar, haar gezicht tegen mijn borst, tegen mijn trui, ik drukte nog iets harder zodat het huilen zachter klonk, gedempter.

'Wat is er?' vroeg ik. 'Wat is er gebeurd?'

Er kwam geen antwoord, ze begon weer harder te huilen, ik voelde haar hoofd schokken onder mijn hand. Misschien moest ze alleen maar harder huilen omdat ze door haar zoon werd getroost. Dit dacht ik later. Hoe is het wanneer je je als moeder zo laat gaan in aanwezigheid van je kind? dacht ik. Is dat op zich niet al reden genoeg om nooit meer met huilen op te houden?

'Mam?' zei ik. 'Mama? Wat is er?'

'Niets,' snikte ze. 'Echt waar, lieverd. Er is niets. Ik ben alleen maar verdrietig.'

Ik liet mijn hand zakken en streelde haar over haar rug. Ik besloot om niet verder te vragen. Al was ik me op dat moment nog niet bewust van het bestaan van de weduwe, ook toen voelde ik me ouder dan dertien, bijna volwassen. Ik kon niet alleen mijn moeder troosten door haar in mijn armen te nemen, ik wist ook nog eens goed aan te voelen wanneer je niet door moest vragen.

Ik moest denken aan een incident van twee weken eerder. Mijn moeder en ik hadden ruziegemaakt, een heftige ruzie, de ruzies met mijn moeder waren altijd vele malen heftiger dan die tussen mij en mijn vader. Goedbeschouwd kon mijn vader het ruziemaken niet aan, hij wist niet hoe het moest en verzonk dan in stil gemok of verliet met slaande deuren een vertrek.

Maar mijn moeder en ik waren er goed in, wij wisten de ruzie naar een hoger plan te tillen waar niemand meer voor rede vatbaar was. Binnen enkele seconden bereikten wij het kookpunt, we slingerden elkaar de ergste beledigingen naar het hoofd, maar na een paar minuten nam de hevigheid alweer af. Daarna sloten we ons nog een uur of wat ieder in onze eigen kamer op, om vervolgens voorzichtig bij de ander aan te kloppen.

'Mam, ben je daar? Ben je nog boos?'

'Nee, lieverd. Ik ben niet boos meer. En jij? Ben jij nog boos?'

'Nee, ik ben ook niet meer boos.'

'Ik vraag het omdat je wel heel erg boos was daarnet.'

'Ja, mama, ik was heel erg boos, maar nu niet meer.'

En daarna sloten we elkaar in de armen, we gaven elkaar een

paar kusjes op de wangen en woelden met onze handen door elkaars haar.

'Ach, lieverd toch,' zei mijn moeder. 'Zal ik iets lekkers voor ons klaarmaken? Waar heb je trek in?'

Maar die ene keer was het verder gegaan. Te ver waarschijnlijk wel. Er raakte iets onherstelbaar beschadigd. Van alle ruzies met mijn moeder herinner ik me niets meer. Ik herinner me alleen deze ene.

De aanleiding was een feest waar ik niet naartoe mocht – omdat het te laat was of te ver weg, de details ben ik vergeten. We stonden tegenover elkaar in de eetkamer: sinds mijn vader aan zijn buitenechtelijke affaire was begonnen, sliepen mijn ouders apart. Mijn vader op de slaapbank in de woonkamer, mijn moeder in het tweepersoonsbed dat in een nis in de eetkamer was opgesteld. Een bed als een hemelbed, of meer nog als een bedstee: het had doorzichtige gordijnen die je met twee koordjes dicht kon trekken zodat het bed van de eetkamer werd afgeschermd, al trok mijn moeder die gordijnen maar zelden dicht.

Mijn moeder stond bij de bank naast het bed, ik stond naast haar boekenkast. Ze had een kleine eigen boekenkast in de kamer laten maken, er stonden veel zogenaamde 'vrouwenboeken' in, het verzamelde werk van Simone de Beauvoir, maar ook *Op weg naar het einde* en *Nader tot U* van Gerard Kornelis van het Reve.

'Als ik niet naar dat feest mag, moet je ook de gevolgen accepteren,' zei ik.

'Is dat een dreigement?' vroeg mijn moeder. 'De gevolgen? Welke gevolgen?'

Wat ik daarna deed had ik nooit mogen doen. Maar het feest was te belangrijk om het me zomaar door domme, moederlijke bezorgdheid te laten ontzeggen. Elk feest was belangrijk. Ik zou er een meisje zien. Meisjes. Het ergste nachtmerriescenario was dat ik op de bewuste avond wakker in bed zou liggen terwijl het feest in volle gang was. Andere jongens dan ik zouden het meisje aanspreken. Minder leuke jongens. De volgende maandag op school zou ik het meisje arm in arm zien lopen met zo'n minder leuke jongen.

Ik griste op goed geluk een paar dikke delen Simone de Beauvoir uit mijn moeders boekenkastje, liep ermee naar het raam en trok dit open.

'Mag ik naar dat feest, of wil je je boeken horen vallen?'

Mijn moeder keek me sprakeloos aan, dit was een escalatie die we nog niet eerder hadden meegemaakt. Het raam kwam weliswaar uit op ons balkon – de boeken zouden hooguit anderhalve meter vallen – maar ze zouden ongetwijfeld wel beschadigd raken.

Ik wist niet precies wat ik kon verwachten, misschien zou mijn moeder op me afstormen en een poging doen haar boeken van me af te pakken. Dat zou allemaal tevergeefs zijn, ik zou alle tijd hebben om ze op het balkon te laten vallen.

Maar mijn moeder deed iets anders. Met driftige passen liep ze de kamer uit en de gang op.

'Ik zal jou wat laten horen vallen!' schreeuwde ze.

Gedurende een kort ogenblik vroeg ik me af wat ze bedoelde, het volgende moment wist ik het.

Onze escalatie deed misschien nog het meest denken aan een shoot-out. Of beter gezegd: de tergend langzaam verstrijkende seconden voorafgaande aan een shoot-out. Drie of vier cowboys of maffiosi staan met hun pistolen en geweren op elkaar gericht. Wie haalt als eerste de trekker over? Wie besluit als eerste om zijn pistool weer in de holster te steken, de loop van zijn geweer te laten zakken om zo een shoot-out te vermijden?

Ik moest snel zijn. Ik moest mijn moeder tegenhouden. Met het terugzetten van de Simone de Beauvoirs in de boekenkast zou ik kostbare seconden verliezen. Ik liet ze vallen.

Toen ik de deur van mijn kamer bereikte, stond mijn moeder al met mijn elektrische gitaar in haar handen en had ze het raam opengetrokken.

'Ik zal jou wat laten horen vallen!' schreeuwde ze nogmaals met overslaande stem.

De gitaar was op dat moment mijn kostbaarste bezit. Hij was groen en hing aan een haakje aan de muur boven mijn pick-up. Samen met mijn vrienden, die ook deel uitmaakten van onze band, hadden we een nacht lang met slaapzakken en thermoskannen op de stoep van de gitaarwinkel gelegen om als eerste de koopjes van de opheffingsuitverkoop te bemachtigen. De goedkoopste elektrische gitaar kostte één gulden, maar iemand anders was ons voor. De mijne kostte vijf. Het enige minpunt was de kleur. Ik had liever een rode of een witte gehad.

Ik had al een grens overschreden door de boeken uit het raam te laten vallen, nu overschreed ik de volgende. Al zou je ook kunnen zeggen dat ik mijn moeder verhinderde om op haar beurt ook een grens te overschrijden.

Zonder al te veel moeite trok ik de gitaar uit haar handen. Daarna pakte ik haar vast, met mijn armen omklemde ik haar middel, en tilde haar een paar centimeter op. Zo bracht ik haar naar de deur.

'Ga je boeken opruimen,' zei ik. 'Sodemieter op en ga je boeken opruimen!'

Ik tilde haar het laatste stukje over de drempel en liet haar vervolgens abrupt los. Ze verloor bijna haar evenwicht, herstelde zich en probeerde me te verhinderen de deur in haar gezicht dicht te slaan. Maar ook dat mislukte. Met een klap, terwijl ik er nog wel op lette dat zij niet met haar vingers tussen de deur zou komen, sloeg ik hem dicht en draaide hem op slot.

De overschreden grens. Iets wat nooit meer kon worden teruggedraaid. Ik was fysiek sterker dan mijn moeder, misschien al enkele jaren, maar vandaag had ik haar dat ook laten merken. Als was zij een onhandelbaar kind had ik haar met puur fysieke kracht mijn kamer uitgewerkt. Probeer mij voortaan nooit meer feestjes door de neus te boren, luidde de boodschap. Anders zal je de gevolgen aan den lijve ondervinden.

Maar ik had ook meteen spijt. Meer dan van de uit het raam gegooide boeken had ik spijt van deze demonstratie van fysieke kracht. Er was een ongelijkheid in onze relatie geslopen die ik er met alle mogelijke middelen weer uit moest zien te krijgen.

Ik moest nog twee weken wachten, tot aan de middag waarop ik haar huilend in de badkamer zou aantreffen – toen pas kon ik mijn moeder in mijn armen nemen en haar troosten.

En daar dacht ik aan op het moment waarop de vrouw met de samengeknepen ogen en het veel te witte gezicht ons voorbijliep. Zonder ons te zien. Of ze deed net alsof ze ons niet zag. *Zonder ons een blik waardig te keuren.*

Ik dacht aan het huilen in de badkamer, ik had mijn moeder in mijn armen genomen zonder te weten waarom ik haar troostte.

Toen de vrouw ons helemaal voorbij was gelopen, bleven mijn moeder en ik staan. We draaiden ons een halve slag om en keken haar na: hoe zij tegelijkertijd statig en wankelend het zebrapad op de hoek van de Beethovenstraat en de Gerrit van der Veenstraat bereikte.

Uit het oogpunt van rechtvaardigheid zou het het beste zijn wanneer deze vrouw snel dood zou gaan, dacht ik. Liefst vandaag nog. Overreden door een tram of een te laat afremmende auto op het zebrapad. Wij zouden het eerder weten dan mijn vader. We zouden het hem vanavond aan tafel kunnen vertellen.

Haal even rustig adem. Je gelooft het niet. Het is geen slechte grap. Je moet ons geloven.

'En?' vroeg mijn moeder. 'Had je zoiets gedacht of had je je haar anders voorgesteld?'

'Jezus christus!' zei ik. 'Hoe oud is dat mens wel niet?'

Nu begon de vrouw aan de oversteek van de Beethovenstraat. Toen ze halverwege het zebrapad was, dacht ik aan het ongeluk dat ik daar een jaar of vier eerder had gezien. Op precies dezelfde plek. Ook een vrouw, een oude vrouw, was daar vlak voor mijn ogen door een Mercedes geschept.

Vandaag de dag kom ik niet meer zo vaak in de Beethovenstraat. Maar elke keer dat ik vanaf de kant van de viswinkel het zebrapad oversteek moet ik aan de door de lucht vliegende vrouw denken. Als een veertje, zeggen we soms over iets wat licht van gewicht is en door de lucht zweeft, maar zo was het niet. Het eigenlijke moment waarop de neus van de Mercedes de vrouw raakte en ze aan haar korte en tegelijkertijd eeuwigdurende reis door de lucht begon, deed meer aan een in woede hard weggeslagen tennisbal denken. Zij stond in de weg, daar op het zebrapad, ze stond daar volledig in haar recht, maar ze belemmerde ook de voorwaartse koers van de auto. De bestuurder zag haar te laat, zijn voet verplaatste zich waarschijnlijk pas van het gaspedaal naar de rem op het moment dat zijn auto de vrouw raakte. Door dat abrupte remmen werd ze gelanceerd. Wanneer de bestuurder gewoon was doorgereden hadden we een heel ander ongeluk gezien. In dat geval was de vrouw mogelijk op de motorkap van de Mercedes terechtgekomen, om vervolgens door het in duizenden splinters (dit was de tijd van voor het 'veiligheidsglas') verbrijzelende glas bij de bestuurder op schoot te belanden.

Van alle ongelukken en bijna-ongelukken die ik in mijn leven heb gezien, is de beeldkwaliteit van de door de lucht vliegende vrouw het scherpst. Ook is die niet aangetast door de tijd, zoals dat met oude foto's en acht-millimeterfilms gebeurt. Er is geen kleurverlies, het is geen zwart-witfoto die in de loop der decennia naar sepia is verkleurd, het fotopapier dat aan de randen is begonnen om te krullen. Alles is nog even scherp als toen. Het is een film die beeldje voor haarscherp beeldje kan worden afgespeeld, naar believen kan worden teruggespoeld en worden stilgezet. Hij is scherper dan het Zapruder-filmpje van de moord op Kennedy, maar het had en heeft wel een vergelijkbare impact. De door de lucht vliegende vrouw is tot de iconische beelden van mijn persoonlijke wereldgeschiedenis gaan behoren, zij het dat ik dit specifieke iconische beeld met niemand kan delen. Ik kan het niet op YouTube zetten, waar het niet langer dan twaalf seconden zou duren en inmiddels waarschijnlijk al 13.544.336 keer zou zijn bekeken. Maar het is er wel, het bestaat. Ik kan het oproepen wanneer ik maar wil, en tegelijkertijd kunnen er jaren voorbijgaan zonder dat het filmpje van twaalf seconden in mijn hoofd wordt afgespeeld. Alleen wanneer ik na maanden van afwezigheid weer eens in de Beethovenstraat ben, zie ik de vrouw keer op keer opnieuw door de lucht vliegen.

Ik weet zeker dat de scherpte van deze beelden alles te maken heeft met het feit dat ik op die bewuste middag helemaal alleen was in de Beethovenstraat. Zonder mijn moeder. Zonder mijn vader. Zonder vrienden. Na de piepende banden van de remmende Mercedes trad er een doodse stilte in. Ook de klap zelf speelt zich in mijn herinnering in stilte af. Waarschijnlijk was er wel geluid: het geluid van metaal tegen een bontjas, een menselijk lichaam, botten. Maar ik had de klap zelf niet gezien. Ik zag alleen een vrouw die door de lucht vloog. Voor zover ik me herinner klonken er ook geen ontzette kreten van omstanders. Ik denk dat er geen omstanders waren, in elk geval zag ik ze niet. Later heb ik dit vaak gedacht: ik was de enige getuige, niemand heeft het ongeluk zo zien gebeuren zoals ik. Zelfs niet de bestuurder van de Mercedes, die de vrouw immers te laat had gezien. Ik stond op de beste plek.

Omdat ik alleen was kon ik doen wat ik wilde. Ik werd niet door mijn moeder meegetrokken. Mijn vader sommeerde me niet te wachten terwijl hijzelf de straat overstak om hulp te bieden. En ik bevond me niet in gezelschap van vrienden, die waarschijnlijk meteen naar de op het asfalt uitgestrekte vrouw toe waren gelopen om het allemaal van nog dichterbij te kunnen zien. 'Kom mee, Herman, doe niet zo slap.'

Ik kon mijn besluit dus helemaal in mijn eentje nemen. Ik keek nog een laatste keer naar de vrouw. Ik herinner me vooral de totale bewegingloosheid. Op het asfalt, ter hoogte van haar hoofd, had zich intussen een plasje bloed gevormd. Ik keek maar één keer. Ook het plasje bloed zou in mijn herinnering nooit groter worden.

De bestuurder van de Mercedes was intussen uitgestapt, ik herinner me hoe hij met zijn hand op zijn maag stond te kokhalzen zonder uiteindelijk over te geven. Nu was hij op een paar meter van de vrouw tot stilstand gekomen. Hij hield zijn hand nog altijd op zijn maag, maar hij kokhalsde niet meer. Ook waren er nu toch een paar eerste omstanders die van de overkant van de Beethovenstraat toesnelden. Ik stapte het zebrapad op, liep zonder nog één keer naar de vrouw te kijken achter de Mercedes langs en legde voorbij de bloemenstal de laatste twintig meter naar huis af.

Daar vertelde ik niet meteen wat er was gebeurd. Mijn moeder stond in de keuken over een pan gebogen en vroeg me hoe het op school was geweest, of ik iets wilde eten, of ze een broodje voor me klaar kon maken – en ik antwoordde dat ik nu nog geen honger had, dat ik eerst even naar mijn kamer ging.

Ik deed de deur achter me dicht, ging op bed liggen en sloot mijn ogen. Na de oude vrouw drie keer door de lucht te hebben laten vliegen, richtte ik de camera op de man. Op de bestuurder van de Mercedes die het portier van zijn auto had geopend en was uitgestapt. Ik zag de hand die hij naar zijn maag bracht terwijl hij een paar passen in de richting van de roerloos op het asfalt liggende vrouw deed. Ik zag het kokhalzen. En daarna het laatste beeld: het plasje bloed. Het plasje bloed waarvan ik niet wist, en nooit zou weten, of het snel een grotere plas werd of voor altijd een klein plasje was gebleven, omdat ik mijn blik te snel had afgewend.

En nu pas, met een vertraging van misschien een kwartier, kwam de eerste emotie om de hoek kijken. Ik vond het nu ook zielig. Zielig voor de oude vrouw, die misschien wel dood was, zelfs al op het moment dat ze door de Mercedes werd geraakt en door de lucht begon te vliegen – op slag dood, ik was bekend met de uitdrukking. Maar ik had ook medelijden met de bestuurder van de Mercedes.

De oude vrouw was weliswaar zomaar een oude vrouw, een vrouw die ik niet kende – dat wist ik eigenlijk al op het moment dat ik haar roerloos op het asfalt zag liggen: ik kende niemand met zo'n bontjas – maar toch een levende oude vrouw. Een vrouw die nog in leven was geweest toen ze het zebrapad op stapte.

De bestuurder van de Mercedes had de motor gestart, ergens in een onbekend ander deel van de stad. Vanaf de Apollolaan was hij de Beethovenstraat in gereden, zich nog onbewust van het feit dat zijn leven binnen een halve minuut voorgoed zou veranderen. Dat hij het moment waarop de vrouw plotseling voor de motorkap was opgedoemd nooit meer van zijn netvlies zou kunnen branden. Het geluid van de klap ook niet, het gevoel: de auto was het niet gewend om een obstakel op zijn weg te vinden. Hij had geremd, abrupt geremd, hoe dan ook te laat. Ook het door de lucht vliegen, het neerkomen op het asfalt, het roerloze lichaam, zou hij zich tot in lengte van dagen blijven herinneren. Elke keer dat hij midden in de nacht wakker schrok zou hij opnieuw naar zijn maag grijpen, net zoals hij dat op het zebrapad had gedaan, hij zou weer net zo misselijk worden als op dat eerste, zijn leven veranderende ogenblik.

Een paar seconden eerder. Een paar seconden later. De bestuurder van de Mercedes had op de Apollolaan moeten afremmen voor een fietser. De vrouw had bij slagerij Hergo een halve minuut langer moeten wachten op het inpakken van haar halve pond rundergehakt. Iedereen had zijn leven gewoon kunnen voortzetten.

'Is er nog iets gebeurd op school?' vroeg mijn vader die avond tijdens de maaltijd.

'Nee, niets bijzonders,' antwoordde ik.

De volgende middag bladerde ik alle kranten door. Omdat mijn vader zelf bij een krant werkte hadden we thuis wel vier abonnementen. Behalve *Het Vrije Volk*, de krant waar mijn vader werkte, waren dit de *Nieuwe Rotterdamse Courant, De Telegraaf* en *Het Parool.*

Het was een klein stukje van één kolom op pagina drie van *Het Parool*, niet langer dan vier centimeter: VROUW (86) OVERLEDEN NA AANRIJDING OP ZEBRAPAD. Ik las het stukje een paar keer over, maar nergens benaderde de beschrijving wat ik de dag tevoren met eigen ogen had gezien. Er was geen beschrijving van de boog die het lichaam van de vrouw door de lucht had gemaakt. Ook het plasje bloed op het asfalt bleef onvermeld. Er stond zelfs niet bij of ze 'op slag dood' was geweest, of dat ze 'onderweg naar het ziekenhuis' was overleden, zoals je soms in beschrijvingen van ongelukken las. Het enige echt nieuwe feit betrof haar exacte leeftijd: zesentachtig. Dat was misschien een troost, bedacht ik, terwijl ik *Het Parool* dichtsloeg en de overige kranten begon door te bladeren. Ze was toch al aan het eind van haar leven. Maar het bleef raar. Het was haar niet gegund geweest om, zo laat in haar leven, op natuurlijke wijze te sterven. Ik vroeg me ook een ogenblik af of je dat leven anders zou leven wanneer je van tevoren wist dat het op je zesentachtigste zou eindigen op een zebrapad. Of het in zekere zin misschien een geruststelling zou zijn. Een leven zonder angst voor de ouderdom.

In *de Volkskrant, De Telegraaf* en de *Nieuwe Rotterdamse Courant* was er zelfs niet één regel aan de aanrijding op het zebrapad gewijd. Helemaal niets. Buiten Amsterdam, in de rest van Nederland, was de dood van de oude vrouw al geen nieuws meer, om over buiten Nederland nog maar te zwijgen: daar was het of ze nooit had bestaan.

Natuurlijk was ik wel nieuwsgierig naar een persoonlijke ontmoeting met de weduwe, maar uiteindelijk zou ik mijn vader en haar nog bijna een halfjaar laten wachten, tot vlak voor mijn eindexamen. Het was begin mei. De zwarte kat en de witte poes hadden net jongen gekregen, een heel nest vol, op een ochtend lagen ze allemaal in de mand die ik onder mijn bureau in mijn kamer had neergezet. Bijna een jaar lang hadden de zwarte kat en de witte poes met elkaar gevochten, altijd wel een keer of drie per dag. Maar er waren ook dagen geweest waarop de zwarte kat de witte poes met zijn tanden in haar nekvel greep en boven op haar kroop.

Het klonk hetzelfde als het begin van een gevecht, maar een gevecht was het niet. De witte poes leek zich niet te verzetten, maar het was moeilijk te zeggen of dit kwam door de ijzeren judogreep waarmee de zwarte kat haar tegen het tapijt drukte of door iets anders. Het viel niet te zeggen of de witte poes nog enig plezier aan dit ritueel beleefde, mij deed het nog het meest aan een verkrachting denken.

Er waren vier jonge katjes, vrijwel exacte kopieën van hun ouders: twee zwarte met een paar witte vlekken als hun vader en twee witte met een grijs kuifje op hun kop zoals hun moeder.

Ik kan me het gezicht van mijn vader op de ochtend waarop ik hem het nest liet zien niet meer herinneren. Ik weet ook niet meer of ik hem eerst uit de keuken heb moeten halen waar hij tussen de vuile borden met mes en vork zijn boterham in kleine stukjes stond te snijden. Ongetwijfeld hebben we duidelijke afspraken gemaakt over de toekomst van de katjes. Ook ik zag een huishouden met zes katten als niet realistisch. Ik had genoeg vrienden, zal ik mijn vader waarschijnlijk hebben gerustgesteld. Iedereen wil wel een kat.

Ik hoefde het ze niet eens te vragen, bedacht ik. Ik zou ze met een jong katje verrassen, net zoals ze mij op mijn verjaardag hadden verrast.

Maar het liep anders. Ongeveer een week na de geboorte werd ik op een ochtend wakker doordat de witte poes me spinnend over mijn gezicht likte. Naast mijn kussen lag een van de jonge katjes. Verder naar beneden op de deken lagen de andere drie. Het duurde toch nog een paar seconden voordat ik begreep dat ze niet bewogen. Met mijn wijsvinger streek ik voorzichtig over het lichaam van het katje dat naast mijn kussen lag. Het gaf niet mee. De witte poes bleef ondertussen maar spinnen en kopjes geven tegen mijn gezicht.

Voorzichtig kroop ik onder de dekens uit en voelde daarna met mijn vingers aan de lichamen van de andere drie katjes die dichter bij het voeteneind lagen. Ik vroeg me af of ik moest gaan huilen, en alleen al doordat ik het me afvroeg gebeurde het uiteindelijk niet. Ik voelde iets anders dan verdriet: de aanwezigheid van de dood hier in mijn eigen kamer, het simpele feit dat de moederpoes haar dode jongen naar mij toe had gebracht, vroeg iets anders van me dan dat ik hier ter plekke zou instorten. Ik zou handelend optreden, besloot ik, de moederpoes had haar vertrouwen in mij gesteld, misschien zelfs al haar hoop op een oplossing. Ik mocht dat vertrouwen niet beschamen door de dood van de katjes als een persoonlijke tragedie op te vatten, me het verdriet over dit verlies toe te eigenen. Door te handelen zou ik de moederpoes laten zien dat ik de situatie onder controle had, dat de dood slechts een kleine terugslag was, er zouden voor haar nog genoeg nesten jonge katjes komen om te verzorgen.

'Vergeet het,' zei ik hardop tegen de witte poes. 'Het komt allemaal goed.'

Ik pakte mijn tekendoos van mijn bureau en keerde hem om zodat de pennen, potloden en gummetjes op het bureaublad vielen. Daarna sloopte ik de tussenschotten eruit. Ik legde het rode sjaaltje dat ik op sommige dagen om mijn hals droeg onder in de doos.

De vier kleine lichamen pasten er net in. Ik dacht aan een geschikte plek om de doos te begraven. Het Beatrixpark? Of beter in het Amsterdamse Bos? Daarna dacht ik aan de vrienden of vriendinnen die een tuin hadden. Maar welke van deze vrienden of vriendinnen zou ik met een graf willen belasten? Met een tekendoos met vier dode katjes die amper een week op de wereld waren geweest?

Ik besloot de beslissing over het graf nog even uit te stellen. Mijn vader stond al bij de voordeur, op het punt om naar zijn werk te gaan, toen ik hem vertelde wat er die nacht was gebeurd. Ook dat had ik eigenlijk uit willen stellen, ik wilde de dood van de katjes liever nog wat langer voor mezelf houden, ik deed het in een impuls.

'Weet je wat er gebeurd is?'

Ondanks zijn hekel aan katten, aan alle huisdieren, zag ik aan het gezicht van mijn vader dat hij de omvang van de ramp die zich deze nacht had voltrokken onmiddellijk begreep. Hij had de voordeur al opengetrokken maar deed hem nu weer dicht.

'Ach, jongen toch,' zei hij. 'En hoe is het nu met jou?'

Hij deed een stap naar me toe, en even dacht ik dat hij me ging omhelzen, dat hij zijn armen om me heen zou slaan en troostende klopjes op mijn rug zou geven. Maar hij haalde alleen maar een paar keer een hand door zijn haar, trok het naar achteren en streek het aan de zijkant plat; hij had mooi haar, mijn vader, nog altijd dik en bijna wit, alleen aan de achterkant was het ietsje dunner geworden.

Zo stonden we daar een tijdje tegenover elkaar, te midden van de puinhoop in de keuken, de stapels vuile borden, de aangekoekte pannen in de gootsteen.

'Ik denk dat ik vandaag maar niet naar school ga,' zei ik.

'Nee, natuurlijk niet,' zei hij. 'Zal ik een briefje voor je schrijven?'

Dat deed hij wel altijd, daar was hij makkelijk in; hij hoopte natuurlijk dat ik mijn eindexamen zou halen, maar hoe precies, dat scheen hem minder belangrijk toe. Het had iets te maken met wie hij vroeger was, de verhalen die hij soms vertelde over zijn eerste huwelijk, zijn vorige gezin.

Zijn eerste vrouw was zuinig geweest, op het ziekelijke af. Zo had ze een keer de regel ingesteld dat je bij de broodmaaltijd steeds één boterham met beleg mocht nemen en daarna één zonder. Mijn vader zei niets, hij sprak haar niet tegen. Tijdens de eerste broodmaaltijd waarbij de nieuwe regel van kracht was, nam hij een boterham met een plakje kaas, en vervolgens nog een die hij met aardbeienjam besmeerde.

'Wacht,' zei zijn vrouw. 'Dat mag niet. Je moet nu een onbelegde boterham nemen.'

De vier kinderen waren opgehouden met kauwen op hun eigen, al dan niet belegde boterhammen en wachtten ademloos op wat er komen ging.

'Ik heb niet zo'n honger,' zei mijn vader. 'Daarom sla ik de onbelegde boterham over.'

Zo was hij ook met de briefjes. Hij schreef ze zuchtend en hoofdschuddend, hij leek het overdreven te vinden dat er voor elke keer dat ik me half ziek of niet goed voelde een briefje werd gevraagd. Ik was vaak half ziek dat jaar, geen zin om naar school te gaan was ook een vorm van je niet goed voelen, dat begreep hij ook wel.

Zeer geachte Reactor, schreef hij. *Mijn zoon moet gisteren onderweg naar school zijn afgeleid, misschien wel door een glanzende Harley Davidson, wie zal het zeggen? Het is ook heel goed mogelijk dat wij nooit te weten zullen komen om welke reden hij twee uur te laat op uw school arriveerde.*

Zo'n briefje schreef hij met het puntje van zijn tong uit zijn mond, zijn kaken maalden onafgebroken terwijl hij met zijn vulpen diep in het papier kraste, alsof hij op een te taai, niet in één keer door te slikken stuk vlees kauwde.

Onderweg naar school, met het briefje in de binnenzak van mijn jas, was ik vervuld van trots en schaamte. Trots op het feit dat hij dit had gedurfd, de rector van de school voor wie dit briefje was bestemd, met 'Reactor' aanspreken. Misschien zou de rector, het kleine, zielige, snel driftige mannetje, mijn vader wel op het matje roepen en om nadere uitleg vragen. Mijn vader zou met eigen ogen zien wat voor een hopeloze figuur deze rector was, met wat voor types ik te stellen had op het Spinoza Lyceum.

De schaamte betrof de verdere inhoud van het briefje. Vooral het detail van de glanzende Harley Davidson. Mijn vader en ik deelden niet altijd hetzelfde gevoel voor humor. Ik vond dit detail te kinderachtig, meer passend bij een jongetje van tien dan bij mij, een jongen van achttien, een man bijna, die door een onrechtvaardige speling van het lot nog altijd op een middelbare school vastzat. Ik had zelf een motorfiets. Ik had een vaste vriendin met wie ik tijdens de pauzes zoende in de kantine, of in een donker hoekje van de fietsenstalling waar we net iets verder konden gaan dan in de altijd overvolle kantine. Eén keer zoenden we nog even ten afscheid in de centrale hal van het schoolgebouw toen meneer Van der Velde, de ook al dwergachtige leraar Nederlands, ons beviel daarmee op te houden.

'Schiet op, naar je klas!' zei hij. 'Zijn jullie helemaal gek geworden!'

Zonder met mijn ogen te knipperen, en zonder mijn vriendin los te laten, keek ik letterlijk vanuit de hoogte op de leraar neer. Hij had een kale kruin en een ringbaardje dat hem op een kabouter uit een sprookje deed lijken. Maar hij had kleine, gemene ogen waarin altijd iets roods schitterde: in dit sprookje was hij de kwaadaardige kabouter.

'Wat is uw probleem?' zei ik voor ik er erg in had, in elk geval voordat ik kon bedenken of ik misschien beter iets anders had kunnen zeggen.

Waarschijnlijk had het er alles mee te maken dat ik hier nog altijd met een arm losjes om de schouders van mijn vriendin stond, en dat ik niet van plan was om die schouders binnen afzienbare tijd los te laten.

Een volwassen man van geringe omvang daagde me uit. Er was geen vrije keuze: ik moest de uitdaging aannemen.

'Wat mijn probleem is?' De stem van meneer Van der Velde schoot een paar registers omhoog, en ook het volume nam toe, hij schreeuwde al bijna. De paar leerlingen die zich nu nog, na het luiden van de tweede bel, in de hal bevonden en zich naar de trappen begaven, bleven staan. 'Hoe durf jij zo'n toon tegen mij aan te slaan? Hoe durven jullie elkaar hier nog staan af te lebberen terwijl je allang in je lokaal had horen te zitten?'

Het gebeurde in een oogwenk, het had alles met de afstand te maken die er inmiddels tussen mij en het hele schoolgebeuren bestond. Alleen mijn fysieke aanwezigheid stond nog in de centrale hal van het schoolgebouw naar het hysterische gekrijs van een dwerg uit een akelig sprookje te luisteren.

Verder kwam het vooral door het woord 'aflebberen'.

'Wat zegt u?' vroeg ik. 'Wat doen wij hier volgens u?'

Nu pas verplaatste ik mijn arm van de schouders van mijn vriendin naar de voorzijde van mijn lichaam. Er was een grens, en die grens passeerde ik nu. Ik vroeg me al af waar ik de leraar het eerst ging raken, op zijn neus was waarschijnlijk het beste: een lelijke, een beetje een vieze neus was het, net iets te groot en te rood voor dit kleine kabouterhoofd.

Ik was de grens overgestoken maar in tegenstelling tot meneer Van der Velde had ik mijn kalmte nog altijd niet verloren. Ik zou hem snel uitschakelen als dat nodig zou blijken, met een harde eerste stoot tegen zijn neus zou ik hem versuffen, daarna zou ik hem tegen de grond werken en het karwei afmaken. Ik zou van school worden gestuurd. Eindelijk. Geen enkele andere school zou me willen hebben. Mijn vader zou nog diezelfde week bij de weduwe kunnen intrekken, er zou nooit een eindexamen worden afgenomen.

Nee, besloot ik op dat moment, misschien maar een halve seconde voordat ik de leraar daadwerkelijk op zijn neus ging slaan. Zo zou ik het niet laten gebeuren. Het moest andersom. Niet ik zou de leraar aanvliegen, maar hij mij. Er was een vijftal getuigen in de hal aanwezig. Stuk voor stuk zouden ze kunnen bevestigen dat een volwassen man zijn zelfbeheersing had verloren en een leerling was aangevlogen.

'Wat bent u nou eigenlijk voor een vies mannetje?' zei ik – niet te luid, goed verstaanbaar, maar ik schreeuwde niet. 'Waar heeft u nou eigenlijk naar staan kijken met uw vieze blik? Want dat is wat u bent: een viezerik! Aflebberen! Hoe durft u, smeerlap? Misschien doet u dat met uw eigen vrouw, haar aflebberen, maar wij doen dat soort dingen niet.'

Toen ik de blik van sprakeloze verbijstering in de ogen van meneer Van der Velde zag, wist ik dat ik doel had getroffen. Hij hapte naar adem, op zijn lippen vormden zich een paar blaasjes speeksel, hij wilde iets gaan zeggen maar het kwam er vooralsnog niet goed uit.

'Wat...? Wat?' hijgde hij, maar verder dan die paar woorden kwam hij niet.

'U bent een vies mannetje omdat u een vieze blik heeft,' vervolgde ik kalm, iets luider nu, omdat het helemaal stil was geworden in de hal. 'Door uw oogjes wordt alles vies. Alles! Ik verbied u om ooit nog naar ons te kijken.'

'Naar de rector!' hijgde de leraar, die plotseling zijn stem had hervonden, al klonk hij hoog en hees, als een fluitketel op het moment dat het water begint te koken maar hij nog niet echt fluit, met veel valse lucht die met elk woord meekwam. 'Je gaat nu met mij naar de rector! Nu meteen!'

'Graag!' zei ik, en ik pakte de hand van mijn vriendin en kneep in haar vingers. 'Heel graag! Kom op, we gaan.'

En toen deed ik iets wat ik niet had moeten doen maar waar ik tot op de dag van vandaag geen spijt van heb. Van der Velde deed een stap naar achteren. Hij moest al eerder iets gezien hebben, hij zal hebben beseft dat hij nog maar een halve minuut geleden door het oog van de naald was gekropen. Hij anticipeerde niet eens zo slecht door enige afstand van me te nemen, maar hij was simpelweg te laat.

Ik pakte hem bij zijn jasje, bij zijn lelijke colbert met bruin en geel ruitjesmotief, kleuren waarvan hij waarschijnlijk meende dat ze goed pasten bij zijn strokleurige ringbaardje.

Ik trok maar heel even, ik trok hem naar me toe, wat nauwelijks moeite kostte, maar ik zorgde er tegelijkertijd voor dat hij niet te dichtbij kwam.

De leraar moet hebben tegengestribbeld, hij zal met zijn volle gewicht aan zijn jasje, aan mijn hand die het jasje vasthield, zijn gaan hangen, want toen ik het jasje plotseling losliet tuimelde hij achterover en belandde met een harde smak op de tegels.

Hier eindigde het. Met een doodse stilte en de leraar die overeind krabbelde en zijn waardigheid probeerde terug te winnen. Hij beklopte de mouwen van zijn jasje alsof het stof had verzameld door zijn val en keek om zich heen, naar het vijftal leerlingen dat het hele tafereel nog altijd zwijgend gadesloeg.

'Kom,' zei hij. 'Wat staan jullie daar nog? De lessen zijn allang begonnen.'

En daarna richtte hij zich tot mijn vriendin en mij: 'En dat geldt ook voor jullie. Kom, snel, uit mijn ogen.'

Zo eindigde het. Een onbevredigend einde, vond ik een paar uur later al. Ik had met hem mee moeten gaan naar boven, de trap op naar de kamer van de rector. De leraar had al een reputatie als driftkikker opgebouwd. Ik had alleen maar mijn kalme zelf hoeven te spelen. *Ik heb geen idee wat er aan de hand was. Hij ging opeens helemaal door het lint. Ik dacht dat hij me aan zou vliegen.*

Of ik had iets anders moeten doen, iets wat ik in de maanden daarna weleens in mijn gedachten deed. Ik zou van school zijn gestuurd. Eervol van school zijn gestuurd. De schermutseling met meneer Van der Velde heeft nooit een rol gespeeld in de dromen waarin ik plotseling weer in de schoolbanken zit.

Sommige mensen vergeet je gelukkig. Ze verdwijnen zo volledig dat ze je zelfs niet meer vanuit je onderbewustzijn kunnen komen lastigvallen.

Hoe dan ook, de jongen die in het briefje van mijn vader werd afgeleid door een glanzende motorfiets bestond allang niet meer. Ik verwachtte dus eerst nog half en half dat de rector na lezing van het briefje mijn vader op school zou ontbieden, maar in de dagen daarna hoorde ik helemaal niets. Ik begreep dat een geschreven briefje voldoende was, dat ze waarschijnlijk nooit door iemand werden gelezen.

Vanaf die dag viel ik mijn vader niet meer lastig en schreef ik de briefjes zelf. Let wel: ik maakte geen vervalsingen, ik ondertekende ze niet alsof mijn vader ze had geschreven, nee, ik ondertekende ze met mijn eigen naam, als mezelf.

Ik had gisteren geen zin om naar school te gaan, schreef ik de eerste keer. *Echt geen zin. Ik hoop dat u hier begrip voor hebt. Hoogachtend, Herman Koch (6A).*

Er kwam geen reactie, maar ik had inmiddels ook niet anders meer verwacht.

Geachte rector, het was een te mooie dag om binnen te blijven zitten, schreef ik bij een volgende gelegenheid. *Gisterochtend werd ik al moe toen ik aan al die uitgebluste leraren dacht. Ik ga vandaag naar buiten, dacht ik, en ik heb nooit spijt van deze beslissing gehad. Wanneer u behoefte heeft aan een nadere toelichting dan kunt u mij vandaag weer gewoon vinden in klas 6A. Hartelijke groet, Herman Koch.*

Soms, in de tijd waarin mijn vader nog de briefjes schreef, nam ik me voor om iets terug te doen. Om mijn dankbaarheid te tonen door een driegangenmaaltijd voor hem te koken. Maar wanneer ik aan het eind van de middag thuiskwam en de stapels vuile borden en pannen op het aanrecht en in de gootsteen zag, verdween dat voornemen achter de horizon. Ik zou eerst alles moeten afwassen, terwijl ik al een hele schooldag achter de rug had. Ik had ook nog huiswerk, dat ik weliswaar nooit maakte, maar toch had ik recht op rust. Ik genoot van de avonden waarop mijn vader bij de weduwe op het Minervaplein was, want dan hoefde ik helemaal nergens over na te denken. Ik bakte drie eieren met ham en gesmolten kaas, of ik haalde een paar lekkerbekjes bij de viswinkel. Een maaltijd die ik liggend op de bank voor de televisie opat.

Minimaal één keer per week gingen we samen uit eten. Meestal bij restaurant Smits in de Beethovenstraat en ook wel bij Sluizer in de Utrechtsestraat. Ik bewaar voornamelijk goede herinneringen aan deze etentjes. Normaal gesproken verliep onze omgang een beetje stroef, we kwamen regelmatig zonder gespreksstof te zitten. Dat lag net zo goed aan hem als aan mij. Mijn vader had het graag over de politiek, over de dagelijkse actualiteit, terwijl ik het in dat laatste schooljaar eigenlijk alleen maar over 'het leven zelf' wilde hebben. De actualiteit werd in mijn vriendenkring als iets verachtelijks gezien, een doorlopende reeks van gebeurtenissen waarmee de volwassenen op een al te gemakkelijke manier de verveling trachtten te bestrijden.

Maar tijdens de etentjes bij Smits of Sluizer werd alles anders, omdat ik inmiddels achttien was en van mijn vader een glas wijn mocht bestellen. En meestal werden dat er meer: ik dronk het eerste zo snel mogelijk leeg, nog voordat de gerechten op tafel werden gezet, op een nuchtere maag, om het maximale effect te bereiken.

'Heb je het nu al op?' vroeg hij wanneer onze wienerschnitzel en cordon bleu met frites werden gebracht en ik, zonder mijn vader aan te kijken, mijn lege glas voor de ober omhooghield en hem kort toeknikte. 'Je drinkt te snel.'

Maar hij liet me begaan, ook wanneer ik halverwege onze maaltijd een derde glas bestelde. Zelf deed hij de hele maaltijd over één glas. Wanneer de ober onze tafel kwam afruimen en vroeg of we nog een dessert of koffie wensten, deed ik eerst of ik de dessertkaart bestudeerde maar niet tot een keuze kon komen. Dan, nadat mijn vader de appeltaart met slagroom of de dame blanche had besteld, klapte ik de kaart dicht, en zei zo achteloos mogelijk, alsof de gedachte pas op dat moment bij me was opgekomen: 'Nee, ik heb eigenlijk wel genoeg gegeten. Voor mij alleen nog een glas wijn, alstublieft.'

Onze etentjes verliepen dus steevast in een gemoedelijke sfeer. Een steeds gemoedelijker sfeer, kan ik beter zeggen. De drank maakte me toegeeflijker. Na het eerste glas voelde ik hoe er iets van buitenaf bezit nam van mijn lichaam. Iets warms dat alles in een andere, vergevingsgezinde gloed zette, zowel ten aanzien van mijn vader als van mezelf. Aan het begin van dat laatste schooljaar was Smits een rechttoe-rechtaan restaurant met tl-verlichting aan het plafond. Maar ergens in januari begon de eigenaar aan een ingrijpende verbouwing. Toen het restaurant in het voorjaar weer openging, was de laatste s in de naam vervangen door een h, en van nu af aan heette het dus Restaurant Smith, waarschijnlijk om het een internationaler aanzien te geven. Er stonden overal bakken vol planten met dikke zware bladeren, er was zogenaamde 'sfeerverlichting', het was er zo donker dat je de cordon bleu op je bord nog maar ternauwernood kon onderscheiden.

'Als je een keer langs wilt komen op het Minervaplein, dan moet je het zeggen,' zei mijn vader tijdens een van de eerste keren dat we in het verbouwde restaurant aten.

Misschien kwam het doordat ik mijn derde glas wijn al bijna

ophad, maar ik denk dat ook de sfeerverlichting een rol speelde. We zaten in de nieuwe serre en keken uit op het weinige verkeer en een enkele voetganger in de zo goed als verlaten Beethovenstraat. Een van de planten met dikke bladeren ontnam ons het zicht op de rest van Restaurant Smith. In een potje van rood glas brandde een waxinelichtje.

Het was iets in de lichaamshouding van mijn vader, zijn over elkaar gevouwen armen op het tafelblad, zijn door het rode kaarslicht beschenen gezicht, zijn hoofd ineengedoken tussen de opgetrokken schouders, alsof hij zich schrap zette voor de zoveelste afwijzing van mijn kant.

Ik was gelukkig, niet alleen die avond. Ik was verliefd, ik reed elke ochtend op een motorfiets naar school, die ik vervolgens precies in het midden van een van de voor de leraren bestemde parkeerplekken neerzette. En nu zat ik hier, in het verbouwde Restaurant Smith, met mijn vader die de dagen aftelde tot ik mijn eindexamen had gehaald en hij eindelijk zonder verdere schuldgevoelens bij de weduwe in kon trekken. Ik was dronken, wat mijn geluksgevoel alleen maar versterkte. Het was zo simpel. Er was maar weinig voor nodig om mijn vader ook gelukkig te maken.

'Dat is goed,' zei ik. 'Vrijdag heb ik een feest, dus zaterdag is niet handig. Maar zondag. Kunnen jullie zondag?'

Het rode waxinelichtje flakkerde nog even en doofde toen uit. In het donkere restaurant kon ik de uitdrukking op zijn gezicht niet meer goed zien. Misschien viel er blijdschap op te lezen, of schonk hij me een dankbare glimlach – ik zal het nooit weten.

'Weet je het zeker?' vroeg hij. 'Zondag? Ik zal het haar vragen.'

Ik besefte dat mijn vader ook *míjn* gezicht niet meer echt zag.

'Zullen we nog iets anders bestellen?' vroeg ik. 'Een koffie met iets erbij? Een cognacje, zoiets?'

Het bleef stil aan de overkant van de tafel, mijn vader verschoof zijn mes en vork en duwde daarna zijn bord van zich af.

'Om het te vieren,' zei ik.

Op de dag dat de moederpoes de dode poesjes op mijn bed had gelegd, ging ik zoals gezegd niet naar school. Ik zwierf eerst een paar uur door de stad, bleef af en toe staan voor een etalage maar ging nergens naar binnen. Ik zou mezelf iets cadeau kunnen geven, bedacht ik. Een lp of een boek. Maar toen bedacht ik dat er geen lp of boek was dat ik zou willen hebben.

Op het Centraal Station kocht ik een kaartje naar Zandvoort. Ik wandelde langs de vloedlijn in zuidelijke richting. Ooit had ik deze wandeling met een schoolvriend gemaakt. Ik wist dat je uiteindelijk in Noordwijk zou uitkomen. Hoelang je erover deed was ik vergeten, vrij lang, herinnerde ik me. Ik herinnerde me vooral het rozige gevoel na afloop, hoe ik die avond al om tien uur in slaap was gevallen.

Maar het begon te schemeren en er waren geen tekenen van bebouwing achter de duinen te zien. Ik zal hier niet beweren dat ik tijdens die wandeling aan de dode katjes in de tekendoos dacht. Ik weet helemaal niet meer waar ik aan dacht. Ik wist alleen dat ik net zo rozig wilde worden als die keer dat ik hier met de schoolvriend had gelopen. Ik wilde om tien uur in slaap kunnen vallen.

Toen het al bijna donker was ben ik de duinen overgestoken. Na enige tijd bereikte ik een geasfalteerde weg en na een paar kilometer een verlaten bushokje.

Uren later – ik wilde niet naar huis – belde ik aan bij het huis van een vriend.

'Je vader heeft gebeld,' zei hij. 'Ik was al de derde die hij belde, zei hij. Hij klonk heel zacht. Hij maakte zich ongerust. Hij wist niet waar je was.'

De kamer van de vriend was in de kelder van het huis. We dronken bier. Ik voelde mijn oogleden zwaar worden: mijn missie was volbracht, ik zou vroeg kunnen slapen.

'Je vader vroeg me iets heel vreemds,' zei de vriend. 'Hij vroeg me of ik dacht dat jij jezelf iets aan zou kunnen doen.'

'En wat heb je geantwoord?'

'Dat ik dacht van niet. Jij jezelf iets aandoen? Nee, ik had echt geen idee waar hij het over had.'

In de kelder brandden alleen een paar kaarsen. Ik voelde hoe het bier zich op gelukzalige wijze begon te mengen met de rozigheid van de strandwandeling. Ik rookte in die tijd nog nauwelijks, alleen bij feestelijke gelegenheden, en ik vroeg de vriend, die wel rookte, om een sigaret.

Mijn vader was dus niet alleen maar bezorgd over mijn eindexamen en een zo spoedig mogelijk vertrek naar de weduwe. Hij was ook bezorgd om mij. Vandaag tenminste. Ik vond mezelf een idioot dat ik daar ooit aan had kunnen twijfelen.

Lang geleden, mijn vader was toen directeur van de Arnhemse vestiging van *Het Vrije Volk*, had er een kleine reorganisatie plaatsgevonden waarbij een vijftal banen was komen te vervallen. De betreffende werknemers werden met een gunstige ontslagregeling naar huis gestuurd, zoals het een zich socialistisch noemende krant betaamde. Maar een van de vijf werknemers nam geen genoegen met het ontslag. Hij vroeg om een onderhoud in mijn vaders kantoor en tijdens dat gesprek vertelde de man snikkend dat hij wanhopig was en dat hij niet wist hoe hij op zijn leeftijd nog een nieuwe betrekking zou kunnen vinden. Hij smeekte mijn vader om het ontslag ongedaan te maken en hem weer aan te nemen.

Maar mijn vader bleef onverbiddelijk, hij vond het vooral niet rechtvaardig tegenover de overige vier ontslagen werknemers om voor één man een uitzondering te maken.

Daarop haalde de man een eind touw uit zijn tas.

'Als u me niet opnieuw aanneemt, knoop ik me vandaag nog op,' zei hij.

'Ik geloofde mijn oren niet,' zo vertelde mijn vader me het verhaal jaren later, toen ik er naar zijn oordeel oud genoeg voor was. 'Ik geloofde ook niet dat hij het echt zou doen. Maar ik wilde vooral niet zwichten voor deze grove vorm van chantage.'

Mijn vader had hem meegedeeld dat het onderhoud ten einde was, en nog diezelfde middag hing de man zich thuis op.

'Wat had ik moeten doen?' vroeg mijn vader me. 'Was ik schuldig aan zijn dood? Had ik moeten zwichten voor chantage? Ik geloof het niet. Tot op de dag van vandaag geloof ik het niet. Nu droom ik er nog weleens over, maar ook in die dromen vertel ik die man elke keer opnieuw dat het ontslag onherroepelijk is. Wat vind jij?'

Ik moet dertien of veertien zijn geweest, ik wist inmiddels dat mijn vader in staat was om ook zijn tweede gezin te gronde te richten, maar deze vraag stond daarbuiten. Hij vroeg me om mijn mening van volwassen man tot volwassen man – misschien vroeg hij me wel om clementie of vergeving. Met mijn antwoord zou ik de macht over zijn dromen krijgen, ik zou de nachtmerries waarin de ontslagen werknemer opnieuw met zijn eind touw in zijn kantoor stond, kunnen doen stoppen.

Ik stelde me hem voor, in zijn kantoor in Arnhem twintig jaar geleden – hoe hij was. Zijn afstandelijkheid. Hoe ongemakkelijk hij zich voelde in bepaalde situaties: een hond die hem over zijn blote been likte, een zoon die hem verweet dat hij 'nooit iets begreep'.

Verder was mijn vader altijd 'gewoon' gebleven, zoals mijn moeder me vaak had verteld. Wanneer de krant niet was bezorgd en de mensen dreigden om hun abonnement op te zeggen, ging hij als directeur persoonlijk bij ze langs om ze op andere gedachten te brengen. Op een middag, jaren eerder, was hij meegegaan met een journalist die een reportage ging maken over een drieëndertigjarige Arnhemse edelsmid die nog bij haar ouders thuis woonde. Tijdens het interview hield hij zich op de achtergrond, pas na afloop vroeg hij haar of ze een keer wat met hem wilde gaan drinken. Mijn moeder keek naar de tien jaar oudere man, hij had een knap gezicht, een golvende bos zwart haar en hij lachte lief, verlegen – ze zei ja.

De ontslagen werknemer met het touw was voor hem misschien wel het toppunt van ongemakkelijkheid geweest. Hij zou niet zwichten voor chantage, maar hij zal toch vooral hebben gewenst dat de man zo snel mogelijk uit zijn kantoor verdween.

Mijn vader was bang geweest dat ik mezelf iets zou kunnen aandoen.

'Misschien moet je hem toch maar even bellen,' zei de vriend.

Ik stond op en drukte de half opgerookte sigaret uit in de asbak.

'Nee, dat hoeft niet,' zei ik. 'Ik ga nu naar huis.'

Ik weet niet meer wat er met de tekendoos is gebeurd. Waar ik hem precies heb begraven, in de tuin van een vriend of vriendin, of ergens in een park of bos: de herinnering is helemaal weg.

Het is niet zo dat het graf ergens is en dat ik het zou kunnen gaan zoeken. Het graf bevindt zich uitsluitend in mijn geheugen, en daar is het niet meer – daar is het al jaren geleden geruimd.

Niet lang daarna brak ik mijn belofte aan de witte poes over een nabije toekomst waarin er een tweede kans en een nieuw nest met kleine katjes zou zijn. De zwarte kat lag na zijn operatie een halve dag versuft op een dekentje onder mijn bureau. Ook nadien besprong hij de witte poes nog weleens, maar het waren halfslachtige pogingen die hij na een paar seconden alweer opgaf.

Een paar dagen voor mijn vertrek naar Finland bracht ik ze naar een zogenaamde 'poezenboot' die ter hoogte van de Noordermarkt in de Prinsengracht lag afgemeerd. Ik weet niet eens meer zeker of ik toen al wist dat ik ze nooit meer op zou halen. Ik betaalde een paar maanden vooruit en vertrok.

Iets langer dan een jaar hadden mijn vader, de twee katten en ik een tijdelijk gezin gevormd. Het beste wat ik kan bedenken is dat ik aan dat gezin zo min mogelijk herinnerd wilde worden.

Van het eerste bezoek aan het Minervaplein herinner ik me vooral dat we allebei enorm ons best deden, de weduwe en ik. Mijn vader probeerde natuurlijk ook zijn best te doen, maar in feite stond hij machteloos. Hij kon alleen maar hopen en bidden dat alles zonder noemenswaardige incidenten zou verlopen. Dat vooral zijn zoon zich zou gedragen en diens zo gevreesde sarcasme niet op de weduwe zou loslaten.

Al meteen de volgende dag, na ons meer dan gemoedelijk verlopen etentje in Restaurant Smith, had ik spijt gehad. Ik was dronken geweest. Na het tweede glas cognac – mijn vader had zich beperkt tot één glaasje Baileys Irish Cream – had ik hem voor het eerst gevraagd hoe ze elkaar hadden ontmoet. En in welk jaar. Dat was in Bodega Keyzer geweest, zo vertelde hij me. De weduwe had daar in haar eentje aan een tafeltje gezeten en hij had haar iets te drinken aangeboden. Daarna had hij het jaar genoemd. Tot op de maand nauwkeurig. Eind juni.

Ik rekende terug. Waar waren wij die zomer op vakantie geweest? Ik hoefde niet lang te rekenen. Net als twee jaar daarvoor hadden mijn ouders een huisje in het dal van de Dordogne gehuurd. In hetzelfde dorp: La Roque-Gageac.

Van buitenaf, voor de oppervlakkige toeschouwer, moest alles er als een normale vakantie hebben uitgezien: een vader, moeder en hun enige zoon huren een huisje. Een Nederlands gezin zoals je dat in die jaren steeds vaker zag in deze streek. Overdag reden ze in hun Fiat 1400 naar de Céou, een zijriviertje van de Dordogne, waar ze tot aan het eind van de middag bleven. De zoon had dat jaar net een groene rubber kano cadeau gekregen. 's Avonds aten ze een eenvoudige maaltijd op het terras van het huis of dineerden ze in een restaurant in het nabijgelegen Sarlat-la-Canéda. De moeder ging over de wijnkaart, zij was het ook die bij de ober informeerde over de soepel- of stroefheid van een bepaalde rode wijn, en bestelde uiteindelijk een hele fles, waarvan de vader niet meer dan één met water aangelengd glas dronk.

De zoon was niet dol op deze restaurantbezoeken. In de eerste plaats duurde alles veel te lang. De uren verstreken langzamer dan op het terras van het huis in La Roque-Gageac. Daarnaast was er het eten zelf dat hem maar matig kon bekoren: vooral de diverse soorten patés – van eend, gans of varken – verspreidden al zodra ze door een binnensmonds mompelende ober op tafel werden gezet een lucht die eerder aan een met uitwerpselen besmeurde stal deed denken dan aan eten. De tijd vertraagde, de lucht van de patés verdween nooit meer helemaal van tafel, zijn moeder werd giecheliger en bestelde nadat de fles leeg was vaak nog 'een laatste glas voor bij de kaas'.

Wist zij het toen al? Speelden ze hun rollen van normale, best leuke ouders zo goed om hun enige kind de illusie te geven dat de wereld altijd zo zou blijven voortbestaan – dat hij in elk geval niet binnenkort volledig zou instorten?

Boven het dorp was er een plek in de berg waaraan je duidelijk kon zien dat er ooit een enorm stuk rots moest zijn afgebroken en naar beneden gevallen. Dat was het verhaal van La Roque-Gageac – het enige verhaal. Op oude ansichtkaarten zag je hoe ver het stuk rots uitstak. Verscholen onder de rots stonden een paar huizen. Toen de eerste scheuren in de rotswand verschenen, kozen de bewoners eieren voor hun geld en trokken zolang bij familie in tot ze een nieuw huis op een veiliger plek konden bouwen. Eén familie bleef. 'Die rots hangt daar al duizenden jaren, wat zeg ik, miljoenen jaren,' zou de vader van het gezin hebben gezegd. 'Waarom zou die nu opeens naar beneden komen?'

En hij had natuurlijk gelijk. Rotsen en bergen doen miljoenen jaren niks. De eerste keer dat wij vakantie hielden in La Roque-Gageac moet in 1963 zijn geweest. Op de Wikipedia-pagina van het dorp staat dat de rots in 1957 naar beneden is gekomen. Vier mensen vonden de dood. Onder de doden was de vader van het gezin, die amper een maand voor de tragedie had verklaard dat rotsen doorgaans miljoenen jaren blijven hangen.

Mijn vader moet al wel verliefd op die andere vrouw zijn geweest tijdens die etentjes. Waarschijnlijk dacht hij aan tafel, terwijl hij de stinkende patés aansneed, aan niets anders meer dan aan de weduwe op het Minervaplein. Jaren later zou hij me vertellen dat hij haar elke dag een brief schreef, en anders op zijn minst een ansichtkaart. Heb ik hem weleens vergezeld op een van die tochten naar de zich beneden in het dorp bevindende brievenbus? We gingen vaak samen melk en eieren halen in het dal. Met een omweg langs de bakker klommen we dan weer terug de heuvel op.

Daar, aan de zijmuur van de bakker hing de brievenbus, een gele, herinner ik me, en er stond een afbeelding van een soort blaasinstrument op, een trompet maar dan meer gebogen, als de hoorn van een jager.

Heb ik mijn vader ooit een brief of ansichtkaart in die brievenbus zien posten? Ben ik, de onwetende, voor de volle honderd procent in zijn ouders gelovende zoon, er getuige van geweest hoe hij zijn lieve, in inkt gefluisterde woordjes naar een andere vrouw dan mijn moeder verzond?

En dronk mijn moeder misschien te snel, te veel? Een hele fles, want de inname van mijn vader was verwaarloosbaar, en daarna nog een of twee glazen extra bij het kaasplateau. Maar ze leek in een goed humeur, ze praatte honderduit, wanneer de fles voor driekwart leeg was begon ze, zoals gezegd, te giechelen, en een keer stootte ze haar glas om.

Maar misschien wist ze nog van niks, was ze zich niet bewust van de eenzame weduwe aan het tafeltje in Bodega Keyzer. Er zijn spinnen die op een onmogelijke plek een web bouwen, in een hoekje van een toilet of in een kast. Geen insect zal naar binnen vliegen, toch houden ze het nog heel lang vol, pas na weken hangen ze eindelijk dood in hun web, de acht verdroogde pootjes ineengekruld. Ik heb het mijn vader noch de weduwe ooit gevraagd, of ze daar, voordat de vonk oversloeg, vaker kwam. Of ze, om het zomaar eens te zeggen, eropuit was. Bodega Keyzer was misschien een iets beter plekje voor een web dan een insectloos hoekje van een kast, maar op mij zou het toch eerder een afschrikkende werking hebben. Een oude vrouw in dure, maar in wezen smakeloze kleding. Een vrouw bij wie het er aan alle kanten vanaf druipt dat ze al te lang alleen is geweest, een huis met een TE KOOP-bordje in de tuin, een scheefgezakt huis met ingegooide ramen – je moet het eigenlijk tot de grond toe afbreken en er iets nieuws neerzetten.

Nee, mijn moeder was zich van geen kwaad bewust. Ze zou het hoogstwaarschijnlijk onvoorstelbaar hebben gevonden, net als ik.

Ook later, toen ik de weduwe beter leerde kennen, is daar nauwelijks verandering in gekomen. Tijdens onze eerste ontmoeting hebben we ons tot het uiterste ingespannen om ons beschaafd te gedragen, maar de machtsverdeling was van het begin af aan duidelijk: ik tolereerde haar, en door haar te tolereren gaf ik haar geen kans om mij als een halsstarrige en onmogelijke puber terzijde te schuiven. En met mijn tolerante houding bereikte ik ook nog iets anders, waarvan ik me al tijdens die eerste ontmoeting bewust was. Mijn vader moest de weduwe meerdere horrorverhalen hebben verteld over mijn gedrag in de Gerrit van der Veenstraat. Door me nu zo beschaafd mogelijk te gedragen zou ik in haar ogen alleen maar mee kunnen vallen. Misschien zou ze na afloop van het bezoek zelfs tegen mijn vader zeggen dat hij overdreef. Zo'n leuke jongen, ik begrijp echt niet dat je daar zo'n problemen mee hebt.

Ik wist heel goed wat ik deed. Ik nam een slokje van mijn thee en zette het kopje rustig terug op het schoteltje. Ik nam één koekje en één vieze, met slijm gevulde bonbon. Toen de weduwe vroeg of ik misschien nog iets anders wilde drinken dan thee, zei ik zo achteloos mogelijk, alsof het niet echt belangrijk was, dat ik wel een jenevertje zou lusten.

'Je,' zei ze. 'Zeg alsjeblieft je. Ik heet Annemarie.'

'Een jonge jenever, Annemarie. Heel graag, als je die in huis hebt.'

Zelf namen ze ieder een glaasje Baileys Irish Cream. De jenever was ongetwijfeld speciaal voor mijn bezoek aangeschaft, want hij zat in een nog onaangebroken flesje van een halve liter.

Mijn vader moest haar iets over mijn alcoholisme hebben verteld. Tegelijkertijd zal hij hebben gedacht dat de alcohol de spanning zou kunnen breken. Maar koop dan een halve liter. Als je een literfles koopt, drinkt hij die helemaal op.

Terwijl ik mezelf, zonder me verder om hen te bekommeren, uit de fles bijschonk, nam ik de woonkamer in me op.

Voor mijn moeder, hield ik mezelf voor. Voor mijn moeder die nog niet eens een jaar dood was. Straks zou ik haar alles vertellen, of nee, niet eens straks: nu meteen. Ik zou haar een liveverslag geven.

De meubels zijn oud maar lelijk, niet zo smaakvol als die van jou. Eerder het soort meubels waarvan mensen denken dat ze antiek en stijlvol zijn. De glaasjes staan op onderzettertjes met jachttaferelen, alsof het er iets toe zou doen als er kringen in zo'n lelijke tafel zouden komen. En er hangen overal schilderijen, portretten, vrouwen met witte gezichten en grote ogen. Ze heeft ze ingelijst en achter glasplaten gehangen, alsof het heel wat zou zijn. Zelfportretten waarschijnlijk, nu ik erover nadenk. Ik zal het haar straks eens vragen. Ja, ze heeft zichzelf geschilderd, alleen al in de woonkamer hangen er vijf. Maar ze kan helemaal niet schilderen. Ze kan niet tekenen zoals jij, het is allemaal nep.

'Schilder je, Annemarie?' vroeg ik, terwijl ik de dop nog maar eens van de jeneverfles schroefde. 'Heb jij dit allemaal geschilderd?'

Ik stond op en liep naar het grootste schilderij, ik merkte dat ik moest oppassen om recht te blijven lopen.

Ik hoop dat je me vergeeft dat ik hier ben, mama. Ik doe aardig, want dat is op de korte termijn het beste. Dat ik hiermee heb ingestemd wil niet zeggen dat dat mens en ik nu de beste vrienden worden. Ik ben hier ook voor jou. Ik zie nu wat jij nooit hebt kunnen zien, en ik zal je zeggen: het is nog veel erger dan we ooit hebben gedacht. Het is niet eens erg, het is eerder zielig.

Ik boog me naar het schilderij, en ik moest me nu opnieuw tot het uiterste concentreren om niet met mijn voorhoofd tegen de glasplaat aan te knallen.

Ze schildert zichzelf met grote ogen. Angstige ogen. Maar je moet het me zeggen als je dit allemaal niet wilt horen. Als je niet wilt dat ik hier ooit nog naartoe ga, dan moet je dat laten weten, dan zal je mij hier nooit meer zien.

In de jaren na Finland heb ik een paar pogingen gedaan om mijn ouderlijk huis na te bouwen. De eerste keer was in de Tichelstraat, in mijn eerste echte woning, bestaande uit een enkele kamer achter een architectenbureautje. Ik moest door de werkruimte van de twee architecten heen om in mijn kamer te komen. 's Ochtends moest ik er ook weer uit. Dat herinner ik me nog het helderst van de anderhalf jaar dat ik daar woonde: de schaamte bij het verlaten van de kamer was altijd groter dan de schaamte bij de thuiskomst. De architecten gingen vroeg aan het werk, om acht uur 's ochtends hoorde ik ze al rommelen met het koffiezetapparaat in het gemeenschappelijke keukentje. Ik had in die tijd allerlei baantjes, onder andere als nachtwaker op bedrijventerreinen, en één keer een halfjaar lang in een fietsenstalling in de buurt van het Scheepvaartmuseum. Dat wisten de architecten, dat had ik ze verteld, vooral om het feit dat ik doorgaans niet voor twee uur 's middags opstond te verklaren. Maar ondanks mijn verklaring bleef de schaamte groot. Zo groot dat ik soms nog uren nadat ik wakker was geworden niet uit bed durfde te komen. Een enkele keer heb ik zelfs tot vijf uur gewacht, het tijdstip waarop ze meestal huiswaarts keerden.

Het had er alles mee te maken dat niet alleen het keukentje maar ook het koffiezetapparaat gemeenschappelijk was. 'Goedemorgen,' zei ik, maar vaker nog 'Goedemiddag'. Eén blik op het koffiezetapparaat vertelde me dat het restant koffie onder in de kan daar al uren warm had staan blijven. 'Willen jullie nog koffie?' vroeg ik dan. 'Zal ik verse zetten?'

Hoe groot was de opluchting, hoe feestelijk het begin van de dag, op die zeldzame ochtenden of middagen waarop ik geen geluiden uit het kantoortje hoorde komen. Voorzichtig, zonder zelf geluid te maken, opende ik de deur van mijn kamer op een kier en hield mijn adem in. Maar nee, er was niemand. Er hing vooral geen koffiegeur.

'Godverdomme!' zei ik zo luid mogelijk. 'Krijg allemaal de tyfus met je architectenbureau! Ga eens een echt huis ontwerpen, dan zaten jullie hier niet in dit armoedige klotekantoortje!'

'Eerst maar eens koffiezetten,' sprak ik mezelf vervolgens toe. 'Willen jullie misschien ook een kopje?' vroeg ik op het slijmerige en onderdanige toontje dat ik bewaarde voor de ochtenden waarop het koffiezetapparaat het gemeenschappelijke koffiezetapparaat was.

Zaterdag en zondag waren wat dit betreft de echte feestdagen. Maar er waren helaas uitzonderingen. Soms moest er een deadline worden gehaald en werkten de architecten in het weekend door, en vaak ook 's nachts. Dan kwam ik om zes uur in de ochtend terug van mijn nachtwakersbaantje in de fietsenstalling en zag ik het licht al branden wanneer ik vanaf de Westerstraat de Tichelstraat in fietste. Meer dan eens heb ik op zulke momenten serieus overwogen om helemaal niet meer naar huis terug te keren. Om alles daar zo te laten staan als het stond, de kamer met de meubels van mijn ouders, mijn mislukte museum.

Het was mijn afkeer van gemeenschappelijkheid die me nog een rondje over de Westerstraat deed fietsen, mijn weerzin tegen gedeelde levens. Of althans tegen gemeenschappelijkheid op de verkeerde uren. Behalve onze voordeur, het keukentje en het koffiezetapparaat was ook de telefoon gemeenschappelijk. Ik had weliswaar een eigen toestel in mijn kamer, maar ik mocht niet opnemen met mijn eigen naam.

'Met Studio A4,' zei ik. Als het een telefoontje voor een van de architecten betrof, verbond ik de beller door en was er eigenlijk weinig aan de hand. Het was een ander verhaal wanneer een van mijn vrienden belde.

'Zo, Studio A4,' hoorde ik de stem van Mario of Manfred. 'Wordt er nog wat gedronken vanavond?'

Het is nooit zover gekomen dat het een echte bijnaam is geworden. Gelukkig vonden ook mijn vrienden het niet grappig om in het café aan mij als aan 'Studio A4' te refereren. Maar er kwam wel een moment waarop ik de naam van het architectenbureau begon te haten.

'Met Studio A4!' schreeuwde ik luid op de zaterdag- en zondagochtenden waarop ik het rijk alleen had. En ook na deze eerste kreet bleef ik mezelf toespreken op die lege dagen in het weekend. Water voor thee of soep moest aan de kook worden gebracht op een elektrisch kookplaatje. Soms vergat ik het kookplaatje aan te zetten. 'Het gaat sneller als je het aanzet,' zei ik hardop tegen mezelf, wanneer ik na tien minuten in het keukentje terugkeerde en tot mijn verbazing nog altijd geen water hoorde borrelen. Ik wierp een snelle blik op mijn hoofd in de ingelijste antieke spiegel die in mijn kamer hing. Op mijn haar dat alle kanten op sprong. 'Het is niet erg, want er is niemand die het ziet,' zei ik. Vaak liet ik de gordijnen gesloten en ging met mijn kop koffie en oud brood (er was geen broodrooster in Studio

A4 aanwezig, en om er zelf een aan te schaffen, daarvoor liepen mijn gedachten gewoonweg te traag in die tijd) met pindakaas op mijn onopgemaakte bed liggen.

In het weekend nam ik aanvankelijk de telefoon niet op met de naam van het architectenbureau, tot ik op een zondag door een van de architecten zelf werd gebeld met het verzoek of ik even in het kantoortje wilde gaan kijken of hij zijn autosleutels daar misschien had laten liggen.

'Nee,' zei ik. 'Ze liggen er niet.'

'Oké, dank je, Herman, dan ga ik hier verder zoeken. En Herman...?'

'Ja?'

'Zou je gewoon met Studio A4 willen opnemen? Ook in het weekend? Er kan altijd een klant bellen.'

'Is goed. Sorry.'

In de anderhalf jaar dat ik in het kamertje achter of eigenlijk in Studio A4 heb gewoond, heb ik er nooit goed hoogte van gekregen of het architectenbureau succesvol was. Het interesseerde me ook niet echt. Op een zondagmiddag heb ik het kantoortje wel een keer van onder tot boven doorzocht. Op zoek naar aanwijzingen van iets, gewone nieuwsgierigheid, ik wist niet goed wat ik zocht: sporen van een dubbelleven misschien. De beide architecten waren wat je in die tijd een 'vriendenstel' noemde. Ik zou niet durven zeggen hoe oud ze waren, voor mij waren ze in elk geval volwassen mannen, veel ouder dan ik.

Op een avond nodigden ze me uit om bij hen thuis te komen eten. De gerechten waren voor 1975 exotisch, terwijl niemand je die vandaag de dag nog zou durven voorzetten. Met garnalen gevulde halve avocado's, een gehaktbrood uit de oven met een laagje gesmolten en hier en daar donkerbruin verbrande kaas. Er stonden kaarsen op tafel en op de achtergrond pruttelde vage muziek, waarschijnlijk jazz.

Ik had me van tevoren niet echt afgevraagd of het vriendenstel mij met bijbedoelingen te eten had uitgenodigd. Ik geloof dat ik me dat soort dingen überhaupt nooit afvroeg in die tijd. Ik schatte mezelf simpelweg te laag in. Wie zichzelf te laag inschat is minder gevoelig voor welke bijbedoeling dan ook. Die iets te lange blik van dat meisje bij de bar zou wel voor iemand anders zijn bedoeld, voor een veel knappere en ook veel leukere jongen die naast je of vlak achter je stond. En tegen dat andere meisje dat me op een feestje bij iemand thuis vertelde dat ze nog maar kortgeleden naar mijn huis had lopen zoeken ('Is het die kamer op de hoek met die hoge ramen? Maar aan de voorkant leek het een soort kantoor. Ik wist niet waar ik aan moest bellen.') zei ik niet dat ze te allen tijde langs mocht komen. Het was iets met het meisje zelf, dat ik niet direct als mijn nieuwe vriendin zag, maar ook met die hoge ramen en Studio A4. Ik kon me simpelweg niet voorstellen dat ik een meisje door de deur van het kantoortje zou binnenlaten, en we vervolgens langs de tekentafels, het koffiezetapparaat en het elektrische kookplaatje naar mijn eigen kamer zouden lopen. Ik had de meubels van mijn ouders uit de opslag gehaald, maar op de een of andere manier wilde ik niet meer tussen die meubels worden gezien. Eerst waren de meubels nog een poging geweest om in mijn eerste echte huis mijn ouderlijk huis te reconstrueren, en misschien nog wel eerder de 'huiselijkheid' van dat ouderlijk huis. Maar intussen begreep ik dat de meubels mijn verdere ontwikkeling in de weg stonden: ik woonde in een meubeltoonzaal, waarin mijn stagnerende leven voor iedereen zichtbaar aan de oppervlakte kwam. Een verzameling meubels als in een oud kasteel of openluchtmuseum. Alles staat er nog: het hemelbed, een spinnewiel, een spiegelkast en een staartklok. We kunnen ons een voorstelling maken van de mensen die hier in vroeger tijden hebben geleefd, maar ook echt niet meer dan dat. Geleefd wordt er in elk geval nooit meer in deze vertrekken, waar een suppoost ons nu doorheen leidt terwijl hij wat feiten en jaartallen afraffelt.

Ik was inmiddels zover dat ik besefte dat ik de meubels nooit uit de opslag had moeten halen. Tegelijkertijd verhinderden dezelfde meubels me om iets aan de situatie te veranderen. Ik lag op de bank en had vaak de grootste moeite om overeind te komen, alsof het de meubels waren die me naar beneden trokken – alsof de zwaartekracht in de kamer sterker was dan buiten op straat.

Daarbij waren deze bank, die ronde tafel en de oude leunstoel toch niet dezelfde die er in mijn ouderlijk huis hadden gestaan. Mijn ouderlijk huis was bezield (ik weet er geen betere omschrijving voor) door wat mijn moeder ermee deed: een bos bloemen hier, een schaal met appels, mandarijnen en bananen daar, een op zichzelf niet eens zo bijzonder schilderij dat toch op precies de goede plek hing. Ik had die dingen allemaal niet, of beter gezegd: ik bezat niet het talent van mijn moeder om de dode dingen te bezielen.

Hetzelfde schilderij hing nu weliswaar ook hier aan de muur, maar het was net als met alle andere spullen: het leek allemaal te zijn nagebouwd. Als in een tentoonstelling over zeden en gebruiken in de jaren zestig en zeventig: *zo leefden de mensen in 1975, met dit soort meubels omringden ze zich.*

Bij hun eerste bezoek aan mijn kamer had de weduwe een bos bloemen meegebracht. Ze zette deze zelfs eigenhandig in een vaas, iets waartoe ik haar tot dan toe niet in staat had geacht. Later, toen ze weer weg waren, staarde ik vanaf de bank naar de vaas met bloemen. Ik zocht de verschillen. Kon ik in alle ernst volhouden dat deze vaas en deze bloemen minder bezield waren dan de bloemen die door mijn moeder in vazen waren gezet? Ik kwam er niet helemaal uit. Objectief gezien leek mijn kamer minder dood dan voor hun bezoek. Op de tafel stonden nog de kopjes waaruit we thee hadden gedronken en het half leeggegeten schaaltje met bonbons: het tweede cadeautje dat ze voor me hadden meegenomen.

Ik haalde de kopjes en de bonbons niet meteen weg. Ze waren het zichtbare bewijs dat er behalve ik ook nog andere levende mensen in deze kamer hadden gezeten en, alsof het de normaalste zaak van de wereld was, aan deze tafel thee hadden gedronken.

Objectief gezien was er dus niets op de bloemen aan te merken, toch kon ik het niet helpen dat ik ze vooral als een inbreuk beschouwde. Een inbreuk op iets wat, hoe onbezield ook, nog maar een paar uur geleden alleen van mij was geweest.

En toen pas begreep ik het, in een verlate reactie, als het aantal seconden tussen bliksemflits en donderslag. Je stelt jezelf gerust: het onweer is nog ver weg. Maar dan is daar opeens die met de lichtflits samenvallende klap. Dat ondeelbare moment waarop alles in een helder licht komt te staan. Een licht zo fel inderdaad als dat van een bliksemflits. Niet zozeer de bloemen en de bonbons en de nog altijd niet afgeruimde theekopjes, maar het wezen van het bezoek zelf.

Ik besefte plotseling wat ik had gedaan door de meubels van mijn ouderlijk huis uit de opslag te halen om er mijn kamer mee in te richten en vervolgens mijn vader en de weduwe in deze kamer uit te nodigen. Al die jaren, van mijn twaalfde tot mijn eenentwintigste, had de weduwe een rol in mijn leven gespeeld. Eerst op afstand, als een abstractie, en daarna, vanaf dat ik haar op die koude januariochtend voor de etalage van Eichholtz had zien staan, als een in een te dunne luipaardjas gehulde concrete verschijning. De concrete verschijning was er sindsdien in geslaagd om in onze gedachten – de gedachten van mijn moeder en mij – binnen te dringen, maar niet in ons privéleven, niet in ons huis.

En nu had ik er zelf de hand in gehad dat deze vrouw, na bijna tien jaar buitengesloten te zijn geweest, alsnog op deze bank uit onze voormalige woonkamer had gezeten, onze stoelen en tafel had gezien en uit onze theekopjes had gedronken. De door mijn moeder uitgezochte bank, stoelen en theekopjes. Nog maar amper een halfuur geleden had de weduwe met terugwerkende kracht in onze vroegere woonkamer in de Gerrit van der Veenstraat gezeten, althans in een waarheidsgetrouwe afspiegeling ervan, inderdaad zoals we door de paleizen van de allang gestorven koningen lopen, het hemelbed zien waarin ze hebben geslapen, de kom en schenkkan waarmee ze zich hebben gewassen, de schilderijen die ze als eerste zagen wanneer ze in alle vroegte ontwaakten en met hun ogen knipperden.

Het schilderij! Ook dat had de weduwe gezien. Het schilderij dat door een vriend van mijn moeder was geschilderd en hier nu aan de muur hing in mijn nagebouwde ouderlijk huis. Ik had er op zijn minst een laken overheen moeten hangen. Over alle meubels had ik lakens moeten hangen. Je kan wel komen kijken waar ik woon, maar niet hoe. Dat is privé. Dat is van mij en van mijn moeder, dat zal jij tijdens je leven niet meer te zien krijgen.

Een deel van mezelf wilde nu met een ruk overeind komen, de bloemen uit de vaas trekken en ze in de vuilnisbak proppen. Een ander deel vond het een beter idee om gewoon te blijven liggen.

Ik zou de weduwe niets meer gunnen. Ik zou haar hoe dan ook nooit meer hier in mijn kamer binnenlaten. Nooit meer zou ze op deze bank zitten, theedrinken en bonbons van een schaaltje naar haar dunne lippen verplaatsen, beloofde ik mezelf, een belofte waaraan ik me in de anderhalf jaar dat ik nog in de Tichelstraat zou wonen heb gehouden.

Maar ik zou haar ook het drama niet gunnen. Het drama van uit een vaas gerukte bloemen, de onder het deksel van de vuilnisbak uitstekende stelen.

Ik bleef liggen.

Ik nam uiteindelijk ook geen bos bloemen mee voor de twee architecten van Studio A4. Op de een of andere manier leek dat als intentie 'te gay', al was het woord 'gay' in deze betekenis nog niet in zwang in 1975.

Zoals gezegd hadden ze echt hun best gedaan, zowel met het eten als met de overal, tot in de goed gevulde boekenkast aan toe brandende kaarsen en waxinelichtjes, en de zachtjes voortsudderende achtergrondmuziek.

Tijdens het leeglepelen van de met Hollandse garnalen gevulde avocado dacht ik nog heel even aan de bijbedoelingen, maar daarna niet meer.

De beide architecten waren zonder meer aantrekkelijke mannen, mannelijke mannen, als je dat zo mag zeggen. Ik wist opeens zeker dat er helemaal geen bijbedoelingen waren. Ze moesten het meteen al aan mij hebben gezien, op de ochtenden dat ik uit mijn kamer tevoorschijn kwam en met neergeslagen ogen vroeg of ik verse koffie voor ze zou zetten: dat ik niet homoseksueel was, misschien wel nauwelijks seksueel in die jaren. Ik was een leegstaand huis waar iets mee was, een huis waar niemand vrijwillig de sleutel van zou vragen.

Alleen tijdens het dessert kwam er nog een kort moment van twijfel toen een van de twee architecten van tafel opstond en naar de boekenkast liep om daar een lp uit de hoes te halen en op de draaitafel te leggen.

'Dit vinden wij een heel bijzonder nummer,' zei hij, nadat hij was gaan zitten.

We luisterden. Een wat zijige, iets te blije stem zong in het Nederlands over een jongen en een ontmoeting in een trein. Ik kende de zanger, hij was waarschijnlijk op het toppunt van zijn roem in 1975. Vandaag de dag behoort hij tot dat slag van artiesten van wie je niet weet of ze al dood zijn of nog leven. Of ze misschien in alle stilte hun comebackalbum aan het voorbereiden zijn, of dat ze al lang en breed op een begraafplaats liggen. Dood, gok ik. Al jaren.

Voor mij behoorde de zanger toen in elk geval tot verboden terrein. Het terrein van de softe, in de eigen taal gezongen levensliedjes, met hun heel in de verte op gedichten lijkende teksten over verlangen en onbereikbare jongens in treincoupés. Maar gedichten waren het zeer zeker niet. Wanneer je deze teksten in druk zou zien, of ze alleen maar woord voor woord in je hoofd zou herhalen, zonder de van het Franse chanson geleende achtergrondmuziek, vielen ze onmiddellijk door de mand.

'En?' wilden de architecten weten. 'Mooi hè, vind je niet?'

Waarschijnlijk was ik al te lang alleen geweest in mijn meubelmuseum. Het bezoek van mijn vader en zijn vriendin dateerde alweer van een paar maanden geleden. Ik zag wel vrienden, maar ik sprak bijna altijd buiten de deur af, de kamer in de Tichelstraat gebruikte ik om me terug te trekken – om me te verbergen. Het was niet alleen een museum waarin meubels werden tentoongesteld, het was ook een tentoonstelling van mijn eigen tot stilstand gekomen leven. Hoe minder mensen dat zagen, hoe beter.

Ik denk dat het dit alleen leven was dat mij in zekere zin compromisloos had gemaakt. Er waren dingen die wel van waarde waren, al bevonden ze zich stuk voor stuk buiten mezelf. Buiten de kamer vooral. Dat gold zowel voor muziek als voor films, voor de boeken die ik las. Die boeken, lp's en films waren als de bergen in een landschap: onveranderlijk, onder geen enkele omstandigheid of druk van buitenaf te verloochenen.

Ik zag mezelf zitten, aan tafel bij de twee gastvrije en buitengewoon aardige architecten, mijn lepel op dat moment stil liggend in mijn schaaltje met bitterkoekjespudding: uit respect voor de zanger en zijn halfzachte levenslied.

'Ik weet het niet,' zei ik. 'Eerlijk gezegd hou ik niet zo erg van dit soort muziek.'

Er viel een korte stilte waarin alleen de naald van de pick-up te horen was. Toen begon het volgende nummer.

'Ik vind het eigenlijk verschrikkelijk,' zei ik.

De zanger zong nu over een vogel die een geliefde zocht.

'Nou, dat is dan jammer,' zei de oudste van de twee architecten, terwijl hij even met een lieve glimlach naar zijn partner keek, 'want wij vinden dit heel erg mooi.'

Er zijn in feite maar twee momenten van ontspanning geweest tussen de weduwe en mij. Ik zou met mijn vriend Barten naar Afrika gaan. Op twee motoren, waarvan één met zijspan. We zouden via Marokko en Algerije de Sahara oversteken, naar Togo of Nigeria. Ten afscheid reden we langs het Minervaplein.

Mijn vader en de weduwe kwamen naar beneden om ons uit te zwaaien. Daar stonden we naast onze motoren, onze helmen losjes in de hand, het zijspan volgeladen met de extra voorraden die we nodig zouden hebben om een woestijn te doorkruisen.

Aan weerszijden van de bagagedrager van mijn motor had ik die ochtend twee groene jerrycans bevestigd. Enigszins gehaast, want we hadden allang willen vertrekken. En ook onhandig, precies zo onhandig als ik was met dit soort dingen: al tijdens het korte ritje van de Sarphatistraat naar het Minervaplein had ik meer dan eens een blik achterom geworpen omdat ik elk moment verwachtte een losgeraakte jerrycan over het asfalt te horen kletteren.

En toen gebeurde het: het nooit verwachte. Terwijl wij daar zo losjes mogelijk stoer stonden te doen, hurkte de vriendin van mijn vader neer voor de bagagedrager van mijn motorfiets en trok een paar keer kort aan de bandjes en gespen waarin de jerrycans hingen, maakte ze bijna los en trok ze toen weer vast, steviger vast, steviger dan eerst in elk geval, ze hingen ook opeens een stuk hoger.

'Zo,' zei ze. 'Dit is beter, je wilt ook niet dat ze er na vijf kilometer al af vallen.'

Ik heb me nog vaak afgevraagd of het een bewuste actie van haar was, of ze me misschien op mijn nummer wilde zetten tegenover Barten – maar ook en in de eerste plaats tegenover mezelf.

Het was een typisch geval van verkeerde typecasting: oude vrouw, weduwe, op deze ochtend gekleed in een chique, met gouddraad doorregen zwarte peignoir, wankelend op ongeveer hetzelfde soort lakschoenen als waarop ik haar voor de etalage van Eichholtz had zien staan, blijkt buitengewoon handig te zijn in het bevestigen van jerrycans aan de bagagedrager van een motorfiets. In een film zou het ongeloofwaardig zijn, of het moest met een bepaalde bedoeling in het verhaal zijn opgenomen, bijvoorbeeld om haar in een ander licht te plaatsen. De hoofdpersoon van het verhaal, in dit geval ik, zoon van haar geliefde, dezelfde geliefde van wie ze meer dan tien jaar eerder het gezin heeft verwoest, ziet haar, samen met de bioscoopbezoekers, in dat andere licht. Het heeft geen zin om het te ontkennen, de bioscoopbezoekers zijn met velen, wanneer hij nu ontkent wat iedereen met zijn eigen ogen kan zien, zal hij de rest van de film niet meer van zijn imago van koppige, nooit volwassen geworden puber afkomen.

Maar zag ik haar echt in dat andere licht? Niet meteen, maar wel een paar uur later, toen ik op de ring van Antwerpen iets te hard afremde en de rem blokkeerde. Het motregende al, en het begon opeens veel harder te regenen, waardoor ik vrijwel niets meer zag door mijn motorbril – dat was ook de voornaamste reden waarom ik afremde.

Op het natte asfalt ging de motor in één keer onderuit. Ik had op de uiterste linkerrijbaan gereden, waarschijnlijk net iets te hard, en nu lag ik op mijn kant, met één been half onder de motor. Ik bleef het stuur stevig vasthouden, terwijl de motor rondjes om zijn eigen as draaide, dwars over de vier rijstroken heen gleed en ten slotte tegen de vangrail knalde.

Het is heel goed mogelijk dat ik tijdens die eindeloos lijkende tocht rakelings voor een toeterende vrachtwagencombinatie ben langs gegleden; dat een personenauto met caravan me alleen met de grootste moeite heeft weten te ontwijken; dat ik toch minder hard dan honderd kilometer per uur moet hebben gereden, omdat het anders onbegrijpelijk is dat de motorfiets (of ik) geen onherstelbare schade heeft opgelopen bij het tot stilstand komen tegen de vangrail.

Ik zal het nooit weten. In mijn herinnering heeft de hele val zich in stilte voltrokken, enigszins vertraagd, nog net niet in slow motion. Ook heb ik op geen enkel moment 'mijn hele leven aan me voorbij zien trekken', zoals je weleens leest over mensen die op het nippertje aan de dood zijn ontsnapt.

Zoals ik het me herinner, tilde ik de motor iets omhoog, krabbelde eronderuit, trok vervolgens de motor recht en zette hem tegen de vangrail. Mijn spijkerjasje en trui waren bij mijn linkerbovenarm gescheurd. Er was bloed, niet veel, maar het leek me beter om niet te lang naar de wond te kijken en hem ook niet aan te raken.

Mijn linkerschoen was gescheurd, de rubberzool zat er niet meer onder, en ook daar was bloed. En na verloop van tijd voelde ik nog iets anders, een brandende pijn net boven mijn enkel, en toen ik mijn grotendeels gescheurde spijkerbroek optrok zag ik een flinke brandwond die waarschijnlijk was ontstaan in de seconden waarin mijn onderbeen tussen het asfalt en de gloeiendhete uitlaat zat geklemd.

Natuurlijk hadden we nooit overwogen om beschermende motorkleding te dragen. Leren pakken, zwartleren broeken en laarzen, integraalhelmen: dat was het kleinburgerlijke uniform van de volwassen mannen die op de pinksterzondag massaal de TT in Assen bezochten. Wij trokken zo min mogelijk aan, alleen een T-shirt als het weer het toeliet, onze helmen waren Amerikaanse politiehelmen, wit met zwart, op de mijne stond voorop een gouden adelaar met gespreide vleugels afgebeeld.

Nu keek ik voor het eerst naar de jerrycans. De door de weduwe stevig aangetrokken gespen van de riempjes waarmee ze aan de bagagedrager vastzaten – nog altijd vastzaten. Ik probeerde me voor te stellen wat er zou zijn gebeurd wanneer de jerrycans bij de eerste aanraking met het asfalt zouden zijn losgeschoten.

Iets in de val zou op zijn minst anders zijn verlopen. Nu was de eerste klap opgevangen door de linkerjerrycan, en er was ruimte geweest, ruimte tussen de motor en het asfalt, waardoor mijn been niet onbeweeglijk vast was komen te zitten onder de motor zelf.

Heb ik haar daar later ooit voor bedankt? Heb ik het haar een keer gezegd?

Nee, dat heb ik niet gedaan. Wel heb ik mijn vader en de weduwe later in geuren en kleuren over mijn glijpartij op de ring van Antwerpen verteld. Letterlijk in geuren en kleuren: de geur van verbrand rubber afkomstig van mijn schoenzool, de kleur van de vonkenregen die van de over het asfalt schurende jerrycan spatte.

Het aangedikte verhaal is het enige verhaal geworden.

In de kale versie waren er geen vonken, geen verbrand rubber, het was op dat uur niet erg druk op de ring. Ik zag zoals gezegd niet mijn hele leven in een paar seconden aan me voorbijtrekken – ik zag alleen mijn eigen val.

Het verhaal was een stoer verhaal, mijn vader en de weduwe luisterden ademloos. Lang geleden, hij was toen nog bij zijn eerste gezin, had mijn vader ook een motorfiets gehad, waarop hij soms van Arnhem naar Amsterdam reed. Ook hij had een keer een ongeluk gehad waarbij hij van de weg was geraakt en onder de motor in een greppel was beland. Er was iets losgeraakt in het motorblok, of in de cilinder, de precieze details weet ik niet meer, hoe dan ook was er een pompende zuiger (of een ander onderdeel) in zijn knie geslagen. De eerste keer dat hij me 's avonds voor het slapengaan dit verhaal vertelde, had hij zijn pyjamabroek tot boven de knie opgetrokken en het me laten zien. Inderdaad was de huid daar witter dan de rest, en er liep een L-vormig stiksel over zijn hele knie, alsof de losgeraakte huid daar opnieuw was vastgenaaid.

Veel later vertelde mijn vader me over de keer waarop hij zijn eerste vrouw had opgebeld en haar had voorgesteld om samen met hem op de motor naar Amsterdam te rijden. Hij woonde toen al niet meer bij het eerste gezin, hij was in een romantische bui, hij wilde een poging doen om het weer goed te maken.

Maar zijn eerste vrouw antwoordde dat ze die dag niet kon omdat ze net aan de wekelijkse grote schoonmaak was begonnen.

'De grote schoonmaak!' zei mijn vader toen hij me dit verhaal vertelde, en hij schudde zijn hoofd. 'Vanaf die dag wist ik het zeker. Ik heb geen verdere pogingen meer gedaan.'

Het tweede moment van ontspanning tussen mij en de weduwe vond enkele jaren later plaats. Voor mijn vijfentwintigste verjaardag hadden ze me uitgenodigd voor een etentje in De Oesterbar. Ik dronk nog altijd snel, halverwege het hoofdgerecht moest er een tweede fles witte wijn worden besteld – wat mijn vader zonder protesten deed, het was tenslotte mijn verjaardag.

Tijdens het nagerecht, tijdens de eerste koffie met cognac beter gezegd, zei ik het. De drank had me opnieuw in een vergevingsgezinde bui gebracht, ze zaten naast elkaar tegenover me, achter hun hoofden schemerde het groene licht van een aquarium.

'Al met al, als ik erop terugkijk, heb ik eigenlijk een heel gelukkige jeugd gehad,' zei ik. 'Dat kan ik zonder meer zeggen. En het is ook weleens goed om dat te zeggen. Een heel gelukkige jeugd.'

Ik zag hun gezichten, er lichtte iets in op, in hun ogen, zelfs de witte huid van de weduwe leek lichtroze te kleuren.

'Dat... dat is goed om te horen,' zei mijn vader. 'Dat is mooi.'

De weduwe zei niets en keek me alleen maar aan. Ik zou kunnen zeggen dat ik dankbaarheid in haar ogen las, ik had haar met deze woorden immers in één keer alles vergeven, maar ik meende toch iets anders te lezen. Het was de machtspositie, dacht ik, mijn machtspositie. Alleen de machtigen kunnen de zwakkeren vergeven. Van verwoestster van gezinnen, van de femme fatale met haar aan haar eenzame tafeltje bij Bodega Keyzer gesponnen web, was ze in één klap, met een paar vergevende woorden, de zwakkere geworden – en iets in deze wisseling van de macht zat haar duidelijk niet lekker, ze was in elk geval niet in staat om dat in haar blik te verbergen.

Ik had het niet bewust gedaan, ik besefte het pas nadat ik was uitgesproken. Het heeft me nooit echt geraakt, zei ik in feite. Al jouw manoeuvres om mijn vader bij ons weg te lokken hebben geen enkel effect op mij gehad.

Iets minder dan drie maanden na dit etentje, op 18 december 1978, ging mijn vader dood.

En tussen de weduwe en mij kwam nog een derde moment van ontspanning, een paar ogenblikken waarin we in alle oprechtheid tegenover elkaar zaten en niets voor elkaar verborgen hielden.

Dat was een paar weken voor haar eigen dood, amper vijf maanden na die van mijn vader. Ze had het er al vaak over gehad, dat ze niet meer terug wilde naar de eenzaamheid van na de dood van haar vorige man – dat ze zelf liever ook dood was.

Op oudejaarsavond had ze mij bij haar thuis uitgenodigd, maar ik had belangrijkere dingen aan mijn hoofd. Er was een feest, en op dat feest zou ook het meisje komen op wie ik verliefd was. Kort na middernacht wandelde ik volgens plan met het meisje door het besneeuwde Vondelpark. Ik wilde haar niet meteen alles uitleggen, de hele last van mijn familie, de doden, en de levenden met zelfmoordgedachten – ik zei alleen dat ik iemand moest bellen.

In een telefooncel aan de rand van het park draaide ik het nummer van de weduwe. Ze vertelde dat ze om middernacht de straat op was gerend. In paniek. Dat het voelde of er een groot zwart en harig beest op haar nek zat. Alleen door zo hard mogelijk te rennen kon ze het beest misschien van zich afschudden.

Ik luisterde naar haar verhaal, ik beloofde haar dat ik binnenkort langs zou komen. Door het met ijzel bedekte glas van de telefooncel zag ik het meisje staan. Ik zei dat ik moest ophangen.

Twee weken voor haar dood vertelde de weduwe me over een van de eerste keren dat ze met mijn vader had afgesproken. We zaten in de woonkamer, ik hield de schijn inmiddels niet meer op en schonk de jonge jenever niet in een borrelglas maar in een waterglas.

'Het was de eerste keer dat we samen zouden lunchen. In de bar van het Hilton Hotel. Toen de ober onze bestelling kwam opnemen, legde ik de menukaart weg en zei: "Ach, maakt niet uit, doe maar iets van zalm of zo." Je vader bleef een poosje stil. Daarna schraapte hij zijn keel en zei: "Annemarie, je moet nu even heel goed naar me luisteren. Hier kan ik echt niet goed tegen, die verwende toon waarop je dat tegen zo'n ober zegt: iets van zalm of zo. Dat moet je niet meer doen, anders wordt het niks tussen ons."'

Iets in mijn mening over de weduwe kantelde nu, was misschien al gekanteld in die afgelopen maanden waarin ik haar ongeveer eens in de tien dagen thuis opzocht. Ik zou niet willen zeggen dat we 'nader tot elkaar' kwamen, maar wanneer ik maar genoeg jenever dronk, viel het me gemakkelijker om haar te zien als wie ze was: een vrouw die treurt om het verlies van haar geliefde.

Na het verhaal over de zalm vertelde ik haar als tegenprestatie over de ochtend waarop zij de jerrycans steviger aan mijn motorfiets had bevestigd: hoe mijn beeld van haar als verwende weduwe voor het eerst was gekanteld en ik een zekere bewondering voor haar had gevoeld.

Dat dit misschien mijn leven had gered liet ik weg. Ten eerste stond dit niet helemaal met zekerheid vast, en ten tweede moest het ook niet in één keer te veel van het goede worden.

Ik gaf mijn moeder inmiddels geen liveverslagen meer van mijn bezoeken aan het huis van de weduwe. Ze wist zo langzamerhand alles wel van hoe het er daarbinnen uitzag. Ik wachtte tot ik weer op straat stond.

Ik hoop dat je me begrijpt. Jij had vast hetzelfde gedaan. Ze is nu niet langer de vijand, ze is gewoon een oude vrouw die alleen is en verdriet heeft.

Ik haalde mijn fiets van het slot en fietste zoals altijd opgelucht weg van het Minervaplein.

Ik ga nu naar mijn vriendin. Met mij gaat het eigenlijk best goed. Je hoeft je nergens zorgen over te maken. Het gaat echt goed.

Ik fietste door de Minervalaan richting de Apollolaan. Hier links was het huis waar de ouders van mijn eerste echte vriendin woonden, ten tijde van Finland. Rechts was mijn voormalige ouderlijk huis in de Gerrit van der Veenstraat. Dit was zo ongeveer de route die ik naar de lagere school aflegde, eerst lopend aan de hand van mijn moeder, daarna met de autoped, nog weer later met de fiets. Het was allemaal steeds verder weg.

Ik reed rechts langs het Hilton Hotel in de richting van het Vondelpark.

Ze heeft me daarnet een verhaal verteld... Over zalm, ik leg het je nog wel een keer uit. Het is toch allemaal net iets anders dan we altijd hebben gedacht.

Ik dacht opeens nog iets anders, een gedachte die ik niet deelde met mijn moeder.

'... anders wordt het niks tussen ons,' had mijn vader veertien jaar geleden in de bar van ditzelfde hotel tegen de weduwe gezegd. Het had misschien maar een haar gescheeld, zij had het op haar beurt niet kunnen pikken om op die toon door de knappe man te worden toegesproken.

Het had maar een haar gescheeld of het was echt niks geworden.

Het einde ging zo: op een middag in mei, een maand of vijf na de dood van mijn vader, antwoordde de weduwe ontwijkend op mijn vraag wanneer het haar uitkwam dat ik weer op bezoek zou komen. Morgen niet, zei ze, nee overmorgen ook niet, dan ga ik naar een nicht in Haarlem. Dit was de eerste keer dat ik over een nicht in Haarlem hoorde, ik had haar behalve over haar volwassen zoon en twee kleinkinderen nog nooit over familieleden horen praten.

Ik wist het op het moment zelf. Ik wist dat ze de nicht in Haarlem had verzonnen, dat ze helemaal geen nicht in Haarlem had.

De nicht in Haarlem was een codebericht: laat mij de komende dagen maar even, laat me met rust. Voor wat ik van plan ben te gaan doen, heb ik volledige rust nodig.

Met de hoorn van de telefoon nog aan mijn oor vroeg ik me af hoe ik moest reageren. Ik kon mijn vraagtekens zetten bij het aanstaande bezoek aan de nicht in Haarlem. Ik kon iets zeggen als: gaat het wel goed met je? Wil je anders niet vandaag nog afspreken? Ik kan ook vanmiddag langskomen als je dat liever wilt.

Ik kon ook iets heel anders zeggen, ik kon op een bijna opgeruimde toon direct tot de kern doordringen.

We gaan toch geen gekke dingen doen, Annemarie?

Maar zo was ik niet. Ik zou niet weten hoe ik zo'n zin uit mijn bek moest krijgen.

Het was een woensdag. Op vrijdag zou ze de verzonnen nicht in Haarlem bezoeken.

'Dat is goed,' zei ik. 'Ik bel je wel weer na het weekend.'

'Fijn, Herman, dank je wel.' Ik hoorde haar ademen, het was alsof ze nog niet kon ophangen, het was zo'n moment waarop een van beiden nog iets moest zeggen.

'Weet je het zeker?' vroeg ik.

Dat was het. Dat was wat ik zei. Het was een vraag waarachter meer dan één betekenis schuilging. Het was een meerkeuzevraag. Er was een meerkeuzeantwoord mogelijk. Die keus was aan haar.

'Ja,' zei ze, en na een korte stilte waarin ik opnieuw alleen haar ademhaling hoorde, voegde ze daaraan toe: 'Zorg goed voor jezelf, Herman.'

Daarop verbrak ze de verbinding.

Drie dagen later, op zaterdag, zaten haar zoon Hans, mijn middelste halfzus Els en ik in de woonkamer op het Minervaplein. Ik had net broodjes gehaald – tijger- en maanzaadbolletjes – en een heleboel beleg: pekelvlees, lever, filet americain, haring met uitjes en zuur. In de keuken had ik de broodjes dik met gezouten boter besmeerd. Ik had even moeten zoeken naar de juiste schaal, de bordjes en de messen – ik realiseerde me dat dit de eerste keer was dat ik in deze keuken stond, de eerste keer in de zeven jaar sinds mijn eerste bezoek aan het Minervaplein en ook een van de laatste keren: veel langer zou het toch niet meer duren.

Ook in de slaapkamer was ik tot vandaag maar één keer eerder geweest: op de ochtend, nu vijf maanden geleden, dat mijn vader daar dood op bed had gelegen.

Maar vandaag was ik er opeens al vijf keer binnen gelopen. We gingen een voor een, ongeveer elk uur, en steeds opnieuw keerden we hoofdschuddend terug in de woonkamer.

Daar, op haar zij, ondanks haar geringe gewicht diep wegzinkend in de kussens, lag Annemarie. Ze ademde nog. Elke keer dat een van ons naar binnen ging en hoofdschuddend weer naar buiten kwam, ademde ze nog. Ze ademt nog steeds, zeiden we met het schudden van ons hoofd.

Het was vanaf vrijdag, de dag waarop haar zoon met zijn reservesleutel de deur van het huis had geopend, duidelijk dat ze een te lage dosis slaappillen had ingenomen. De slaappillen die ze al jaren op doktersrecept kreeg, had ze opgespaard.

'Je gelooft het niet,' zei de zoon, terwijl hij een maanzaadbolletje halfom van de schaal pakte. 'Echt overal. In een la in de badkamer. In het nachtkastje naast haar bed. En ook nog in dat doosje daar in de boekenkast, ik dacht dat er sigaretten in zaten, ik zocht een sigaret. Maar daarin dus ook. Ik heb ze niet geteld, maar twee-, driehonderd zeker. In totaal.'

Els en ik keken elkaar aan. Ik weet zeker dat we allebei hetzelfde dachten. *Driehonderd pillen, en dan nog een te lage dosis innemen.*

Voor ons op tafel, naast de schaal met broodjes, lag haar afscheidsbriefje:

Ik wil niet gered worden.
Laat mij met rust.

Her en der in de woonkamer, maar toch voornamelijk op het voormalige bureau van mijn vader, stonden of lagen voorwerpen met een briefje ernaast voor wie ze bestemd waren. Een ring voor mijn ene zuster. Een ketting en een armband voor de andere twee. Een paar Russische poppetjes voor de kleinkinderen. Voor mij stond er ook iets op het bureau: een kristallen kruik met een bolvormige, zilveren draaidop. HERMAN, stond er op het afgescheurde stukje papier dat ze die laatste avond onder de kruik moet hebben geschoven. Ik hoefde de dop er niet af te draaien en aan de kruik te ruiken om te begrijpen wat deze bevatte, maar deed het later die middag, na twee broodjes filet americain en een met haring, toch.

'Wat doen we?' zei de zoon nadat ik de jonge jenever voor de tweede keer over onze drie waterglazen had verdeeld. 'Het is nu vierentwintig uur. Moeten we niet eens iemand bellen? De huisarts?'

'Ik ga nog één keer kijken,' zei ik.

Maar er was geen verandering zichtbaar in de slaapkamer. Het enige wat met zekerheid viel te zeggen, was dat ze in al die uren waarin we bij haar hadden gewaakt niet van positie was veranderd. Iemand in een normale slaap draait zich altijd wel een paar keer om, maar dit was geen normale slaap. Haar diep in het kussen weggezakte gezicht leek hooguit nog magerder geworden. Ik had al eerder doden gezien, ik wist hoe snel hun gezichten dunner werden wanneer ze niet langer van binnenuit door emoties en gevoelens werden ondersteund. Dit was een gezicht dat al half aan de overkant was, alleen de gelijkmatige, amper met het blote oog waarneembare ademhaling hield het nog even vast aan onze kant.

We hadden de taken verdeeld. De vorige avond waren mijn zus en ik, op aandringen van de zoon, naar huis gegaan. Hij zou die nacht op de bank blijven slapen. Alleen voor de vorm had ik aangeboden om hem gezelschap te houden. Ik had met heel mijn hart gehoopt dat hij mijn aanbod zou afslaan.

De zoon zou op de bank liggen, ik op de chaise longue. In het holst van de nacht zou ik op mijn schouder worden getikt; ik zou met mijn ogen knipperen en in het witte, niet meer echt tot de levenden behorende gezicht van de weduwe staren.

'We komen morgen zo vroeg mogelijk weer terug,' had ik gezegd. 'En dan nemen we ontbijt voor je mee.'

Nu was het de middag van de tweede dag, de jeneverkruik was al halfleeg, we besloten nog tot vijf uur te wachten en dan de huisarts proberen te bereiken.

De gordijnen in de slaapkamer waren gesloten, het enige licht kwam van de schemerlamp die naast haar kant van het bed op het nachtkastje stond. Ook hier hingen schilderijen aan de muren. Dezelfde witte gezichten als in de woonkamer. Op één heel groot gezicht, een gezicht groter dan ware grootte, had ze op de wangen roze rondjes geschilderd. Waarschijnlijk was het haar bedoeling geweest om de vrouw op het portret te laten blozen, maar de rondjes waren te afgemeten, met te veel contrast ten opzichte van het wit, zodat het gezicht eerder aan het masker van een clown deed denken.

Ik moest aan mijn moeder denken, die de schetsen en tekeningen zo uit haar losse pols schudde en die desalniettemin altijd verklaarde dat ze niet genoeg talent had om een echte schilder of tekenaar te worden.

'Het is allemaal wel in orde,' had ze een keer tegen me gezegd. 'Het lijkt natuurlijk goed, maar er zit niets achter, dat heb ik mijn hele leven zo gevoeld. Het is technisch goed, dat je een kat kunt tekenen die niet alleen op een kat lijkt, maar ook nog op een specifieke kat. Daar hebben mensen bewondering voor.

Wat goed getroffen! roepen ze uit, maar in feite is het gewoon een kunstje. Een kunstje van niks.'

Ik keek weer naar het menselijk lichaam onder de dunne deken. Alles wees erop dat dit maar één uitkomst kon hebben, als iemand die op het vliegveld al door de douane is en zich nog één keer omdraait om te zwaaien – er was geen weg terug meer, ze was bezig van deze wereld te verdwijnen.

Ik hoop dat je het niet erg vindt dat ik hier sta. Dat ik hier ben. Het is de laatste keer. Na vandaag of morgen kom ik hier nooit meer terug. Ik weet zelfs niet goed wat mijn gevoel over dit hele gebeuren is. Het is zo idioot. Ik probeer er iets bij te voelen, maar ik voel eigenlijk helemaal niks.

Nee, ik kon niet goed bij mijn gevoel die middag. De werkelijkheid waren haar zoon, mijn zus en de schaal met broodjes in de woonkamer. En de jonge jenever in mijn hoofd die alles in een filmische gloed zette, niet alsof het allemaal niet echt was, maar juist te echt, veel echter dan de werkelijkheid. Deze slaapkamer was het schemergebied tussen leven en dood. Je kon er even binnenstappen, maar je kon er ook snel weer uit.

Een paar keer die middag was ik naar het raam gelopen en had ik over het Minervaplein uitgekeken. Auto's, een tram, een man die zijn hond uitliet. De buitenwereld verkeerde in gelukkige onwetendheid van wat zich hierbinnen afspeelde. Of was het geen gelukkige onwetendheid? Waren wij misschien gelukkiger omdat we echt iets meemaakten?

Voordat ik naar de woonkamer, naar de levenden, de broodjes en de jenever terugkeerde, wierp ik nog een laatste blik op het bed. Ik wist wat ik aan het doen was. Ik maakte weliswaar geen foto met een echte camera, maar ik nam wel iets op, sloeg iets op, kon ik beter zeggen. Ik sloeg iets op om er later iets mee te doen. Om er misschien gevoel bij toe te laten, om erachter te komen welk gevoel ik er eigenlijk bij had moeten hebben.

Maar toch vooral om het later te kunnen gebruiken. Ja, dat was het: ik stond hier ook en in de eerste plaats als de schrijver die ik later zou worden, die ik waarschijnlijk al mijn hele leven was. Ooit zouden deze slaapkamer, het bed en de schilderijen in een boek terechtkomen, in een verhaal. Ik had geen notitieboekje bij me om de details in te noteren, de details werden op ditzelfde moment opgeslagen in mijn hoofd. Ooit zouden ze daar weer uit komen en op een vel papier belanden.

Uit de woonkamer klonk gelach, voor mij een uitnodiging om naar de levenden terug te keren. We hadden al veel gelachen die middag. In de loop van een heel mensenleven zou ik begrijpen dat er altijd overmatig veel wordt gelachen in de nabijheid van de doden en de bijna-doden. En ik bedoel hier dan niet de slappe, zenuwachtige lach die je soms bij begrafenissen voelt opkomen, maar de lach van opluchting dat je er zelf nog bent, dat je niet koud en stijf en gekrompen in een kist ligt, of zoals hier, gelijkmatig maar zinloos ademend in een bed.

We hadden vooral gelachen om alle tegenstrijdigheden in de verhalen van de weduwe. Mijn zussen en ik hadden al vaker het vermoeden gehad dat niet alles wat Annemarie ons vertelde op waarheid berustte, en deze middag had Hans ons definitief uit de droom geholpen.

'Het portret op de pakjes Belinda-sigaretten?' zei hij. 'Dat mijn moeder daar model voor heeft gestaan? Nee, natuurlijk niet. Dat had ze helemaal verzonnen. Als je goed kijkt zie je ook dat ze er niet eens op lijkt.'

Zo streepten we alles een voor een af. De roos die de beroemde choreograaf George Balanchine in een Parijs restaurant op het tafeltje had neergelegd waar zij met haar eerste man had zitten eten?

'Nee, dat was Pablo Picasso,' zei Hans. 'Soms versprak ze zich, dan was het de ene keer Picasso en de andere keer Salvador Dalí. Balanchine had haar gesmeekt of ze bij zijn gezelschap wilde komen, terwijl mijn moeder nooit enige dansopleiding heeft gevolgd. Onzin. Niets van waar.'

Mij had ze dit verhaal ook meerdere keren verteld, ik herinnerde me vooral het detail waarin de choreograaf 'aan haar voeten' had gelegen, zo buitengewoon en oogverblindend had hij haar gevonden.

'En mijn vader,' vroeg ik, en ik keek even naar Els. 'Onze vader. Die geloofde het toch allemaal?'

'Ja,' zei Hans. 'Alles. Hij geloofde alles. Ik herinner me een keer, we hadden in een café afgesproken, jullie vader, mijn moeder en ik, en toen kwam de roos op het tafeltje in het Parijse restaurant voor de zoveelste keer voorbij. Ik weet niet meer of het Picasso of Dalí was, maar ik zag hoe bewonderend jullie vader naar haar keek, hoe hij zat te glunderen dat hij toch maar een vrouw had die door grote kunstenaars was aanbeden. Ik heb weleens overwogen om hem uit de droom te helpen, om hem te vertellen dat het allemaal gelogen was, maar toen ik hem daar zo zag zitten genieten, dacht ik: wie ben ik om hem dit af te nemen?'

Na dit verhaal waren we een poosje stil, en daarna kwamen we weer met nieuwe voorbeelden en lachten we tot we de tranen in de ogen kregen. Toen de jeneverkruik op een bodempje na leeg was, kwam er ook een keerpunt waarop we ons alle drie hardop afvroegen waarom iemand dit kennelijk nodig had. Waarom Annemarie niet gewoon op zichzelf had kunnen vertrouwen, zonder de verzonnen bevestigingen van beroemdheden. Ik vermoed dat we het antwoord wisten, en daarom snel van onderwerp veranderden.

‘Ik ga nog even bij mijn moeder kijken,’ zei Hans en hij stond op. ‘En dan bellen we de huisarts.’

Ik stond ook op en met mijn bijna lege waterglas jenever liep ik langs de boekenkast en deed alsof ik de titels op de ruggen las. Er was een gedachte in me opgekomen die ik nu zo snel en zo ongestoord mogelijk moest toelaten en nader uitwerken. De gedachte betrof de verwende en nonchalante manier waarop de weduwe tijdens een van de eerste afspraakjes met mijn vader ‘iets van zalm’ had besteld in het restaurant van het Hilton Hotel.

Was dit verhaal misschien ook verzonnen? Had Annemarie de bestraffende toon waarop mijn vader haar had toegesproken uit haar duim gezogen om zichzelf tegenover mij in een gunstiger daglicht te plaatsen?

Er was iets wat niet klopte, dacht ik nu. De afgelopen veertien jaar had mijn vader haar op een voetstuk geplaatst, hij had haar verhalen over Picasso, Balanchine en het pakje Belinda-sigaretten geslikt en voor waar aangenomen. De reprimande over de zalm was hiermee in tegenspraak, *out of character*, zou je kunnen zeggen. In een verhaal of film zou het als eerste sneuvelen. De lezer of kijker zou alleen maar in verwarring worden gebracht door zoiets inconsequents. Aan de andere kant was ik geen lezer en geen kijker. Ik had dit allemaal van heel dichtbij als ooggetuige meegemaakt. Ik was bereid om *the suspension of disbelief* nog even in het voordeel van mijn vader te laten werken. Eerst en vooral wilde ik dat het verhaal over de zalm waar was. Ik wilde dat mijn vader in al zijn naïeve aanbidding van de weduwe en haar Picasso-anekdotes een keer tegen haar was ingegaan en haar corrigerend had toegesproken als het verwende nest dat ze in wezen natuurlijk was – altijd al was geweest.

In de boekenkast was ik bij *Herfsttij der Middeleeuwen* van Johan Huizinga aangeland. Dat had mijn vader tijdens de Tweede Wereldoorlog gelezen. In het laatste oorlogsjaar om precies te zijn. Na de door de Duitsers gewonnen Slag om Arnhem in september 1944 was de hele Arnhemse burgerbevolking geëvacueerd. Mijn vader en zijn eerste gezin hadden in die bijna acht maanden tot aan de bevrijding onderdak gevonden bij een boerengezin in het op een tiental kilometers van Arnhem gelegen Herikhuizen. Daar doodde hij de tijd met het aanleggen van een schuilkelder en lezen.

Ik had dit altijd een mooi verhaal gevonden, een mooi beeld: mijn vader kreeg er iets onverstoorbaars door. Terwijl de wereld in brand stond en de geschiedenis zich in hoog tempo op slechts enkele kilometers van de boerderij voltrok, las hij avond na avond, bij kaarslicht, zo stelde ik me voor, over de geschiedenis die zich zo'n zeven eeuwen eerder had afgespeeld. Hij had contact gezocht met de Engelse troepen. Vanwege zijn beheersing van het Duits en het Engels was hij als tolk aangesteld bij de verhoren van Duitse krijgsgevangenen. 'Zoals de Duitsers vier jaar lang tegen ons hadden geschreeuwd, zo schreeuwde ik nu tegen hen,' had hij me meer dan eens verteld. 'Ik hoopte dat ik als tolk mee zou mogen naar Berlijn, maar uiteindelijk ben ik al die tijd op de boerderij in Herikhuizen gebleven.'

Dat was wat hij in de bevrijding had gezien: een mogelijkheid om te vertrekken, om de geschiedenis niet alleen uit de boeken mee te maken, een bevrijding uit de verantwoordelijkheid voor een gezin.

Als het verhaal over de reprimande op waarheid berustte, had dat wellicht consequenties, dacht ik nu voor het eerst. Misschien had hij niet zitten glunderen, zoals de zoon van Annemarie mijn vaders reactie had beschreven bij haar verhaal over de roos van Picasso (of was het die keer weer Dalí?), maar had hij meewarig geglimlacht. Hij had er nooit een woord van geloofd. Uit liefde, schoot het door me heen, maar ik verdrong dat woord weer even snel als het was komen opzetten. Hij had besloten om zijn twijfel nooit kenbaar te maken, om haar in haar waarde te laten – om te glunderen.

En nu schoot me nog iets anders te binnen wat de weduwe me amper een maand geleden had verteld. Minstens één keer per jaar gingen ze samen naar Parijs, naar een hotel aan de Quai Voltaire, een hotel dat Hotel Voltaire heette.

'Je vader en ik hebben overwogen om je een keer mee te vragen,' zei ze. 'Maar dat durfde hij uiteindelijk toch niet. Hij was bang voor je reactie.'

Dit was ergens tegen het eind van mijn bezoek: het halveliterflesje jonge jenever was leeg, het was tijd om weer eens op huis aan te gaan.

'Wanneer was dat dan?' vroeg ik. 'Wanneer hadden jullie me dan mee willen vragen?'

'In oktober,' zei ze. 'Maar ten slotte zijn we toch weer met zijn tweeën gegaan.'

Oktober. Na het etentje voor mijn vijfentwintigste verjaardag in De Oesterbar, het etentje waarop ik ze allebei had vergeven voor hun verwerpelijke gedrag door te verklaren dat ik 'al met al' toch een gelukkige jeugd had gehad.

Maar kennelijk was dat niet genoeg geweest. Mijn macht reikte verder dan ik voor mogelijk had gehouden, hij reikte zelfs verder dan ik had gewild. Uit angst voor mijn reactie hadden ze me niet mee durven vragen naar Parijs.

Ik keek de weduwe aan; verbeeldde ik het me of zag ik iets waterigs glinsteren in haar ogen? Wachtte ze nu alsnog op mijn reactie, ook al was het voor een reisje naar Parijs inmiddels ruimschoots te laat?

'Wat jammer,' zei ik. 'Ik had dat echt leuk gevonden.'

Het is nu echt voorbij. Met mij gaat het goed, ik meen het, ik zeg dat niet alleen maar om je gerust te stellen. Ik ben ook echt wel opgelucht dat het nu allemaal achter de rug is. Alsof ik eindelijk in een bed met fris gewassen lakens mag liggen, de volgende ochtend schone kleren aan mag trekken. Deze zomer verhuizen we naar Londen, mijn vriendin gaat daar studeren aan de Central School of Speech and Drama. *Ik heb een vertaling, maar ik ga daar vooral proberen te schrijven. Ik weet nog niet wat, misschien wel over dit, maar ik denk dat het daar eigenlijk nog te vroeg voor is.*

Ik moet je iets bekennen. Ik heb me in de afgelopen maanden minder vaak afgevraagd wat je ergens van zou vinden. Zowel van mijn vriendin als van mijn bezoeken aan de weduwe. Ik weet nog wat je vroeger over vrienden en vriendinnen van me zei, hoe snel je over ze oordeelde: 'Die is leuk, die ander is een beetje een aandachtstrekker.' En je zat er nooit naast: de aandachtstrekker is nog steeds een aandachtstrekker, die leuke jongen zal je ook in de toekomst nooit teleurstellen door opeens minder leuk te zijn.

Ik dronk mijn halve liter jenever en dacht dat ik iets goeds deed. Dat ik iemand gezelschap hield die het niet meer aankon om opnieuw naar de eenzaamheid af te dalen. Ik heb geprobeerd om niet te oordelen. Natuurlijk heb ik weleens aan je gedacht. Op de manier van: je zou me hier eens hebben moeten zien zitten. Zou je dit ooit voor mogelijk hebben gehouden? Zou je hebben moeten lachen of huilen?

Ze hadden me mee naar Parijs willen vragen. Had je dat te erg gevonden? Had je het kunnen begrijpen? Ik vertel het je maar, omdat je misschien alles ziet. Ik had er ook mijn mond over kunnen houden. Het gaat nu in elk geval toch nooit meer gebeuren.

Uiteindelijk is de huisarts gekomen. Onze eigen dokter Van Beusekom. Weet je wat hij zei toen hij destijds uit jouw slaapkamer tevoorschijn kwam? Heb ik je dat ooit verteld? Hij zei: 'Het is afgelopen met je moeder, jongen.' Dat zei hij. Simpele woorden, makkelijk om te onthouden.

Ook nu kwam hij na een paar minuten uit de slaapkamer van de weduwe. 'Het is gebeurd,' zei hij. 'Maar jullie moeten straks als ik weg ben wel de politie bellen.'

Er kwamen twee rechercheurs, een jonge en een oude, de jonge had iets Indisch. Ze gingen de slaapkamer binnen. Daarna namen ze plaats op twee stoelen tegenover ons. Wij zaten met zijn drieën naast elkaar op de bank. Ze stelden ons een paar vragen. Wij gaven geen tegenstrijdige antwoorden. We lieten ze het briefje zien dat de weduwe had geschreven: 'Ik wil niet gered worden. Laat mij met rust.'

Ik begreep de vragen, ik begreep ook de antwoorden die ze wilden horen. Wanneer we ons van de weduwe hadden willen ontdoen, hadden we het anders aangepakt.

Bij de deur gaf de Indische rechercheur me een hand.

'We begrijpen hoe het is gegaan,' zei hij, 'maar het is in orde zo.'

Ik zou je kunnen beloven om minder te gaan drinken, maar

dat doe ik niet. Ik weet wat je zou zeggen: 'Dat heb jij toch helemaal niet nodig?' Ik heb het ook niet nodig, maar het heeft de dingen allemaal wel een stuk makkelijker gemaakt de afgelopen maanden. Het gaf glans aan iets wat van zichzelf geen glans had. Het werd meer een verhaal dan iets wat ik zelf meemaakte – meer verleden tijd.

In Engeland hebben ze geen jonge jenever. Als voorschot op mijn verhuizing heb ik daarom laatst een fles whisky gekocht. Ik kan niet anders zeggen dan dat het een ontdekking was.

Ik zou je kunnen beloven dat ik het daar rustig aan ga doen, maar dat doe ik niet. Ik doe het al rustig aan. Ik ga er niet aan onderdoor, dat weet jij ook wel, zo zit ik gewoon niet in elkaar. Je moet blij zijn, je moet je verheugen in een zoon die gelukkig wordt van een paar glazen whisky. Het kan veel erger. Ik ken jongens uit mijn omgeving, nog van school, die nu aan de heroïne zitten. Ze lopen mompelend over straat, ze lopen zich overal te krabben, sommigen hebben al bijna geen tand meer in hun mond. Dat ben ik niet, ik weet dat jij het ook weet. Ik ben gelukkig, ik hoef het niet te simuleren, als je me zou kunnen zien, zou jij het ook zien. Het is eerder zo dat ik boven op dat geluk mezelf soms iets inschenk. Vanaf dat moment neemt alles een sprongetje, het licht wordt mooier, mijn leven lijkt bijna als vanzelf op dit punt in het hier en nu te zijn aangeland. De toekomst doet er veel minder toe, die is wat wazig, maar op een prettige manier: niet als dichte mist, maar het soort mist dat je op sommige ochtenden als vitrage boven de weilanden ziet hangen. Je weet dan dat later de zon zal doorbreken, dat het een mooie dag zal worden.

Als je me ziet, dan zie je me. Als je me een keer aan anderen wilt laten zien, hoef je je niet te schamen.

'Kijk, daar gaat mijn zoon,' kan je zeggen. 'Hij is vijfentwintig. Hij heeft een wat rare periode achter de rug, maar ik weet zeker

dat hij die nu achter zich heeft gelaten, dat hij er weer bovenop komt. Wat zeg ik? Ik weet zeker dat hij er al die tijd al bovenop is geweest.'

Op mijn vijftiende vertrok ik voor vier weken naar Amerika, waar ik bij mijn zus Marijke in Baltimore zou gaan logeren. Voor mijn ouders kwam dit goed uit. Zo waren ze een hele zomer lang gevrijwaard van vakantieplannen waarin ons gezin nog een rol had kunnen spelen. Thuis was dat gezin sinds de weduwe ten tonele was verschenen in feite opgehouden te bestaan, maar tijdens de vakanties werd de schijn van een leuk gezin met twee ouders en één kind weer in alle glorie hersteld.

Samen brachten ze me naar Schiphol. Van het afscheid herinner ik me niets meer. Ik wilde weg, liefst zo snel mogelijk, de douane door en daarna uit het zicht.

Het was de eerste keer dat ik zou vliegen. Eenmaal in het vliegtuig – een verlengde DC-8, zo wist ik door mijn algemene kennis van vliegtuigen en ruimtevaart – werd er omgeroepen dat we vertraging hadden, iets met een technische storing, een vertraging die uiteindelijk zou oplopen tot meerdere uren. Vanaf mijn stoel bij het raam zag ik verscheidene monteurs in het felle licht van een schijnwerper werken aan iets onder de rechtervleugel bij het landingsgestel.

Vandaag de dag zou ik bij de woorden 'technische storing'

het vliegtuig liefst zo snel mogelijk weer willen verlaten, om het, met het al dan niet verholpen mankement, zonder mij te laten vertrekken en een volgende vlucht te nemen. Of beter nog: om van de hele vliegreis af te zien.

Maar op mijn vijftiende was ik nergens bang voor. Nou ja, in ieder geval niet voor kapotte vliegtuigen. Ik keek alleen maar vooruit, naar het moment waarop we de lucht in zouden gaan. Ook de vertraging kwam me goed uit – het totale verblijf in de DC-8 zou er alleen maar door worden verlengd.

Op Schiphol was het destijds nog mogelijk om ook als niet-passagier tot dicht bij de vliegtuigen te komen. Zo herinner ik het me althans: mijn beide ouders in fauteuils tegenover elkaar, in een verder lege, zwak verlichte ruimte.

Zo waren ze nog een paar uur langer tot elkaar veroordeeld, voor mijn ouders betekende de vertraging een verlenging van het kunstmatig in stand gehouden gezinsleven. Als vader en moeder hadden ze me naar het vliegveld gebracht voor mijn eerste grote reis alleen. Na het uitzwaaien zou hun eigen leven beginnen, zouden ze in de vier weken waarin de zoon in Amerika was, hun aparte, van elkaar gescheiden levens kunnen leiden.

Door het technisch mankement aan de verlengde DC-8 ging er meteen al aan het begin een paar uur van dat eigen leven af. Ik vermoedde dat het vooral mijn vader slecht uitkwam. Het werd later en later – te laat waarschijnlijk om straks nog bij de weduwe te komen aanzetten.

Af en toe stond hij op en liep met zijn handen in zijn zakken naar het raam. Daar bleef hij dan een poosje naar het vliegtuig staan kijken, alvorens weer terug naar mijn moeder te lopen.

Ik zwaaide niet. Ik wilde vooral dat ze weg zouden gaan.

Ze voerden geen gesprek, voor zover ik dat kon zien. Straks, wanneer ik eindelijk was opgestegen, zouden ze naar huis terugkeren. Daar zou mijn vader zijn koffer pakken en – heel misschien vanavond nog en anders morgenvroeg – voor vier weken naar het Minervaplein vertrekken.

Of misschien hadden ze wel iets gepland, de weduwe en hij, een reisje naar Parijs of langs de Loire, het interesseerde me hoegenaamd niets, de mogelijkheid bestond zelfs dat hij me daar iets over had verteld, maar dat ik niet echt had geluisterd.

Eindelijk zette het vliegtuig zich in beweging, taxiede over het vrijwel verlaten Schiphol naar de startbaan en steeg op. Met mijn voorhoofd tegen het raampje zag ik nog even de vaag verlichte contouren van de stad, de koplampen van een enkele auto op een verder verlaten weg, daarna werd alles donker beneden.

Ik deed mijn uiterste best om de hele vlucht wakker te blijven, om alles van minuut tot minuut te blijven meemaken. In de diepte was er alleen het zwart van de Atlantische Oceaan, waarop af en toe de lichtjes van een schip te onderscheiden waren. Het was nog altijd nacht toen de gezagvoerder meedeelde dat we een zogenaamde 'voorzorgslanding' gingen uitvoeren op Newfoundland. Door de sterke tegenwind was er te weinig brandstof om New York te kunnen halen, luidde de nadere informatie.

Zoals gezegd was het de eerste keer dat ik vloog, toch was mijn kennis van de luchtvaart voldoende om te weten dat 'voorzorgslanding' een netter woord voor 'noodlanding' was. Ik dacht aan de monteurs die urenlang onder de vleugel in de weer waren geweest. Misschien was het brandstofgebrek een leugen om de passagiers niet in paniek te laten raken. Misschien klapte het landingsgestel niet uit en zouden we een buiklanding op Newfoundland moeten maken.

Wat ik me vooral van deze eerste vliegreis herinner is opnieuw de totale afwezigheid van gevaar, van de angst voor gevaar beter gezegd. Er was alleen de opwinding over de ophanden zijnde noodlanding. Er zou iets gebeuren. Ik zou iets meemaken. Mijn ouders in Amsterdam waren nu al verder weg dan ooit.

Op de tweede avond in Baltimore ging ik in mijn eentje naar de film *Monterey Pop*. Ik weet niet meer precies hoe het zo kwam dat ik alleen ging. Waarschijnlijk had mijn zus geen oppas voor haar twee kinderen en moest haar Amerikaanse man die avond werken. Hij was filmmaker en gaf een paar avonden in de week les op de filmacademie.

Hoe dan ook wilde ik eropuit, naar buiten, de straat op. Ik wilde de stad zien, liefst te voet, de film was een mooie aanleiding. *Monterey Pop* draaide in een ander deel van Baltimore. Ik zou een taxi nemen, mijn zus en haar man hadden me op het hart gedrukt om na de film meteen naar huis te komen, om voor de bioscoop opnieuw een taxi aan te houden.

Op de heenweg was het nog licht. Ik keek mijn ogen uit naar de voornamelijk door zwarte Amerikanen bevolkte straten, naar de huizen van rode of zwarte baksteen, de in dit deel van de stad vaak gedeukte of door hun wielen zakkende Amerikaanse auto's.

In mijn hoofd formuleerde ik een brief aan mijn ouders, aan elk van hen apart: het sprak vanzelf dat een brief aan mijn moeder een andere brief zou worden dan die aan mijn vader. Ik probeerde een verhaal te maken van wat ik zag, twee verhalen, maar het was zoveel tegelijk dat ik daar al na een paar minuten weer mee ophield.

Het was de eerste en de laatste keer dat ik nog in brieven dacht gedurende die vier weken in Amerika. Tijdens *Monterey Pop* werd de afstand bijna letterlijk voelbaar en verdween het in Amsterdam achtergebleven deel van ons niet meer bestaande gezin definitief uit het zicht.

Nog vol van de beelden van Janis Joplin, The Byrds, Ravi Shankar en Jimi Hendrix die zijn gitaar in brand stak, stond ik na anderhalf uur weer op straat. Het was intussen donker geworden. Er reden nog maar weinig auto's, een taxi zag ik al helemaal niet.

Mijn oriëntatievermogen is altijd goed geweest. Ik wist ongeveer vanuit welke richting de taxi me op de heenweg naar de bioscoop had gebracht. Het was een warme avond, ik besloot om eerst een stuk te gaan lopen.

Na ongeveer een halfuur – nog altijd geen taxi te bekennen – wandelde ik over een verlaten brug waaronder zich een schier eindeloos spoorwegemplacement uitstrekte. Ik kon me niet herinneren dat ik op de heenweg ook over deze brug was gekomen. Na de brug begon er een wijk met veel onverlichte huizen – van meerdere huizen waren de ramen met planken dichtgetimmerd.

Op een donker kruispunt stond een man te roken. Ik vroeg hem de weg. Hij nam zijn sigaret uit zijn mond en vroeg me om het adres en het huisnummer nog eens te herhalen.

'Ik weet waar dat is,' zei hij, en ik meende een vleug van alcohol in zijn adem te ruiken. 'Kom, ik zal het je wijzen. Loop maar een eindje mee.'

Vandaag de dag zou ik zijn gezicht nog altijd op een compositietekening kunnen laten uittekenen. Een breed en hoekig gezicht, met een brede kaak, zijn haar in korte stekeltjes geknipt, als een marinier of een astronaut.

'Hierlangs,' zei hij, en we sloegen een smalle steeg in met aan de linkerkant donkere, dichtgetimmerde huizen en aan de rechterkant met hekken omgeven basketbalveldjes.

Halverwege de steeg bleef de man staan. Hij legde een hand

op mijn borst en duwde me tegen het hek.

'Doe je broek naar beneden,' zei hij.

Ik deed eerst of ik hem niet goed had verstaan. Ondertussen wierp ik een snelle blik naar links, de weg waarlangs we gekomen waren.

'Je broek,' zei de man, terwijl hij me nog wat steviger tegen het hek aan drukte. 'Doe je broek uit.'

'Wacht,' zei ik. 'Wacht even...'

Ik bracht mijn beide handen naar mijn broek, naar de sluiting van mijn broekriem om precies te zijn. Ik maakte een beweging alsof ik de riem ging losmaken.

In een halve seconde balde ik mijn handen tot vuisten en bracht ze met al mijn kracht omhoog. Ik raakte hem onder zijn kin. Ik hoorde het op elkaar klappen van zijn kaken, van zijn tanden.

'Damn!'

De hand die hij tegen mijn borst gedrukt hield verplaatste hij naar zijn gezicht. Ik wrong me los uit mijn positie tegen het hek en deed een paar snelle passen in de richting van de straat waar we vandaan waren gekomen.

Op veilige afstand van de man bleef ik staan en keek achterom. Hij was door zijn knieën gezakt en hurkte neer, inmiddels met zijn beide handen voor zijn mond. Het enige licht kwam van de enkele lantaarn die het basketbalveldje verlichtte.

Er liep iets uit zijn mond – iets vloeibaars dat een klein plasje op het asfalt vormde.

'Fuck,' kreunde hij.

Het was zo'n besluit dat je neemt zonder erover na te denken. De man zat op zijn hurken. Ik hoefde me alleen maar zo snel mogelijk uit de voeten te maken. Maar er was iets wat me tegenhield.

Wanneer ik nu weg zou rennen, zou hij me achterna kunnen komen. Voordat ik het einde van de steeg had bereikt, zou hij me misschien al inhalen.

Ik moest nog iets doen, besloot ik. Ik moest hem verhinderen om de achtervolging in te zetten.

En dat heb ik toen gedaan.

Later heb ik me vaak afgevraagd of ik de man misschien had weerstaan omdat hij dronken was, omdat hij toch al wankel op zijn benen stond. Op mijn dertiende had ik zoals gezegd met twee vrienden en twee vriendinnen een bandje dat soms op schoolfeesten speelde. Tijdens een repetitie bij een van ons thuis raakte ik met de hals van mijn gitaar een microfoonstandaard en kwam onder stroom te staan. De anderen hadden niets in de gaten, ik probeerde iets te zeggen, maar bracht alleen een paar piepende geluiden voort, terwijl mijn hoofd werd gevuld met een zware en donkere brom die al het andere geluid leek buiten te sluiten. Ik had het geluk dat ik viel: toen ik met een harde klap achterover op de met Perzische kleedjes bedekte vloer terechtkwam, werd in mijn val ook de stekker uit het stopcontact getrokken.

Ik herinner me vooral mijn totale machteloosheid, mijn onvermogen om met mijn medebandleden te communiceren, de alle geluid verdringende donkere brom, alsof ik me in de machinekamer van een oceaanstomer bevond, mijn armen waar de vonken van af leken te spatten.

Aanvankelijk besloot ik hier niets over aan mijn ouders te

vertellen, wie weet zouden ze me verbieden om nog langer in de band te spelen. Maar toen mijn moeder die avond thuiskwam en nog even om de hoek van mijn kamerdeur keek, lag ik nog altijd te trillen in mijn bed.

'Er is iets gebeurd,' zei ik. 'Maar je moet niet schrikken. Niet iets ernstigs.'

Onze huisarts, die ik de volgende ochtend samen met mijn ouders bezocht, zei dat ik geluk had gehad. Doordat ik bezweet was geweest in de warme kelder waar we doorgaans repeteerden, was de stroom grotendeels langs de buitenkant van mijn lichaam gepasseerd. Of anders gezegd: niet-bezweet zou ik het waarschijnlijk niet hebben overleefd.

Ik keek mijn ouders een voor een aan. Ik voelde me niet schuldig, ik had geen stommiteit begaan, iemand had per ongeluk iets verkeerd aangesloten waardoor er kortsluiting was ontstaan.

Nee, ik keek ze aan met mijn meest onbevangen blik, dat hoopte ik tenminste. Een blik die ze zelf hun conclusie zou laten trekken.

Zie je hoe weinig het kan schelen of je bent iets kwijt waar je veel om geeft? Het is de prijs die je betaalt als je er als ouders zo'n puinhoop van maakt.

Ook over het voorval in de steeg naast het basketbalveldje bedacht ik dat het beter was om het aan niemand te vertellen. In de eerste plaats niet aan mijn zus en haar man, maar ook later niet aan mijn ouders. Tegenover mijn zus en haar man hield ik vooral mijn mond omdat ik bang was dat ze me er anders tijdens de rest van mijn verblijf nooit meer in mijn eentje op uit zouden laten gaan. Ik was kennelijk nog te jong, te onverantwoordelijk, je hoefde mij maar even uit het oog te verliezen en ik zou al gekke dingen gaan doen. Beter om hem maar zo veel mogelijk binnen te houden.

Ik lichtte alleen een klein tipje van de sluier op. Ze hadden zich ongerust gemaakt omdat ik zo lang was weggebleven. Daarom vertelde ik naar waarheid over de brug bij het spoorwegemplacement die ik was overgestoken.

'Die brug!' zei de man van mijn zus. 'Ik zou daar zelfs overdag niet overheen durven.'

Kort nadat ik de man in de steeg had uitgeschakeld, had ik een paar straten verderop alsnog een taxi kunnen aanhouden

Maar ik dacht ook nog aan iets anders. Ik had de man mijn adres opgegeven, heel duidelijk had ik het zelfs nog een keer voor hem herhaald, met huisnummer en al. Daarmee had ik ook mijn zus, haar man en hun kinderen in gevaar gebracht. De man was de straatnaam en het huisnummer misschien niet vergeten. Op een dag, of nog waarschijnlijker, midden in de nacht, of ergens in de vroege ochtend wanneer het nog donker was, zou hij verhaal komen halen. Met een vuurwapen zou hij zich toegang tot de woning verschaffen.

Na het voorval bladerde ik elke dag *The Baltimore Sun* van voor tot achter door. Ik keek vooral naar de kleine berichten – die waren er genoeg – over steek- en schietpartijen met dodelijke afloop: een gemiddelde van één per dag. Ik zocht in ruime zin, van 'zwaargewonde man gevonden' tot 'gewonde man met geheugenverlies nog altijd niet aanspreekbaar' of 'onbekende dode blijkt sportleraar op middelbare school'.

Maar ik vond niets waar ik wat aan had. De man was naar alle waarschijnlijkheid helemaal niet zwaargewond geraakt, laat staan dood. Hij liep nog altijd door de straten van Baltimore, zij het met een enigszins gehavend gezicht. Misschien zon hij op wraak, maar het was ook goed mogelijk dat hij het erbij zou laten zitten.

Een week lang gebeurde er niets, en ook niet na twee weken.

Ik keek nog wel elke avond onder mijn bed en soms liep ik, nadat ik alle lichten had uitgedaan, naar het betraliede raam van mijn slaapkamer om te kijken of er niet iemand buiten op de uitkijk stond.

Als filmmaker werd de man van mijn zus er regelmatig op uit gestuurd om nieuwsreportages voor het tv-journaal te maken. Een keer vergezelde ik hem naar Washington, naar het Capitool, waar hij de hoorzittingen van de commissie Fulbright vastlegde. Ik zag Ralph Nader en stond in een lift naast senator Eugene McCarthy, die me vriendelijk toeknikte. Met mijn zus bezocht ik het ruimtevaartmuseum en kocht er een bouwpakket van de Apollo 11 en de maanlander. Onderweg naar een popfestival op een racetrack niet ver van Baltimore, zei ze tegen me: 'Ik zou dit soort dingen niet alleen durven doen. Met jou erbij voelt het toch anders.' Tijdens het optreden van Ten Years After ging ik wat te drinken voor ons halen en drong voor in een lange rij. Een zwarte man met een kleurig gebreid mutsje op zijn hoofd trok een lang mes en sommeerde me gewoon zoals iedereen achter aan te sluiten.

Ook dit incident besloot ik niet aan mijn zus te melden. In de auto had ze haar vertrouwen in me uitgesproken, ik was weliswaar vijftien maar toch ook een man in wiens gezelschap je je als vrouw veiliger voelt op een popfestival op een racetrack. En er was tenslotte niets gebeurd. Ik had het advies van de man met het mes opgevolgd en was achter in de rij gaan staan.

Maar er veranderde wel iets. Er gebeurde iets met de blik waarmee ik het voorval in de steeg bij het basketbalveldje bekeek. Met het geld van mijn zus had ik drie biertjes gekocht, waarvan ik er een in een lange teug en zonder adem te halen had opgedronken en de andere twee had meegenomen naar ons plaatsje een beetje achteraan op het veld.

En terwijl Johnny Winter het podium op kwam dacht ik opeens met een heel nieuw perspectief aan de man bij het basketbalveldje terug. Niet langer meer met angst over de gevolgen, en ook niet met een schuldgevoel over wat ik hem mogelijk had aangedaan, maar met trots.

Ik had het helemaal zelf opgelost. Een volwassen man had geprobeerd om me met geweld aan te randen, maar hij had een fatale misrekening gemaakt. Hij had mijn vuist op zijn kin en onderkaak gevoeld, naar alle waarschijnlijkheid had ik daar iets gebroken of waren er in elk geval een paar tanden losgeraakt. De aanranding was in de kiem gesmoord. De aanrander was weliswaar gewond geraakt maar hij had dit helemaal aan zichzelf te danken gehad, aan zijn zieke lust om zich aan jongetjes van vijftien te willen vergrijpen.

'Vind je het leuk?' vroeg mijn zus. 'Je staat helemaal te glunderen.'

'Ja, ik vind het heel leuk,' zei ik. 'Ik sta echt te genieten.'

Ik was teruggelopen. Terwijl de man al op zijn knieën zat en het bloed uit zijn mond op het asfalt druppelde, was ik teruggelopen om wat ik was begonnen af te maken.

Heel kort, en voor het eerst, dacht ik nu aan wat er had kunnen gebeuren als de man zijn zin had kunnen doordrijven – heel kort en daarna nooit meer.

Ik had een ongetwijfeld traumatische ervaring te verwerken gekregen. Door niet meteen weg te vluchten maar terug te lopen had ik de traumatische ervaring onmogelijk gemaakt. Ik was er alleen maar sterker door geworden.

Ik dacht nog wel vaak kreunend terug aan mijn eigen stommiteit, hoe ik zo naïef had kunnen zijn om zomaar aan iemand de weg te vragen en vervolgens ook nog eens met hem mee te lopen, een donkere steeg in.

Maar hoe ik het had opgelost – daarover zou de angst voorgoed verdwijnen, om plaats te maken voor een gevoel van trots.

Op een van de vele avonden waarop mijn moeder en ik alleen aten, vertelde ze me hoe het in al die jaren was gegaan met mijn vader in bed. Ik wist niet zeker of ik dit wel wilde horen. Ik kan me niet herinneren of ik snel van onderwerp heb proberen te veranderen. We zaten aan tafel, in dezelfde kamer waar ze ook sliep, op een paar meter van haar bed. Ze vertelde me over het romantische idee dat ze van het huwelijk had gehad. Hoe verliefd ze op mijn vader was geweest, en hoe het daarna was tegengevallen.

Heb ik af en toe weggekeken of beschaamd, plaatsvervangend beschaamd, naar mijn lege bord gestaard? Zal ik hebben geprobeerd om het gesprek zo snel mogelijk over een andere boeg te gooien? Het was aan het einde van de maaltijd, ik moet vijftien of zestien zijn geweest, want ze was nog niet ziek. Tussen ons in stond de rodewijnfles die we samen hadden leeggedronken. Mijn moeder ontkurkte een nieuwe fles en trad in details.

Jaren later zou mijn vader hetzelfde doen, met dit verschil dat hij geen fles wijn nodig had maar aan één glas genoeg had. Dat was tijdens het diner in kasteel Wittem in Zuid-Limburg waar we samen een weekend doorbrachten. Vader en zoon. Overdag wandelden we door de Limburgse heuvels, 's avonds aten we een driegangenmaaltijd in een lege eetzaal. Wij waren voor zover ik me herinner de enige gasten in het kasteel. Niemand kon ons in elk geval horen toen hij tijdens het voorgerecht over de details begon.

Hij maakte eerst nog een omweg. Ik was denk ik drieëntwintig, ik had al een poosje geen vaste relatie met een meisje gehad. Hij vroeg me eerst of er misschien een meisje in mijn leven was, en of ik anders op zijn minst een meisje op het oog had.

Toen ik ontkennend antwoordde, haalde hij diep adem, dronk zijn glas leeg en vroeg me daarna of ik misschien 'andere gevoelens' koesterde.

Ik keek hem vragend aan. Ik deed of ik hem niet begreep, ik probeerde tijd te winnen, maar ook vroeg ik me plotseling af of dit misschien het enige doel van ons weekend in Zuid-Limburg was geweest. Om de 'andere gevoelens' met mij te bespreken.

Ik vroeg me af of hij dit reisdoel van tevoren met de weduwe had besproken. Wat denk je? We gaan een weekend naar Limburg, vader en zoon, en dan vraag ik het hem gewoon.

In dit scenario zou de weduwe zijn bezorgdheid hebben gedeeld. Ja, doe dat. Goed idee. Het is toch helemaal niet erg, het is tegenwoordig heel normaal. Of zou ze hem hebben tegengesproken? Zou zij als vrouw wel meteen hebben begrepen dat ik niet van de andere gevoelens was?

'Je kunt dat best tegen me zeggen,' zei hij. 'Ik vind dat helemaal geen punt. Als je jongens leuker vindt dan meisjes.'

Ik zocht in de lege eetzaal naar de ober, ik wilde nu zo snel mogelijk een tweede glas wijn.

'Hoe zou je het echt hebben gevonden,' vroeg ik hem bij het dessert: een taart met veel slagroom voor hem, een soort geflambeerde pannenkoek voor mij, het enige dessert waar alcohol bij te pas kwam, 'als ik je vanavond had verteld dat ik meer op mannen viel?'

Er zat wat slagroom op zijn wang, maar ik ging dat nog even laten zitten.

'Gewoon,' zei hij. 'Normaal. Ik bedoel, je bent mijn zoon. Dat blijf je. Ik zou het meteen accepteren.'

'Precies. Daar zit het addertje onder het gras. In dat woord: accepteren. Er valt namelijk helemaal niks te accepteren.'

'Ik begrijp niet wat je –'

'Ik val op meisjes, vader. Heel erg zelfs. Soms denk ik aan niets anders. Accepteer je dat ook? Net zoals je het zou accepteren als ik met een jongen thuis zou komen?'

'Nee, dat is toch iets anders.'

En toen kwam het. Toen vroeg hij plotseling vanuit het niets hoe het met mijn seksuele leven in het algemeen ging. Zo noemde hij het: mijn 'seksuele leven'.

Hij gebruikte de vraag als een opstapje om over zijn eigen seksuele leven te beginnen. Over de problemen die hij vroeger met mijn moeder had gehad. In bed. Problemen die hij niet had met de weduwe. Integendeel, je zou kunnen stellen dat de weduwe hem van die problemen had afgeholpen.

Zijn verhaal, of ik kan beter zeggen zijn versie van die problemen, bevestigde wat mijn moeder me zeven of acht jaar eerder had verteld. Het was als in een film waarin de mannen zich met Casey Affleck identificeren en de vrouwen met Amy Adams – vlak voor ze het gaan doen. Wanneer ze daar aanstalten toe maken, elkaar beginnen te kussen en er een paar eerste losse kledingstukken aan het voeteneind van het motelbed belanden.

Net als destijds met mijn moeder wilde ik het eigenlijk niet horen. Ik wilde me met niemand identificeren, ook al was het puur theoretisch logischer dat ik, als man, de al dan niet opgeloste problemen eerder door de ogen van mijn vader dan door die van mijn moeder zou begrijpen.

Kinderen proberen hun ouders zo lang mogelijk als personen zonder enig 'seksueel leven' te zien. Later laat je de gedachte een doodenkele keer toe, als een pan met een lang geleden bedorven gerecht waarvan je heel even het deksel oplicht. Het zal best, denk je. Het is mogelijk. Ik hoop dat ik het nooit hoef mee te maken, daarom klop ik ook altijd drie keer voordat ik hun slaapkamer binnenga.

Ik luisterde naar mijn vader. Waar bleef de ober? Had ik de 'andere gevoelens' misschien niet beter kunnen toegeven? Dan was dit me wellicht bespaard gebleven.

Hij was inmiddels bij de weduwe aangeland. Over wat er met haar beter ging in bed dan met mijn moeder. Ik vroeg me af wat erger was: om te moeten vechten tegen een voorstelling van mijn vader die zich naakt tegen mijn eveneens naakte moeder aandrukte, of deze zelfde, onvoorstelbare handelingen met het dunne, stokoude lichaam en het ingevallen vogelgezicht van de weduwe.

Al deze details zijn inmiddels verjaard. Verbleekt. Van de aardbodem verdwenen. Zonder sporen achter te laten, denk ik even, maar dat klopt natuurlijk niet. Mijn geboorte, mijn bestaan, is het levende bewijs dat mijn beide ouders het in elk geval één keer met succes met elkaar hebben gedaan. En ook dat laatste blijft relatief, nadat ik door beiden op de hoogte was gesteld van wat er precies niet goed ging in bed.

Ik wil maar zeggen dat ik deze details nooit zal prijsgeven. Uit respect. Het respecteren van de privacy van twee mensen, mijn ouders, die inmiddels respectievelijk negenenveertig en tweeenveertig jaar niet meer in leven zijn. Ik denk dat ik eigenlijk al te veel heb gezegd, de goede verstaander zal het allang hebben begrepen.

De nacht voor de militaire dienstkeuring had ik zo min mogelijk geslapen. Ik wilde er verlopen uitzien, afgepeigerd: in combinatie met mijn te dunne lichaam zou dit mijn onmiddellijke afkeuring moeten versnellen.

Ik had geen vooropgezet plan. Er was maar één ding dat ik zeker wist: ik zou niet anderhalf jaar van mijn leven in een kazerne door gaan brengen, niet met zware bepakking over de hei draven, geen geintjes met andere rekruten uithalen in de slaapzaal.

Dienstweigeren was geen mogelijkheid. Mijn vader was dienstweigeraar geweest, in 1920. In dat jaar betekende dat nog dat je rechtstreeks voor twee jaar de gevangenis in ging. Op voorspraak van de gevangeniskapelaan werd hij echter na acht maanden vrijgelaten. De kapelaan vreesde dat mijn vader een gevangenisstraf van twee jaar niet zou overleven.

Tot aan de Tweede Wereldoorlog is mijn vader pacifist gebleven. Tijdens de oorlog zwoer hij het pacifisme af.

Ook ik was allesbehalve een pacifist. Ik steunde de gewapende revolutionaire strijd over de hele wereld: van Cuba tot Bolivia, van de rijstvelden van Zuid-Vietnam tot aan de rassenstrijd van de Black Panthers in de getto's van Chicago en Detroit. Aan de muren van mijn kamer hingen de portretten van Ho Chi Minh en Che Guevara. Dienstweigeren zou ronduit hypocriet zijn geweest. Bovendien was er de zogenaamde 'vervangende dienstplicht', die in 1972 nog tweeënhalf jaar duurde, en die bestond uit het verzorgen van bejaarden of het planten van bomen in de Flevopolder, zo mogelijk een nog groter schrikbeeld dan de dienstplicht zelf.

Nee, als puntje bij paaltje kwam en er echt geen andere uitweg meer mogelijk was, zou ik nog altijd liever in een Leopardtank over de Veluwe rijden.

Behalve dat ik nauwelijks had geslapen, had ik gedurende de nacht een halve fles whisky leeggedronken, voordat ik me die bewuste ochtend in mijn witte Zweedse legerjas meldde bij de Oranje Nassaukazerne aan de Sarphatistraat in Amsterdam. Uiteraard had ik ook niet gedoucht, mijn ongewassen lange haar hing in slierten over de kraag van mijn jas.

Er hing een uitgelaten sfeer in de gangen van de kazerne. Mijn leeftijdgenoten leken er geen probleem mee te hebben om anderhalf jaar van hun leven te gaan vergooien. Er werd gelachen, er werden grapjes gemaakt. 'Heeft u nog een leuke dochter thuis, kolonel?' riep de brutaalste jongen naar een passerende officier. Ik stond wat apart, letterlijk apart, ook de jolige jongens leken enige afstand tot de vieze jongen in de witte legerjas te bewaren, de jongen met het slierthaar die een beetje raar rook, naar een mengsel van zweet en alcohol.

De eerste vuurproef kwam toen ik het kamertje werd binnengeroepen, waar een in doktersjas gehulde man me vroeg mijn mouw op te stropen zodat hij me wat bloed kon afnemen.

'Ik wil niet dat mijn bloed wordt afgenomen,' zei ik.

De man fronste even en ging gewoon door met het uit de plastic verpakking halen van een injectiespuit.

‘Ik ben niet van plan om in het leger te gaan,’ zei ik. ‘Dus is het ook zinloos als er bloed van mij in deze kazerne zou achterblijven.’

‘Wij moeten van iedereen bloed afnemen,’ zei de man. ‘En als je straks bent goedgekeurd, moeten we het alsnog doen, dus als je het nu doet, ben je daar vast vanaf.’

‘Ik word niet goedgekeurd,’ zei ik, en ik bedekte alvast het gedeelte van mijn arm waarin ik vermoedde dat hij zijn injectiespuit wilde plaatsen; ook had ik nog altijd mijn mouw niet opgestroopt.

Met zijn injectiespuit in de lucht stond de man voor me, op amper anderhalve meter van me af.

‘Weet je het zeker?’ vroeg hij. ‘Dit is zeer ongebruikelijk. Ik kan me niet herinneren dat ik dit ooit eerder heb meegemaakt.’

‘Ik weet het zeker,’ zei ik. ‘Kan ik nu gaan?’

Daarna volgden er een aantal psychologische tests en een persoonlijk gesprek met vermoedelijk een psycholoog. Hij vroeg me of ik vrienden had. Een vriendinnetje misschien? Ik antwoordde naar waarheid dat ik een vriendin had. Dat ik over het aantal vrienden niet hoefde te klagen.

‘Een meisje,’ zei de psycholoog. ‘Dat is leuk. En jongens? Je vrienden? Hoe zijn je gevoelens tegenover jongens?’

Ik zag dat de psycholoog naar mijn handen keek, naar mijn polsen die met kralenkettingen waren omwikkeld, mijn vingers met de diverse ringen, eentje met een barnstenen rozet die door mijn moeder was gemaakt.

Zou het zo makkelijk gaan? dacht ik. Zou ik alleen maar hoeven antwoorden dat ik het vriendinnetje had verzonnen? Dat mijn verborgen gevoelens voor jongens eigenlijk sterker waren?

Homoseksuelen hadden ze liever niet in het leger in 1972. Dat zou maar een hoop rotzooi geven op de slaapzalen in de kazernes. De achterliggende gedachte was in die tijd ook dat een homo bij het eerste vijandelijke vuur een gilletje zou slaken en het op een lopen zou zetten.

Ik rook een mogelijkheid. Maar dan moest ik niets verzinnen. Ik moest de waarheid spreken. De psycholoog zou me vervolgens niet geloven.

'Ik hou van meisjes,' zei ik. 'Mijn vrienden zijn zowel jongens als meisjes. Maar verder heb ik met jongens niets speciaals.'

De psycholoog maakte een aantekening in een schrift dat voor hem op tafel lag, daarna mocht ik gaan.

Ik piste in een bierpul: mijn bloed mochten ze niet hebben maar mijn pis wel. Er volgde nog een gesprek, nu met een man in uniform. Voor zich op zijn bureau had hij het medisch formulier liggen dat ik eerder had ingevuld.

'Zijn de medische troepen misschien iets voor jou?' zei hij. 'Godallemachtig, met wat je allemaal hebt ingevuld is het een wonder dat je hier nog lopend naartoe hebt kunnen komen.'

Ik zei niets. Ik wist dat ik alle vragen op het formulier naar waarheid had beantwoord. *Heb je het weleens benauwd? Voel je weleens druk op de borst? Heb je last van hartkloppingen? Natte handpalmen?*

Ja, met alle hier beschreven verschijnselen had ik weleens te maken gehad. Misschien maar één of twee keer, maar dat hoefde je niet te specificeren.

'Ik wil niet bij de medische troepen,' zei ik, om niet in de val te lopen die deze officier voor me had uitgezet.

De man slaakte een diepe zucht, en toen stelde hij me de vraag waarvan ik wist dat hij wel vaker aan aankomende dienstplichtigen werd gesteld. In de eerste plaats aan pacifisten, aan dienstweigeraars, maar ook aan alle anderen die een zekere onwil vertoonden om dienst te nemen in het leger. De vraag, zo wist ik van vrienden die eerder voor de dienstkeuring waren opgeroepen, behoorde tot het standaardrepertoire.

'Wat zou jij doen als je samen met je moeder door het park liep en je moeder opeens werd aangevallen?'

Ik deed of ik even moest nadenken. Ik dacht ook na. Ik dacht aan mijn moeder die op dat moment alweer ruim een jaar dood was, maar daar was deze officier ongetwijfeld niet van op de hoogte.

'Ik zou geweld gebruiken,' zei ik. 'Grof geweld. Ik zou mijn moeder met alle middelen verdedigen. Zo'n aanvaller zou het waarschijnlijk niet overleven.'

Een kwartier later werd ik in een laatste kamertje geroepen. Een al wat oudere man in uniform overhandigde me een papiertje waarop stond dat ik 'voorgoed ongeschikt' was verklaard om mijn dienstplicht in het Nederlandse leger te vervullen.

De man herhaalde woordelijk wat er al op het papiertje stond, hij keek er ernstig bij, zijn ogen stonden bijna bedroefd.

'Je bent voorgoed ongeschikt bevonden voor de militaire dienst,' zei hij met zachte stem, en hij keek me aan met een blik alsof ik hem persoonlijk had teleurgesteld.

De dienstkeuring zou de hele dag in beslag nemen, maar er was pas anderhalf uur voorbij. Nog geen vijf minuten later stond ik voor de deur van de kazerne en ademde de buitenlucht in. Ik moest mijn vriendin bellen, mijn vrienden die allemaal met me hadden meegeleefd. Ik zou opgetogen moeten zijn, opgelucht dat de anderhalf jaar in kazernes me bespaard was gebleven, maar vreemd genoeg voelde ik vooral een zekere teleurstelling. Precies de teleurstelling die de officier op me over had willen brengen toen hij me het briefje had overhandigd en had gezegd dat ik 'voorgoed ongeschikt' was verklaard.

Nadat ik de man in de steeg in Baltimore had uitgeschakeld

had ik na verloop van tijd trots gevoeld – maar trots op mijn snelle afkeuring was ik niet. Het zat hem in dat woordje 'voorgoed', er was geen herkansing: ik was voorgoed ongeschikt, in de eerste plaats voor het Nederlandse leger, maar misschien ook wel voorgoed ongeschikt op andere terreinen, in ruimere zin. Ze hadden zo snel mogelijk van me af gewild, binnen anderhalf uur hadden ze me op straat gezet.

Het was een merkwaardige emotie die ik nu bij mezelf moest toelaten, een emotie waar ik geen rekening mee had gehouden toen ik die ochtend de kazerne had betreden, maar ik wist het opeens voor honderd procent zeker: in mijn hart had ik goedgekeurd willen worden.

Op het incident in Baltimore na heb ik in mijn leven nauwelijks last van de mannen gehad. Ik herinner me een middag in Antwerpen, ik was denk ik een jaar of tien, mijn vader moest ergens zijn en had me voor een halfuurtje alleen gelaten in een winkel met stripboeken. Een man van in de vijftig, schatte ik, in een grijs pak en met een strooien hoed op zijn hoofd, stond iets verderop in een stripboek te bladeren.

Op zeker moment ging ik naar buiten en nam op een bankje plaats. Kort na mij kwam ook de man naar buiten. Hij keek even om zich heen, zag me op het bankje zitten en wandelde in een kalm tempo weg. Het was een drukke winkelstraat, ik verloor de man al snel uit het oog, tot ik hem een tiental meter verderop voor een etalage zag staan. Precies op dat ogenblik draaide hij zijn hoofd en keek naar mij.

Ik was niet bang, er waren zoals gezegd veel mensen op straat. Mijn ouders hadden me gewaarschuwd om nooit met vreemde mannen mee te gaan. Maar waarom zou ik dat doen? Waarom zou ik zomaar meegaan met een vreemde man in een grijs pak en met een strooien hoed? Sommige waarschuwingen van ouders sloegen echt helemaal nergens op.

Ik besloot de proef op de som te nemen. Ik stond op van het bankje, liep een eindje de andere kant op, verder van de man vandaan, en deed of ik in de etalages keek. Kort daarop kwam ook de man in beweging. Even raakte ik hem kwijt tussen de mensen, maar toen stond hij opeens een paar meter van me af voor een etalage met taarten en bonbons.

Ik liep weer terug in de richting van de stripboekenwinkel. Daar kwam mijn vader net naar buiten.

'Waar was je?' vroeg hij. 'Ik had je gezegd om hier te blijven wachten.'

'Ik word achtervolgd,' zei ik. 'Door een man.'

'Waar? Welke man?'

Ik draaide me om en zocht tussen de voorbijgangers. In de verte, bij het stoplicht naast de volgende zijstraat, zag ik de strooien hoed boven de hoofden van de mensen uitsteken. Hij keek nog een keer achterom, onze blikken kruisten elkaar gedurende niet meer dan een halve seconde, toen verdween hij haastig in de menigte.

Mijn vader had mijn hand vastgepakt. 'Waar zag je die man? Zie je hem nu?'

'Ik weet het niet,' zei ik. 'Daarnet was hij er nog, maar nu zie ik hem niet meer.'

Tussen mijn zestiende en mijn vijfentwintigste heb ik veel gelift. Hele reizen door Europa werden liftend gemaakt; alleen in uiterste nood, wanneer je bijvoorbeeld tussen Cahors en Marseille door helemaal niemand meer werd meegenomen en hopeloos dreigde te stranden, sprak je een paar biljetten van je armzalige reisgeld aan en overbrugde een vijftigtal kilometers met een bus of trein.

Maar eigenlijk kwam het nooit zover. Juist op het moment

waarop we, na een hele ochtend vergeefs liften, onze rugzakken op onze schouders hesen om naar het dichtstbijzijnde treinstation te wandelen, stopte er een auto die in één keer helemaal doorreed naar Marseille.

In het begin pakten we het liften ook nog eens verkeerd aan. We gingen als onszelf, dat wil zeggen: in onze Afghaanse jas, gescheurde spijkerbroek, met ons lange haar en met kralenkettingen om onze nek en polsen. Als mensen, kortom, die je als gewone rechtgeaarde (burgerlijke!) automobilist bij voorkeur niet in je auto binnenlaat. Zelf had ik in die tijd dus geen Afghaanse, maar de veel te ruime witte jas van het Zweedse leger die ik in een dumpstore had gekocht en die mij anderhalf keer zo breed maakte als ik in werkelijkheid was.

Later deden we het anders, vooral vanaf de dag dat ik samen met meisjes begon te liften. Je hoorde weleens verhalen waarbij het meisje in haar eentje aan de weg ging staan, en de jongen zich in de bosjes verstopte om pas tevoorschijn te komen wanneer er een automobilist – altijd een man alleen – stopte. Die man durfde daarna dan geen nee meer te zeggen.

Maar zo deden wij het niet. Mijn vriendin B. trok een mooie stippeltjesjurk aan en ik, boven een niet gescheurde of bevlekte spijkerboek, een geruit colbert dat nog van mijn vader was geweest. Soms completeerde ik het geheel met een wit sjaaltje.

Nu hoefden we nooit langer dan tien minuten te wachten. De mensen die voor ons stopten – in negen van de tien gevallen oudere echtparen – verzekerden ons steevast dat ze normaal gesproken nooit lifters meenamen, maar dat ze dachten dat we misschien autopech hadden gekregen.

Ja, zo zagen we eruit in onze stippeltjesjurk en geruite colbert: als mensen die nooit zouden liften, maar die nu ergens waren gestrand – waarschijnlijk stond hun onklaar geraakte MG met open dak ergens achter de volgende bocht geparkeerd – en helaas waren gedwongen om hun duim op te steken.

Nog weer later besloot ik deze vermomming ook in mijn eentje te gebruiken – colbertje, nette spijkerbroek, nette schoenen, wit sjaaltje – en met hetzelfde gewenste resultaat. Heel Engeland ben ik zo liftend doorgereisd, van Schotland tot Brighton, en van Norwich tot Devon. Alleen waren de automobilisten die nog altijd binnen tien minuten voor me stopten nu van een ander slag.

Uitsluitend nog mannen, mannen alleen ook, geen echtparen in elk geval. De een stuurde de conversatie pas na een halfuur een bepaalde kant op, de ander viel gelijk met de deur in huis.

'Er was gisteren een demonstratie van homoseksuelen bij het parlement voor volledig gelijke rechten,' zei een keurige man in een wit overhemd, terwijl hij steeds langzamer begon te rijden omdat we mijn eindbestemming naderden. 'Wat is uw mening daarover?'

'Dat lijkt me een goede zaak,' antwoordde ik. 'Gelijke rechten, waarom niet?'

Een bestuurder van een bestelbus kwam sneller ter zake.

'You got a big one there?' zei hij, nadat ik nog maar amper was ingestapt, en hij knikte in de richting van mijn kruis.

'Dat ligt eraan,' zei ik. 'Ik weet niet wat u gewend bent.'

'Je moet het me niet kwalijk nemen,' zei de man, 'maar ik zie je daar zo staan in je mooie kleren en met je mooie haar, en ik denk: die is misschien op zoek. Die is misschien in voor een beetje avontuur en een beetje plezier.'

'Ik wilde eigenlijk alleen voor het donker in Cheltenham zijn,' zei ik. 'Als u het niet erg vindt.'

Samen met vriend Joël kreeg ik, ook in Engeland, een keer een lift van een oudere man in een Jaguar.

Eerst zette hij een symfonie van Mahler op, de muziek die was gebruikt als soundtrack onder *Dood in Venetië*, daarna zette hij hem meteen weer uit.

'Dit is te vulgair,' zei hij. 'Te vulgair van mij, bedoel ik, om zulke prachtige muziek in een auto op te zetten.'

Joël zat voorin, ik zat op de achterbank naast een nogal onrustige herdershond die voortdurend lag te piepen. Op zeker moment wilde de hond met alle geweld naar voren.

'Oscar! Don't be so wild!' riep de man en hij duwde de hond terug naar de achterbank.

'Is he named after Oscar Wilde?' vroeg ik, terwijl ik Joël even in zijn schouder kneep.

'Yes, indeed he is,' zei de man. 'But he should know how to behave himself.'

En toen ik zei dat ik nog maar kortgeleden *The Picture of Dorian Gray* had gelezen, vroeg de man na een korte pauze: 'Your interest in Oscar Wilde is literary, I presume?'

Bij het afscheid op onze plaats van bestemming wilde hij ons elk een paar ponden in de hand drukken, maar die sloegen we af.

Ik herinner me zijn kale voorhoofd waar druppeltjes op stonden, hij droeg een lange camel jas die hij gedurende de hele rit aan had gehouden, er stonden ook druppels op zijn gezicht.

'Please,' zei hij, 'neem dit alsjeblieft van me aan. Ik wil jullie bedanken voor de tijd die ik samen met jullie in mijn auto heb mogen doorbrengen.'

De eerste afspraak met A. vond begin mei 1986 plaats op het terras van café Zürich op de Plaza Catalunya in Barcelona. Om halfvijf 's middags. Om halftwaalf 's nachts zaten we er nog steeds. Hoe het mogelijk was, weet ik nog steeds niet, hoe we met mijn woordenschat van vijftig woorden Spaans een gesprek van ruim zeven uur hebben kunnen voeren. A. sprak Frans en gebrekkig Engels, ik Engels en gebrekkig Frans.

De gebrekkigheid van mijn Frans maakte dat ik nog liever mijn toevlucht zocht tot de vijftig woorden Spaans dan dat ik de Frans hakkelende versie van mezelf aan het woord liet. Of beter gezegd: in de vijftig woorden Spaans was ik nog steeds een wat onbeholpen afsplitsing van mezelf, in het Frans werd ik iemand die ik niet wilde zijn.

Waarschijnlijk waren het ook de vele misverstanden, waar we allebei om moesten lachen, die ons van het ene gespreksonderwerp naar het andere voerden. We bestelden biertjes – Voll-Damms en Estrella's –, elke twintig minuten wel weer een nieuwe. We keken elkaar zo vaak mogelijk aan, we wilden nooit meer naar huis, ik leerde er minstens vijftig woorden bij in die ruim zeven uur dat we op het terras van café Zürich zaten.

Toch was er één misverstand dat het hele gesprek achteraf in een ander daglicht plaatste. Ergens in het eerste uur had A. gevraagd waar ik woonde, en ik had haar verteld over het huis dat ik had gevonden. Het stond te huur aangeboden voor honderd gulden per maand, op een handgeschreven kaartje dat in de etalage van een makelaarskantoortje hing, op nog geen twee blokken van de bushalte. Hartje centrum, in de Calle de la Paloma, met vanaf het balkon aan de voorzijde uitzicht op het golvende, metalen dak van danszaal La Paloma.

Ik deelde het huis op dat moment met een uit Amsterdam overgekomen Tsjechische filmregisseur met wie ik aan het scenario voor een speelfilm werkte.

Ik had het misverstand buiten mijn weten om en geheel op eigen kracht gecreëerd door aan mijn Tsjechische huisgenoot in het Spaans te refereren als *mijn vriend*. Niet *een vriend*, nee, *mijn vriend* in de betekenis van *mijn vaste vriend*.

'Zo leuk gepraat,' zei A. tegen haar iets oudere zus (en huisgenoot) toen ze na middernacht thuiskwam. 'Maar zoals wel vaker met mannen met wie je leuk kunt praten is het dus weer een homo.'

Een kleine week later nodigde ze me bij haar thuis te eten uit. Ook haar zus at mee. Na het diner trokken we het nachtleven in. Een paar cafés en clubs, en meerdere cuba libres en gintonics verder trok de zus zich terug. 'Ik zag meteen dat hij voor jou ging,' zou ze later tegen A. zeggen.

In de laatste club, tegen halfzes in de ochtend, werd er gedanst op oude Beatles-nummers. We dansten. Onder 'Can't Buy Me Love' kusten we elkaar. Haar huis was dichterbij dan het mijne.

'Hij is in elk geval bi,' zei A. de volgende dag tegen haar zus. 'De rest zoeken we later wel uit.'

Rond de verschijning van *De greppel* werd ik geïnterviewd door een journalist van *de Volkskrant*. Ik weet niet meer precies wat de aanleiding was – ik geloof dat ze vroeg naar het gebruik van geweld in mijn boeken – maar op zeker moment vertelde ik haar ook het verhaal over mijn nachtelijk avontuur in Baltimore. Ik tast nog altijd in het duister over mijn motieven – waarschijnlijk probeerde ik gewoon indruk te maken op de journalist.

In de afgelopen bijna vijftig jaar had ik het verhaal voor mezelf gehouden. Wel had ik het een jaar of tien na die zomervakantie in Baltimore alsnog aan mijn zus Marijke verteld. In een enigszins gecensureerde versie. In mijn hoofd bestonden er drie versies van het gebeurde: de gecensureerde, de ongecensureerde en de aangedikte.

In de gecensureerde versie bracht ik mijn eigen gebruik van geweld terug tot een minimum. Ik gaf de man alleen maar een duw en rende langs de *West Side Story*-hekken naast de basketbalveldjes de steeg uit en terug naar de straat.

Dan was er de ongecensureerde versie met de op elkaar klappende kaken, de een of meer afbrekende tanden, het neerhurken en het plasje bloed op het asfalt.

In de aangedikte versie riep ik ook nog van alles, teksten in de trant van 'Zo, nou piep je wel anders, hè, *motherfucker*? Moet ik je ballen er afschoppen, viezerd?'

Jaren later zag ik voor het eerst *The Godfather,* met de legendarische door Marlon Brando uitgesproken zin: '*I'm gonna make him an offer he can't refuse.*' In de volgende scène zien we de '*him*' uit deze zin 's nachts wakker worden in zijn bed, de lakens terugschuiven en aan het voeteneind het bloedende, van het lichaam gescheiden hoofd van zijn lievelingsrenpaard ontdekken.

Ik moest bij deze scène onwillekeurig aan Baltimore terugdenken. Een licht aangeschoten man, een viezerd inderdaad, een potentiële verkrachter van minderjarigen, had een vijftienjarige jongen een steeg naast wat basketbalveldjes in gelokt. Maar hij had zich verkeken op de reactiesnelheid van de jongen. Deze had hem misleid door eerst zogenaamd gewillig zijn handen naar zijn broekriem te brengen. *He never knew what hit him*, luidde de zin die wat er het volgende ogenblik gebeurde misschien nog het beste zou kunnen samenvatten.

Ja, dat was waar ik na het zien van *The Godfather* naar zocht: naar een mooie oneliner die de mislukte aanranding in één zin zou vatten. Ik voelde opnieuw de trots die ik ook in Baltimore had gevoeld. Ik was voor mezelf opgekomen. Ik was niet gaan bibberen van angst, had de man niet op mijn knieën gesmeekt om me te laten gaan. Nee, ik had hem het enige gepaste antwoord gegeven dat hij verdiende. In metaforische zin had ik het bloedende hoofd van zijn lievelingsrenpaard onder zijn lakens geschoven.

Maar de oneliner kwam nooit. In de eerste plaats omdat ik het verhaal, behalve tien jaar later aan mijn zus, aan niemand heb verteld. Ook niet aan mijn ouders. Ik heb een paar keer op het punt gestaan, maar ik was vooral bezorgd om de reactie van mijn moeder. Met terugwerkende kracht zou ze zich 's nachts in bed hebben kunnen inbeelden wat er met haar enig kind had kunnen gebeuren en de slaap niet meer kunnen vatten.

Zo onthield ik mijn ouders, maar ook mezelf, een heldenverhaal waarin ik de hoofdrol speelde. En was het goedbeschouwd eigenlijk wel een heldenverhaal? Zou de nadruk niet veel eerder op mijn onvoorzichtigheid komen te liggen? Op mijn naïviteit? Een jongen van vijftien doorkruist de gevaarlijkste buurten van een Amerikaanse stad, buurten met hele straten waarin de ramen van de huizen zijn dichtgetimmerd. Een Amerikaanse stad waarvan het moordcijfer na Washington en Detroit het hoogste van de Verenigde Staten was in 1969. Hij steekt een brug over die zijn Amerikaanse zwager 'nog niet eens overdag' zou zijn overgestoken en vraagt de weg aan een willekeurige, naar alcohol ruikende voorbijganger.

Een paar dagen na het interview werd ik gebeld door de journalist van *de Volkskrant*. Ze had nog een paar aanvullende vragen, zei ze. Ik herinner me het moment nog goed, ik had net een rondje hardlopen door het Diemerpark achter de rug en wandelde nu in een rustig tempo over mijn favoriete paadje langs het Amsterdam-Rijnkanaal. Golven van een zojuist gepasseerde rijnaak klotsten tegen de met riet begroeide oever. Drie zwanen vlogen rakelings over de hoogspanningskabels. Ik was helemaal alleen, er waren, zoals meestal, geen andere wandelaars op het paadje.

'Ik heb nog eens zitten denken,' zei de journalist. 'En je moet het me niet kwalijk nemen dat ik je dit vraag, maar ik las dat verhaal over Baltimore daarnet nog eens over, en ik dacht opeens: was er verder nog iemand die jou daar met die man heeft gezien? Ik bedoel eigenlijk: jij was daar toch helemaal alleen in die steeg toen hij je probeerde te... te... nou ja, aan te randen, zeg maar.'

'Ja,' zei ik. 'Je vraagt je eigenlijk af of het misschien helemaal niet is gebeurd. Of ik het heb verzonnen.'

'Nou, het is dat je het zelf zo zegt,' zei de journalist, 'maar inderdaad vroeg ik me dat af. Er waren geen getuigen in die steeg. Je hebt het verhaal aan niemand verteld, zei je zelf.'

'Je hebt gelijk,' zei ik. 'Het zou heel goed kunnen. Maar waarom zou ik zoiets doen?'

'Nou gewoon. Het is natuurlijk gewoon een goed verhaal.'

Ik vroeg me nu opeens iets anders af, of beter gezegd: ik vroeg me waarschijnlijk voor het eerst in mijn leven af waarom ik het verhaal aan niemand had verteld. Ik heb onlangs een brief aan mijn moeder teruggevonden, een brief uit Baltimore waarin ik uitvoerig mijn opwinding over mijn eerste vliegreis beschrijf, de noodlanding op Newfoundland, mijn eerste indrukken van Amerika. Uit de details kon ik afleiden dat de brief ergens na de eerste week in Baltimore moest zijn geschreven, terwijl het incident in de steeg al op de tweede dag had plaatsgevonden – maar daarover in de brief geen woord.

Ik wilde gewoon indruk op je maken, had ik de journalist naar waarheid kunnen antwoorden. Indruk maken op een vrouw. En dan ook nog eens met een uitgesproken mannelijk verhaal.

'Maar twijfel je nu?' vroeg ik. 'Twijfel je nog steeds? We kunnen het er natuurlijk ook gewoon uit laten.'

'Ik zeg het je eerlijk: ik heb getwijfeld. Maar ik stelde je toen een vraag over geweld. Omdat er regelmatig geweld wordt gebruikt in je boeken. Daarom vroeg ik je of je zelf weleens geweld had meegemaakt.'

'Ja.'

'En toen kwam jij met dit verhaal uit Baltimore.'

'Ja.'

'Vandaag heb ik ze weer eens doorgebladerd. In *Het diner*, maar ook in andere boeken, gaat het in de scènes waarin geweld wordt gebruikt eigenlijk altijd over afbrekende tanden. Over vuisten of knokkels die met iemands mond en gebit in aanraking komen.'

'Verdomd,' zei ik, 'dat klopt. Wat grappig dat dat je is opgevallen.'

'Het viel me vooral op omdat jij na mijn vraag over geweld spontaan dat verhaal uit Baltimore vertelde. Ook weer met afbrekende tanden. Die man die jou tegen dat hek had geduwd. Je zei dat je je het gevoel nog heel goed kon herinneren, en ook het geluid. Het geluid van afbrekende tanden.'

Ik was blijven staan, ik kneep mijn ogen samen tegen het glinsterende water van het Amsterdam-Rijnkanaal.

'Weet je wat het is?' zei ik. 'Ik begrijp je twijfel. Ik zou dat verhaal inderdaad kunnen hebben verzonnen. Maar zo is het niet. Of beter gezegd: zo ben ik niet. Dit is iets wat je echt van me moet aannemen. We hebben één gesprek samen gehad. Daaruit kun jij nog niet destilleren wie ik ben. Je kwam er behoorlijk dichtbij, dichterbij dan de meeste journalisten, maar toch niet zo dichtbij dat je nu zonder enige twijfel zou kunnen geloven dat ik zo'n verhaal nooit zou verzinnen.'

Ik pauzeerde even, ik tuurde over het water.

'Je moet het gewoon van me aannemen,' vervolgde ik. 'Meer heb ik je niet te bieden. Ik heb het niet verzonnen. Ik zweer je met mijn hand op het hart, als dat helpt, dat ik het niet heb verzonnen. Dat het echt zo is gebeurd.'

Ik had mijn telefoon in mijn linkerhand en legde mijn rechterhand nu daadwerkelijk op mijn hart. Ik wist opeens niet meer zeker welke versie van het verhaal ik haar had verteld, de gecensureerde, de ongecensureerde of de aangedikte. Maar dat zou ik over een tijdje wel in *de Volkskrant* lezen.

'Geloof je me?' vroeg ik.

Ik hoorde haar lachen.

'Ja, ik geloof je,' zei ze.

En zo stond het verhaal een week later in het *Volkskrant Magazine*. Mijn vrienden en familieleden reageerden zoals te verwachten viel. 'Wat een heftig verhaal. Maar waarom heb je ons dat nooit verteld?' was de strekking van de meeste reacties.

'Ik weet het niet echt,' verdedigde ik mezelf zwakjes. 'Misschien ben ik gewoon vergeten om het te vertellen?'

Bij een enkele vriend of vriendin hoorde ik dezelfde twijfel als bij de journalist. Je hebt het mij nooit verteld omdat je het pas tijdens dat interview uit je duim hebt gezogen, was de onuitgesproken boodschap die ik beluisterde in de stilte die ze na mijn halfslachtige antwoord lieten vallen.

Maar ik wist het intussen wel – na zevenenveertig jaar begreep ik eindelijk waarom ik het verhaal al die tijd voor mezelf had gehouden.

Ik was daar helemaal alleen geweest in die steeg in Baltimore. Op de man die me tegen het hek had geduwd na – maar toch: in essentie alleen. Net zo alleen en in mijn eentje als later in de tientallen hotelkamers over de hele wereld: de schrijver op tournee, het gezicht dat hij aan de mensen laat zien, en het gezicht dat hem rond middernacht aanstaart in de spiegel in de badkamer.

Ook in de steeg naast de basketbalveldjes was ik voor de volle honderd procent met mezelf samengevallen. Ik wist inmiddels zelf niet meer in welke versie ik moest geloven: in de gecensureerde, de ongecensureerde of de aangedikte. Op de een of andere manier was het geen verhaal. Het was veel eerder iets echts, iets wat ik – alleen ik – helemaal alleen had meegemaakt. Met iedere volgende vertelde versie zou er iets van die echtheid verloren gaan.

En er was nog iets anders. Ik was niet uitsluitend naïef of gewoon stom geweest toen ik na het bezoek aan de bioscoop had besloten om eerst maar eens een stukje te gaan lopen, een brug over waar ik verder de enige voetganger was, een buurt in waar je je 's avonds beter niet kon wagen.

Mijn besluit was zogezegd een privébesluit geweest. Ik zou mijn zus en mijn zwager niet vertellen dat ik geen taxi had genomen, dat was althans het plan. Ook dat zou ik allemaal voor mezelf houden. Dat ik later het verhaal over de man in de steeg voor mezelf zou houden, had er alles mee te maken dat het voor mezelf houden al veel eerder was begonnen: toen ik uit de bioscoop was gekomen. Het vloeide er zogezegd logisch uit voort.

Ik had het kleine geheim van mijn privéwandeling prijsgegeven om het grotere geheim van het gebeurde in de steeg te kunnen verzwijgen. Ik had ze ten slotte toch verteld dat ik was gaan lopen, dat was op zich al erg genoeg. Ik had de ontzetting op hun gezichten gezien, de opluchting dat het allemaal goed was afgelopen. Het was stom van me, had ik met neergeslagen ogen toegegeven, maar jullie kunnen gerust zijn, het zal niet weer gebeuren.

De waarheid was dat ik iets had willen meemaken nadat ik uit de bioscoop was gekomen. Ik had niet direct terug naar het veilige huis van mijn zus en zwager gewild. Ik wilde de stad in – Baltimore, Amerika in. Ik wist dat het onverstandig was, gevaarlijk misschien wel. Maar de beleving van het gevaar zou ik voor mezelf houden, ik zou er nooit over opscheppen.

Zo was het incident in de steeg een privéaangelegenheid geworden.

Wanneer mensen vragen hoe oud ik was toen ik mijn moeder verloor, antwoord ik altijd 'zeventien'. Ik zeg nooit 'ik zou een maand later achttien worden'. Omdat je achttiende met meerderjarigheid te maken heeft, denk ik, met een begin van volwassenwording, en het verliezen van een moeder op die leeftijd dus al iets minder erg is.

'Zeventien' klinkt gewoon zieliger. Vooral wanneer je er het juiste gezicht bij trekt: het gezicht dat mensen trekken wanneer ze je duidelijk willen maken dat ze 'er nu liever niet over willen praten': over die ene keer dat die oom ze op schoot nam en ze ergens heeft aangeraakt, over die broer die zich heeft opgehangen, die groepsverkrachting waar ze zichzelf nog altijd een beetje de schuld van geven.

Maar datzelfde gezicht betekent ook dat je maar even hoeft door te vragen en je krijgt het hele verhaal te horen, met meer schrijnende details dan je lief is.

Ik weet waar ik het over heb. Ik heb mijn eigen gezicht nooit in de spiegel gezien, maar ik zie mijn neergeslagen oogleden, het gezicht dat lijdt, dat gedurende een kort ogenblik alles weer even opnieuw beleeft. Het zit me als gegoten, dat gezicht, als een lievelingsshirt dat ik om die reden ook liever niet in de was doe. Ik trek het gezicht en tel de seconden af nadat ik 'zeventien' heb gezegd. Een stilte die een eeuwigheid lijkt te duren.

'Dat moet een hele klap voor je zijn geweest,' komt er uiteindelijk als reactie.

Ik sla mijn ogen op maar kijk de ander vooralsnog niet aan.

'Hoe is het... Was ze ziek?'

Ik knik bijna onmerkbaar, ik maak mijn lippen nat met het puntje van mijn tong – de ander zal vast wel begrijpen dat spreken nu even moeilijk voor me is.

Vandaag de dag zit de dood van mijn moeder gewoon in de digitale knipselmap. Interviewers vragen me eerst naar mijn boeken, mijn vrouw en mijn eet-, slaap- en schrijfgewoonten. Wanneer het interview in een café plaatsvindt, kijken ze daarna om zich heen naar de ober of serveerster.

'Wil jij misschien iets anders dan spa rood?' vragen ze. 'Een biertje bijvoorbeeld?'

Vanaf nu kan het aftellen beginnen. De opnameapparatuur wordt nog even gecheckt, een papier met handgeschreven vragen wordt naar links geschoven en daarna weer naar rechts.

'Nou, proost!'

Nog één vraag over mijn succesvolste boek – wanneer ik wist dat het een bestseller zou worden.

Eén, twee, drie...

'Op je zeventiende stierf je moeder. Denk je dat die gebeurtenis levensbepalend voor je is geweest?'

Het gezicht. Ik probeer het gezicht, maar het werkt niet meer. Levensbepalend of niet, ik zal er inmiddels toch wel een beetje overheen zijn op mijn vijfenzestigste mogen we hopen.

Ik kan flauw gaan doen ('Ik begrijp niet wat dit met mijn boek te maken heeft'), maar dat gaat niet werken. Ik bereik er hooguit een verkeerde toon mee die in de beschrijvende gedeelten van het artikel zal doorschemeren. Achter de vele gedaanten van Koch krijgen we zelden zijn ware gezicht te zien. Dat werk.

Maar wat is mijn ware gezicht? Is dat het gezicht dat ik trek wanneer de mensen over mijn moeder beginnen? Of is mijn ware gezicht eerder het gezicht in de spiegel, in de onbespiede anonimiteit van een hotelbadkamer? Is het ware gezicht het gezicht dat nooit getrokken hoeft te worden? Het gezicht waarvan ik hoop dat niemand het ooit te zien krijgt, uitsluitend bestemd voor privégebruik – het gezicht dat denkt dat niemand kijkt.

'Levensbepalend... levensbepalend...' zeg ik een paar keer kort achter elkaar. Het glas bier is al bijna leeg, ik zou er eerst nog een willen bestellen voordat ik aan het beantwoorden van de vraag begin, terwijl dat juist het laatste is wat ik zou moeten willen.

Er zijn nu twee afslagen mogelijk. *Ik denk het niet*, is de ene afslag, *Ik denk het wel* de andere.

Ik denk aan het ideale boek. Het ideale boek is het boek dat elk interview overbodig maakt omdat alle vragen al binnen het boek zijn beantwoord. Laten we dit boek als voorbeeld nemen.

Zou een interviewer na het lezen van *Finse dagen* nog iets over mijn moeder kunnen vragen? Is er nog een vraag te verzinnen die in het boek zelf onbeantwoord blijft? Zou een interviewer niet juist tot elke prijs het woord 'levensbepalend' trachten te vermijden?

Er zijn natuurlijk schrijvers die op elke vraag van een interviewer antwoorden dat het antwoord al in het boek staat. Arrogante schrijvers soms. Vervelende schrijvers. Maar al of niet arrogant of vervelend, ze hebben wel gelijk.

Het beste boek dat een schrijver kan schrijven is het boek waarover geen enkele vraag meer is te stellen. Als de interviewer uit pure armoede over zijn dode moeder, zijn ex, zijn kinderen of zijn katten begint, kan de schrijver terecht vragen wat die in godsnaam met zijn boek te maken hebben.

Dit boek is autobiografisch. Een interviewer die daar geen genoegen mee neemt zou bijvoorbeeld kunnen vragen welke gedeelten van dit boek misschien *niet* autobiografisch zijn. En ik zou daar vervolgens op kunnen antwoorden dat dit 'er niet toe doet'.

Op een warme zondag in de zomer van 2015, tijdens een literaire middag in de kerk van Sint Anna ter Muiden, was ik na een vraag van de interviewer over 'echt en autobiografisch' bij Finland terechtgekomen. Hoe precies weet ik niet meer, in elk geval legde ik nog eens de nadruk op de ongeloofwaardigheid van mijn verblijf in de Finse bossen. Ik vertelde over mijn vrienden en familieleden die altijd wat meewarig begonnen te grijnzen wanneer ik woorden als 'tractor', 'ploeg' en 'motorzaag' in de mond nam.

'Dat heeft me aan het denken gezet,' zei ik. 'Wanneer ik over mijn Finse periode zou willen schrijven, moet ik die meewarige glimlachjes in het verhaal inbouwen, anders gelooft de lezer het waarschijnlijk ook niet. Die denkt dan dat ik het heb verzonnen.'

Ik wijdde kort uit over mijn beste voorbeeld van 'al dan niet verzonnen of autobiografisch'. Op mijn vijftiende werd ik op aandringen van het Montessori Lyceum naar een zogenaamde schoolpsycholoog gestuurd. Het betrof een hele dag met allemaal psychologische tests, in de middag gevolgd door een twee uur durend gesprek met de psycholoog, een aardige man die ik onmiddellijk vertrouwde.

Ik vertelde hem alles. Over het huwelijksleven van mijn ouders en de weduwe op het Minervaplein. Na afloop van het gesprek liet de psycholoog me zelf de keuze om al dan niet een vervolgafspraak met hem te maken.

'Als je daar behoefte aan hebt, bel me dan over een week,' zei hij. 'Zo niet dan wens ik je het allerbeste.'

Een week later draaide ik het nummer en kreeg zijn assistente aan de lijn.

'Ach,' zei de assistente, 'dat weet je nog niet... Dokter Van der Dussen is een week geleden overleden.'

Een week. Een week sinds ons gesprek... misschien de volgende dag of, wie weet, al op de avond van de dag zelf.

Ik verwerkte dit voorval in mijn debuutroman, *Red ons, Maria Montanelli*, en voegde eraan toe dat de psycholoog 'in elk geval al mijn geheimen mee het graf in had genomen'. Ook dit laatste was niet ver bezijden de waarheid.

Toch voelde de dood van de psycholoog op de een of andere manier verzonnen aan. Zo lazen de meeste lezers het ook, merkte ik in de loop der jaren, als een verzonnen verhaal binnen een verder toch grotendeels autobiografisch boek – in elk geval een boek dat in essentie waargebeurd leek. *Based on a true story.*

Ik gaf nog een ander voorbeeld. In het verhaal 'Schrijven & drinken' had ik verteld over een oom in Amerika die me op mijn vijftiende alcohol had leren drinken. Ik had het verhaal zelfs aan de oom opgedragen. VOOR RON KOCH (1920-1972) stond erboven. Oom Ron woonde in de buurt van Big Sur in Californië. Eind jaren zestig ging ik bij hem op bezoek. De oom had een Harley Davidson en samen reden we naar het popfestival van Monterey, waar onder anderen Janis Joplin, The Who en Jimi Hendrix optraden. In het verhaal voer ik een ultrakort gesprek met Jimi Hendrix en zit ik naast Janis Joplin en Keith Moon bij een kampvuur op het strand.

‘Dat van Jimi Hendrix heb je natuurlijk verzonnen,’ zeiden meerdere lezers tegen me – wat ik onmiddellijk toegaf. In de poëtica heet dit ‘een grote leugen toedekken met een kleinere’. Ik vertelde de lezers dat ik nooit op het festival van Monterey was geweest, maar alleen de film had gezien, die gemaakt was door Donn Pennebaker, die ook nog een kleine rol in het verhaal speelt als een van de beste vrienden van mijn oom Ron.

Door deze kleine leugen toe te geven werd de grotere leugen naar de achtergrond gedrongen en verdween zelfs geheel uit het zicht.

Oom Ron.

Niemand twijfelde na mijn uitleg over Jimi Hendrix, Janis Joplin en het hele festival van Monterey nog aan het bestaan van Ron Koch, inclusief zijn geboorte- en sterfdatum. Niemand heeft me ooit gevraagd of ik echt een oom in Amerika had gehad die me op mijn vijftiende bier en wodka had leren drinken.

Het verhaal werd eerst gepubliceerd in *HP/De Tijd*. Ik had het tijdschrift wat onscherpe, voor de noodzakelijke grofkorreligheid meerdere malen gekopieerde zwart-witfoto’s van mezelf, zittend op mijn motorfiets, aangeleverd met de informatie dat de enigszins op mij lijkende geportretteerde mijn Amerikaanse oom Ron was. Na een week kwam er één ingezonden brief. Van een motorkenner. *Herman Koch wil ons laten geloven dat deze foto’s eind jaren zestig zijn genomen, maar in die tijd bestond dit type velgen nog niet*, schreef hij.

Opnieuw gaf ik meteen toe dat er iets mis moest zijn met de foto’s en de datering van de motorfiets. Ik wist het ook niet precies, schreef ik de motorkenner terug, de foto’s kwamen uit een fotodoos van een neef van oom Ron.

De motorfiets (en de velgen) vielen door de mand, maar oom Ron zelf bleef onbeschadigd. Hij bestond omdat ik hem had verzonnen.

Een vrouw van in de zestig stak haar vinger op.

'U had het daarnet over Finland,' zei ze. 'Wij hebben al generaties lang een boerenbedrijf. Al onze zoons hebben zo rond hun achttiende, negentiende een paar maanden stage gelopen op Finse boerderijen. Nu was het hun ervaring dat ze als Nederlandse jongens behoorlijk wat succes hadden bij de meisjes daar. Was dat ook uw ervaring?'

Er klonk wat gelach in de kerk van Sint Anna ter Muiden.

'U vraagt me of ik als Nederlandse jongen succes had bij de Finse meisjes in 1973?' vroeg ik.

'Inderdaad. Ik vroeg me dat gewoon af.'

'Ik wil u eerst zeggen dat ik het een geweldige vraag vind,' zei ik. 'En het antwoord is: ja.'

Jongens zijn zoals bekend gefascineerd door politieauto's, brandweerauto's, sport- en raceauto's, vliegtuigen – zowel het jachtvliegtuig en de bommenwerper als het passagiersvliegtuig – en doorgaans ook wel door tanks of andere voertuigen op rupsbanden. Dat is ook wat die jongens meestal antwoorden wanneer ze door de onderwijzer op de lagere school wordt gevraagd wat ze later willen worden: piloot, brandweerman, politieagent.

Ik vormde geen uitzondering op deze regel, met dit verschil dat mijn fascinatie niet het beroep betrof maar de voertuigen waarin of waarmee dit beroep werd uitgeoefend. Ik wilde kortom nooit brandweerman of piloot worden, ik wilde uitsluitend met brandweerwagens en vliegtuigen spelen. En ik wilde achter de brandweerwagen aan wanneer hij met loeiende sirene onze straat in kwam, om te kijken waar er brand was.

Van al deze glimmende en glanzende, in felrode of juist in camouflagekleuren geschilderde voertuigen was er één die er qua fascinatie met kop en schouders boven uitstak: de motorfiets.

Ik weet niet meer precies wanneer deze fascinatie moet zijn begonnen. Mijn moeder was bevriend met een echtpaar waarvan zowel de man als de vrouw beeldhouwer van beroep was. Ze woonden in een vierkante bungalow met veel glas in de duinen bij Egmond aan Zee en verplaatsten zich op een zwarte motorfiets met zijspan.

De beeldhouwers waren allebei groot en lang. De man had een zwarte baard, ik herinner me alleen de voornaam van de vrouw: Loek. Wanneer ze bij ons op bezoek waren, wachtte ik op het moment waarop ze hun vertrek aankondigden. Dan trokken ze hun lange, zwarte leren jassen aan en mocht ik van mijn moeder de beeldhouwers tot beneden aan de straat vergezellen.

Daar stond de motorfiets. Loek hees zich met een zwaai van haar been in het zijspan, haar man startte de motor. Helmen droegen ze in mijn herinnering niet: de helm was in die tijd nog niet verplicht en in feite alleen voor watjes.

Wel motorbrillen, brillen die gevechtspiloten ook droegen. Ik zwaaide. En bij de hoek zwaaide Loek terug. Haar man maakte altijd een dusdanig scherpe bocht dat het wiel van het zijspan even loskwam van het wegdek en daarna met een zware, deinende klap weer terug op het asfalt veerde.

Wat schrijven met je doet, wat het losmaakt kan ik beter zeggen. Al schrijvend komt het ene detail na het andere bovendrijven, details waarvan je dacht dat je ze allang was vergeten. Het geheugen is een bevroren bergmeer waar je een gat in hakt. Uit dat gat haal je vervolgens de ene na de andere vis naar boven. Wie geen gat hakt zal ook niets vangen.

Zo schoot me tijdens het schrijven over het motorrijdende beeldhouwersechtpaar plotseling de naam van de man te binnen: Geertjan. En daarna in één moeite door ook hun achternaam: van Meurs.

Ik heb ze gegoogeld. Er waren een paar foto's waarop ik ze meteen herkende. De zwarte baard van Geertjan. Het lange zwarte, meestal in een paardenstaart bijeengebonden haar van Loek. En ik zag dat je Loek niet als 'Loek' schreef maar als 'Louk'.

Geertjan van Meurs (1926-2007) en Louk van Meurs-Mauser (1929-2013) woonden, volgens de website van het Rijksbureau voor Kunsthistorische Documentatie, van 1953 (mijn geboortejaar) tot 1996 in Egmond aan Zee.

Mijn fascinatie had verder vooral te maken met de schoonheid van de meeste motorfietsen. Het geluid dat ze maakten, het diepe, donkere stampen als ze net waren gestart, een stampen en trillen dat zich via het asfalt of de stoeptegels verplaatste naar je lichaam, zoals in een concertzaal de basgitaar en basdrum van een band via het podium en de vloer bezit nemen van je borstkas en je hart. Het simpele feit dat je bij een motorfiets alles kon zien, er werd niets verborgen gehouden onder een motorkap zoals bij een auto. En last but not least het gegeven dat ze maar twee wielen hadden – twee wielen die zowel een grotere vrijheid en wendbaarheid inhielden als een groter gevaar.

Motoren zijn functioneler dan auto's, functioneel zoals een tank, een bommenwerper, een jachtvliegtuig en een raket dat zijn.

Er zijn daarom ook veel meer lelijke auto's dan lelijke motoren. Een auto moet verleiden. Daarom zijn er allerlei frutseltjes aan toegevoegd die de auto voor zijn functionaliteit strikt genomen niet nodig heeft. Die geribbelde strip aan de zijkant moet een op zich helemaal niet stoere auto een robuust uiterlijk geven. Een minuscuul stadsautootje, een klein opdondertje eigenlijk, krijgt door de toevoeging van bepaalde velgen, koplampen en een dak in een andere kleur, de uitstraling van een sport- of terreinauto.

Goedbeschouwd zijn de enige mooie auto's dan ook de sport- en terreinauto's. Opnieuw door hun functionaliteit, die bij dit type auto altijd op de eerste plaats staat.

Een sportauto moet hard kunnen rijden, daarom ligt hij laag op de weg en zijn alle versierselen, die zijn snelheid zouden kunnen afremmen, weggelaten. De terreinauto moet offroad kunnen ravotten in de modder, daarom staat hij hoog op zijn (grote) wielen en profielbanden en lijkt hij van alle auto's het meest op de auto zoals een kind hem tekent.

Een personenauto moet verleiden, de motorfiets is de verleiding zelf. Zoals een mooie vrouw alle kleren goed staan, zo hoeft de motor onze aandacht niet naar zich toe te trekken: die heeft hij al.

Ik heb het bij de schoonheid van de motorfietsen vooral over de modellen uit de tijd van de beeldhouwers tot aan ongeveer eind jaren zeventig. De ronde vormen. Vandaag de dag draai ik mijn hoofd niet meer om wanneer er een motorfiets voorbijrijdt: de afgelopen twintig jaar associeer ik een motorfiets in de eerste plaats met een midlifecrisis. Met mannen van middelbare leeftijd die een baard laten staan, een jongere vriendin nemen en een motorfiets kopen.

Ik heb tenminste het geluk dat ik rond mijn achttiende ben begonnen, dat er toen nog maar weinig motorfietsen rondreden in Europa. We groetten ook allemaal wanneer we elkaar passeerden. We hielpen de andere motorrijders wanneer ze met panne langs de weg stonden – en zij hielpen ons.

Mijn midlifecrisis begon met het afzweren van de motorfiets, zo rond mijn vijfendertigste. Met het gevoel dat het wel mooi was geweest. Ik had reizen gemaakt, ik had meerdere schuivers op het nippertje goed zien aflopen in Frankrijk, Spanje en Marokko, een achttal bijna-doodervaringen gehad. Op Ibiza reed ik om de andere avond naar clubs met namen als Ku, Pacha en Amnesia om pas als het alweer licht werd terug te rijden naar het dertig kilometer verder, aan de noordpunt van het eiland gelegen huis dat mijn vrienden uit Amsterdam hadden gehuurd. Altijd met minimaal tien gin-tonics achter de kiezen, ik remde niet af bij de op dat vroege uur doodstille kruispunten, integendeel, ik overschreed de maximumsnelheid met minstens vijftig kilometer.

Een paar jaar eerder in Cadaqués had ik 's nachts op een stil, ongeasfalteerd landweggetje de koplamp uitgeschakeld. Kort daarvoor had ik *A Sort of Life* gelezen, het eerste deel van de autobiografie van Graham Greene. Daarin spreekt de schrijver onder meer zijn onbegrip uit over alle andere beroepen behalve dat van schrijver. 'Het is heel simpel. Ik begrijp mensen niet die niet schrijven,' schreef hij – en hij heeft gelijk, ik begrijp die mensen ook niet. Een paar hoofdstukken verder vertelde hij over het spelen van Russische roulette in zijn jonge jaren: om de verveling te verdrijven, of eenvoudigweg om zijn leven spannender te maken dan het was, trok hij zich af en toe terug op zijn kamer en deed één kogel in het magazijn van het pistool dat hij uit de bureaulade in zijn vaders werkkamer had gepakt. Hij gaf een slinger aan het magazijn, richtte het pistool op zijn slaap en haalde de trekker over.

In 1994 werd onze zoon Pablo geboren. De eerste maanden rookte ik nog op het balkon. In de eerste auto die we inmiddels hadden, een Alfa Romeo, rookten we al helemaal niet meer. Anderhalf jaar later stopte ik definitief. Ook heb ik nooit meer een motorfiets gekocht. Ik dacht niet langer meer uitsluitend aan mezelf, waar het zaken van leven en dood betrof. Nooit meer zou ik op een verlaten landweg de koplamp uitdoen. Voor het eerst in drieëntwintig jaar was het opnieuw zaak om zo lang mogelijk in leven proberen te blijven.

Mijn eerste motorfiets was geen motorfiets maar een autoped geweest. Tweedehands, want dat vonden mijn ouders belangrijk, dat niet alles splinternieuw was voor een enig kind. Mij maakte het allemaal niet uit, ik vond de autoped prachtig, alleen bij de kleur had ik even mijn twijfels. Omdat hij tweedehands was, had iemand – de fietsenmaker van om de hoek in de Beethovenstraat waarschijnlijk – de autoped overgeschilderd: in zachtroze, een meisjeskleur. Had de fietsenmaker mijn ouders misschien verkeerd verstaan en begrepen dat de autoped voor een meisje was bestemd? Of was de autoped al van het begin af aan voor een meisje bestemd geweest, maar waren de ouders van dat meisje hem nooit komen afhalen – om redenen waar ik niet eens aan wilde denken?

Zo reed ik dus op de ochtend van mijn verjaardag op mijn eerste autoped naar school. Met mijn lippen bootste ik het geluid van een motorfiets na, terwijl ik, stoep op stoep af, de korte weg naar school aflegde. De korte weg die nu met de autoped nog eens de helft korter was dan de tien minuten die ik er normaal gesproken lopend over deed. Ruim voor de eerste bel stepte ik de binnenplaats op, parkeerde de autoped op een zo zichtbaar mogelijke plaats naast het fietsenrek en wachtte de komst van mijn vrienden af.

'Ja, mooi,' zei Mario, die als eerste arriveerde. 'Maar waarom is hij roze?'

'Kijk eens,' zei Edward tegen Mark, die altijd samen naar school kwamen omdat ze maar een paar straten bij elkaar vandaan woonden. 'Herman heeft een meisjesautoped gekregen. Hadden je ouders geen geld voor een poppenwagen?'

Erik en Salo waren de laatsten; we stonden intussen allemaal om mijn roze autoped heen, zodat hij voor de overige leerlingen grotendeels aan het zicht werd onttrokken.

'Waarom heb je een roze autoped gekregen?' vroeg Salo. 'Roze! Waarom roze?'

Erik was de enige die niets zei; hij had een gele autoped: eierdooiergeel. Het was een kleur die geen associaties met meisjes en poppenkleren opriep, eigenlijk riep hij nergens associaties mee op, maar ik begreep waarom Erik zijn mond hield.

'Hij is van een politieman geweest,' zei ik. 'Een vriend van mijn vader.' De schoolbel rinkelde drie keer kort achter elkaar; mijn vrienden staarden me aan. 'Hij was van zijn dochter,' vervolgde ik. 'Die is nu te oud. Ze heeft een fiets gekregen. De politieman heeft hem toen aan mijn vader gegeven. Hij moet alleen nog worden overgeschilderd.'

Ik wist niet uit welk deel van mijn fantasie ik de politieman op dit cruciale moment tevoorschijn had gehaald, maar eerder dan de mededeling dat hij nog moest worden overgeschilderd plaatste dit de roze autoped onmiddellijk in een ander daglicht. Mijn vrienden vroegen niet verder. Ze vroegen bijvoorbeeld niet waarom ze nog nooit eerder van de met mijn vader bevriende politieman hadden gehoord.

Van het ene op het andere moment was mijn voorheen nog uitsluitend zachtroze autoped zo niet in een politiemotor maar dan toch op zijn minst in een politieautoped veranderd.

Later kwamen de eerste fietsen. Een fiets was een vervoermiddel, niet meer en niet minder, net zo praktisch als een regenjas. In mijn geval waren ze uiteraard ook allemaal tweedehands. De eerste was weliswaar niet roze, maar wel een damesfiets. Zo kon ik het fietsen makkelijker onder de knie krijgen dan op een fiets met een stang, legden mijn ouders me uit. Opnieuw, net als met de autoped, had ik iets uit te leggen op school.

Tweedehands is een Nederlandse ziekte. Nergens anders dan in Nederland laat je met tweedehands zien dat je normaal bent gebleven, dat je niet naast je schoenen bent gaan lopen, dat je je kop liever onder het maaiveld houdt. Tweedehands auto's, fietsen, jasjes, schoenen, ja zelfs broeken en T-shirts (en wie wil er in godsnaam in een T-shirt lopen waarin andermans okselzweet is opgedroogd?), de boodschap van al die besmeurde, gedeukte, raar ruikende en bevlekte consumptiegoederen was dat je het niet te hoog in de bol had, dat je nooit iets zomaar zou weggooien, geen eten en geen fietsen – dat je deemoedig het hoofd boog en jezelf lager dan de dingen plaatste.

Maar toen wilde mijn moeder opeens splinternieuwe bromfietsen voor ons kopen, nadat Barten en ik het plan hadden opgevat om op onze tweedehands Mobylette en Tomos via Frankrijk naar Italië te rijden. Ze dacht dat we het nooit zouden halen, dat we al op een paar kilometer buiten Amsterdam langs de weg zouden komen te staan, en onverrichter zake zouden moeten terugkeren.

Mijn moeder wilde ons vooral weg hebben. Ze wilde niet dat ik erbij was wanneer ze de laatste fase van haar ziekte in zou gaan.

Maar Barten en ik vonden splinternieuwe brommers een beetje valsspelen en vertrokken gewoon op onze Mobylette en Tomos. We zouden naar huizen op zoek gaan, naar hele dorpen waar we met al onze vrienden een nieuw leven zouden beginnen.

Van deze tocht herinner ik me vooral de rust. Het woord 'onthaasten' bestond nog niet, maar ik weet zeker dat het dat was wat we deden. Een lekke band was geen tegenslag maar een gelegenheid om ergens langer stil te staan en de omgeving in je op te nemen. Om de tijd, het verstrijken van de tijd op je te laten inwerken. We konden nergens te laat komen omdat we nergens hoefden te zijn.

Op een landelijke tweebaansweg bereikte ik het draaipunt van de reis. Het draaipunt was een enkele knotwilg die een paar honderd meter verderop aan de linkerkant van de weg stond, tussen andere knotwilgen.

Ik nam een besluit: van alles wat ik op deze reis meemaakte zou ik in ieder geval deze knotwilg onthouden.

Achteraf gezien acht ik het niet onmogelijk dat ik uitsluitend naar Frankrijk en Italië ben gereisd om deze ene knotwilg te zien. Ik ben nooit een fotograaf geweest. Wanneer ik vroeger mijn camera weleens pakte was het moment meestal alweer voorbij. In het voorjaar van 2016 ben ik drie weken in Australië en Nieuw-Zeeland geweest en kwam ik terug met één selfie van A. en mij in een park in Adelaide, en nog een paar foto's van ons hotel in Sydney. De selfie is van zo dichtbij genomen dat je zelfs het park niet ziet. Geen kangoeroes, geen pelikanen, het hotel lag heel mooi op een steiger in de haven, maar dat zie je nou juist niet op de foto.

Ik had kunnen stoppen en een foto van de knotwilg kunnen nemen, maar dan zou ik hem onmiddellijk zijn vergeten. Nu kwam hij met vijftig kilometer per uur op me af. Ik had hem al van veraf uitgekozen. Nog tien knotwilgen, nog negen, nog acht... Daar was hij: de enige van al deze tientallen, misschien wel honderden knotwilgen die ik voor altijd in mijn geheugen zou opslaan. Hij verschilde niet wezenlijk van de andere, hij was niet bijzonderder dan de rest. Ik draaide mijn hoofd en keek hem na, terwijl hij zich nu, opnieuw met vijftig kilometer per uur, van me verwijderde.

Nog altijd kan ik op elk gewenst moment de knotwilg terughalen uit mijn geheugen. Het is geen stilstaand beeld, het beweegt altijd. Hij komt op me af, hij is er, hij verwijdert zich weer.

Destijds was ik me er niet van bewust, maar later begreep ik dat de knotwilg het draaipunt was. Een draaipunt in mijn leven. Voordat de knotwilg in beeld verscheen, bestond mijn moeder nog gewoon als moeder. Een moeder die zich op haar ziekbed zorgen maakte om haar zoon. Die heimelijk bad dat hem niets zou overkomen, dat hij niet van de weg zou raken met zijn Mobylette en zou verongelukken – een zoon die een wereld zonder moeder aan zou kunnen. Tegelijkertijd bad ze vooral dat ze zou sterven voordat hij terug zou komen.

Na de knotwilg probeerde ik alvast te wennen aan een leven zonder moeder. Ik schreef haar nog niet helemaal af, maar ik probeerde me een wereld voor te stellen waarin zij nergens meer zou zijn. Ik hoopte dat ik haar net zo zou kunnen vasthouden als ik dat met de knotwilg had gedaan. Zonder foto. Tot op de dag van vandaag heb ik nergens in ons huis een foto van mijn moeder aan de muur hangen, ook geen ingelijste foto's op een tafeltje of schoorsteenmantel.

In mijn hoofd is ze altijd aanwezig, op een foto zou ze alleen maar steeds verder uit het zicht raken.

Er is altijd iets dubieus aan mijn motorjaren blijven kleven, iets wat met geloofwaardigheid te maken heeft. Op de foto's waarop ik zittend op, of leunend tegen de motorfietsen poseer, is er nog niets met die geloofwaardigheid aan de hand: je gelooft het best, je kijkt er zogezegd niet doorheen. Maar de werkelijkheid was anders.

Ik weet in elk geval zeker dat het me er nooit om te doen is geweest om indruk op de meisjes te maken. Sterker nog, toen het meisje op wie ik verliefd was op de middelbare school me vroeg of ze naar een bepaald feest misschien bij me achterop mocht, twijfelde ik juist aan mezelf: ging het haar om de motorfiets of om mij?

Ik ben nooit handig geweest, een lekke fietsband laat ik nog altijd liever door een fietsenmaker plakken dan dat ik er zelf aan begin. Ook met het sleutelen aan motorfietsen had ik niets. De techniek was voor mij net zo raadselachtig als tegenwoordig het functioneren van een laptop of smartphone. Voor mij bestond alleen de buitenkant, wanneer de techniek het liet afweten, stond ik moederziel alleen met panne langs de weg.

Motorrijders hielpen elkaar zoals gezegd in die jaren. Ik zeg 'die jaren' (de jaren zeventig en tachtig van de vorige eeuw), omdat ik niet weet of dat nu nog steeds zo is. In Frankrijk, Spanje en Marokko hebben we meer dan eens met pech langs de weg gestaan. En bijna altijd kwam er hulp: niet van de wegenwacht, maar van andere motorrijders. Ze informeerden wat er was, voelden aan wat bouten, draaiden een bougie los en wreven het vet eraf met een vuile lap. Niet zelden werden we bij hopeloze pech door die andere motorrijders bij hen thuis uitgenodigd, mochten we overnachten in een hooischuur of in een oude garage tussen tientallen halve en hele motorfietsen.

In al die jaren was er één ding dat ik het meest vreesde: dat ik een andere motorrijder met panne langs de kant van de weg zou zien staan. De code schreef voor dat ik dan moest stoppen om te informeren of de ander misschien hulp nodig had. Maar ik kon die hulp zelf niet bieden.

Het is mijn weerzin tegen sleutelen die me altijd een salonmotorrijder heeft doen blijven. Thuis beperk ik me tot het indraaien van een nieuwe lamp. Een stopcontact vervangen geef ik al uit handen. Het is hier niet zozeer de weerzin als de wetenschap dat al die klusjes me gemiddeld twee tot drie keer zoveel tijd zullen kosten als willekeurig welke ander.

De buitenkant van het motorrijden was bij mij dik in orde: dat is ook wat je op de foto's ziet. Ook hoefde ik niets te compenseren. Het ging me er niet om iets toe te voegen aan mijn mannelijkheid, om die eigen mannelijkheid zogezegd op te pimpen met een voornamelijk stoerheid uitstralend apparaat. Ik hield echt van motoren, met heel mijn hart, zowel van hun uiterlijke verschijning als van het motorrijden zelf: het schuin in de bochten hangen, de afwezigheid van een dak waardoor je in de bergen ook de hele tijd de toppen blijft zien, het geluid, het zware, donkere geronk dat via de cilinders een weg naar de uitlaat zocht.

Op een middag in 1987 hield ik halt voor een terras even buiten Barcelona om een sigaret te roken. Ik stapte niet af, met mijn voeten aan weerszijden van de motorfiets bleef ik zitten roken. Het gebeurde in een oogwenk: ik zal ongetwijfeld zijn afgeleid door iemand op het terras, of anders had ik wel mijmerend naar de blauwe lucht zitten staren. Plotseling voelde ik dat ik te ver naar rechts overhelde, met motor en al. Daarna was er die ene ondeelbare seconde waarin je beseft dat je niet meer terug kan: het gewicht van de motorfiets is te zwaar geworden om hem weer recht te tillen, er zit niets anders op dan je te laten vallen.

En dat was wat er gebeurde. Mensen op het terras schoten overeind om me te hulp te schieten, maar ik hoorde ook gelach. De stoere motorrijder, of beter gezegd: de motorrijder die denkt dat hij stoer is, komt ten val. Ik had ondertussen mijn rechterbeen onder de motorfiets uit kunnen krijgen, maar hem in mijn eentje weer rechtzetten zou me nooit lukken.

Gelukkig waren er twee jongens die me hielpen. Ik meende

nog altijd gelach te horen, en ik bedacht dat het maar het beste was om mee te lachen. Het was immers lachwekkend, meer kon je er niet van maken. De motorfiets had in feite niets anders gedaan dan onze onderlinge verhouding rechtzetten. Als een wild paard, een paard dat sterker was dan zijn berijder, had hij me, net als destijds de tractor op de verlaten akker in Finland, maar dit keer met succes, uit het zadel geworpen.

Met muggen is het een beetje als met kiespijn: zolang je geen kiespijn hebt, is het nauwelijks voorstelbaar hoe erg het kan zijn. Eén mug in je slaapkamer kan je een hele nacht uit je slaap houden, maar op zeker moment – je staat intussen rechtop op je bed, een kussen in je hand, alle lichten aan – zie je hem toch echt op het plafond zitten. Eén welgemikte klap en de nachtrust kan beginnen.

Duizenden muggen is een ander verhaal. Ze zijn er gewoon, altijd en overal: hun aanwezigheid is net zo vanzelfsprekend als de lucht die je inademt.

Ze zijn er zoals de bergen er zijn, de eeuwig groene naaldwouden, de branding: de golven die ook al voor het verschijnen van de eerste mens tegen de kust sloegen, en dat ook zullen blijven doen nadat de laatste mens de deur achter zich heeft dichtgetrokken.

Ik was gewaarschuwd toen ik in de winter van 1973 naar Finland vertrok. Ik had over de muggen gehoord, ik was nieuwsgierig of het echt zo erg zou zijn, maar eigenlijk geloofde ik toen nog dat het wel mee zou vallen.

In die eerste maanden, hartje winter, was er geen mug te

bekennen. Daarna zette de dooi in. In Finland duurt de lente amper tien dagen. Van de ene op de andere dag krijgen de massaal aanwezige berkenbomen doorschijnende, groene blaadjes. Overal schieten bloemen omhoog. De ijsvlakte waar je drie maanden op hebt uitgekeken verandert in een lichtblauw meer. Je hoort een bekend geluid dicht bij je oor, je voelt iets prikken op je onderarm en daarna in je nek – de idylle is voorbij.

Nu duurde het ook niet lang meer voordat de zon nooit meer onderging. Je keek door het raam naar buiten. Wat je zag was zonder meer een mooi uitzicht. Wat zou het heerlijk zijn om met een boek op die steiger te gaan zitten. Om met de daar aangemeerde roeiboot naar de overkant van het meer te roeien.

Maar je deed het nooit. Je wist dat deze wereld door andere wezens dan door mensen werd bewoond. Dat ze in de meerderheid waren en overal, op alle tijden van de dag, de overhand hadden. Je was hier slechts te gast. Je bleef binnen. De parallel met kiespijn gold nog altijd. Buiten Finland, op weg ernaartoe, denk je dat het dit keer wel mee zal vallen. Maar over muggen denken is iets anders dan te gast zijn in het land waar deze dieren de dienst uitmaken.

We waren naar buiten gegaan en stonden bij de steiger met de aangemeerde roeiboot. Het was juni 2016. Ik vertelde Matti via Ritva in het Engels over de mensen die de geloofwaardigheid van mijn verblijf in Finland in twijfel hadden getrokken; dat er soms alleen maar meewarig werd gekeken wanneer ik over het omzagen van de bomen, de tractor en het ploegen van de akkers begon, maar dat er ook vrienden, kennissen en familieleden waren die er niet voor terugdeinsden om in lachen uit te barsten.

Matti luisterde aandachtig naar de vertaling van Ritva. Ik hoorde een mug zoemen bij mijn oor en vrijwel gelijktijdig voelde ik een eerste steek in mijn nek en een tweede in mijn onderarm. Ik keek naar de roeiboot. Dit was nog maar het begin van ons verblijf op deze idyllische plek in de bossen: aanvankelijk dacht ik nog dat ik later die week het meer op zou roeien.

'Ze kunnen mij altijd bellen,' zei Matti in Ritva's vertaling. 'Ik zal ze bevestigen dat je hier bent geweest, dat het allemaal echt is gebeurd.'

We liepen naar het eind van de steiger, waar de roeiboot lag waarmee ik gedurende ons hele verblijf van tien dagen niet één keer het meer op zou gaan. Aan de overkant kon je de boerderij zien liggen waar het drieënveertig jaar geleden allemaal echt was gebeurd.

Een jaar of vier eerder, zo rond mijn bezoek aan de boekenbeurs in Turku, had ik Matti en Ritva gegoogeld en zo was ik erachter gekomen dat ze een vakantiehuis te huur aanboden, een prachtig huis van roodgeverfd hout, met een echte veranda, een steiger en een roeiboot.

Daar moet ik een keer heen, dacht ik, toen ik door de foto's van het huis klikte. Vaak is het verleden een rechte streep die verdwijnt in de verte: hoe verder weg op de streep, hoe kleiner de dingen worden. Soms verdwijnt de streep zelf achter de horizon – en met de streep verdwijnen dan ook de dingen.

Op de boekenbeurs was ik kort geïnterviewd voor het Finse tv-journaal. Ik had aan Matti en Ritva gedacht, aan dat ze me misschien zouden zien. 'Is dat niet die jongen...' Ze zouden zich mijn dunne gestalte herinneren, het lichaam dat in feite ongeschikt was voor zware arbeid, handen waarvan je eerder zou verwachten dat ze de melkbussen zouden laten vallen dan dat ze die in één keer van de kar zouden kunnen tillen.

Een jongen die nog zoekende was, die van zijn vader over zijn toekomst na moest denken, maar die die toekomst nu kennelijk had gevonden.

Het interview was kort voor mijn ontdekking van de dichtbundel afgenomen – terwijl ik zo ontspannen mogelijk tegen een balustrade aan leunde, dacht ik toen uitsluitend nog aan Matti en Ritva.

En ik dacht aan het rode huis aan het meer. De achter de horizon verdwijnende streep zou misschien een cirkel kunnen worden.

Nu wandelden we van de steiger verder langs de oever. Daar stond de door Matti gebouwde sauna, een robuust bouwwerk van dikke houten balken. Matti wees op een paar gaten in het hout.

'Kogelgaten,' zo vertaalde Ritva. 'Deze sauna is gebouwd van een partij hout die tijdens de Fins-Russische oorlog beschadigd is geraakt.'

Nog maar een paar minuten geleden, aan de keukentafel, hadden ze gevraagd wat ik deed, of wij ook kinderen hadden. Met een zeker gevoel van opluchting bedacht ik dat ze op die bewuste dag, vier jaar geleden, kennelijk niet naar het tv-journaal hadden gekeken.

Daarna vroeg ik vergelijkbare dingen. Hoe het met hun dochter ging, of ze daarna nog meer kinderen hadden gekregen. En ze antwoordden dat het er inmiddels vier waren. De jongste zoon had de boerderij overgenomen.

Ik stelde de logische volgende vraag: hoe het met Matti's broer ging – met Risto.

'Risto is vanochtend overleden,' zei Ritva.

We keken elkaar aan. Ik mompelde iets wat door Ritva onmiddellijk in het Fins werd vertaald. Of ze dan wel hier konden zijn, of ze niet beter...

Drieënveertig jaar geleden had Risto onder de enige lantaarn op het perron van Lieksa gestaan om me van de trein te halen. Ik dacht aan de snelheid waarmee de sneeuwvlokken die nacht waren neergedaald, de haast die ze hadden om alles onder een dikke laag sneeuw te bedekken.

Daarna dacht ik aan het boek dat ik op dat moment nog niet van plan was te gaan schrijven. In dat boek zou de dood van Risto, op exact dezelfde ochtend waarop ik Matti en Ritva na al die jaren voor het eerst weer terugzag, net zo ongeloofwaardig klinken als mijn aanwezigheid op het popfestival van Monterey en de dood van de psycholoog in *Red ons, Maria Montanelli*.

Omdat de buitenwereld aan de muggen toebehoorde bleven we voornamelijk binnen, wat niet erg was, want het uitzicht op het meer was ook vanaf de eerste verdieping prachtig. En er was het EK voetbal. Om onbekende redenen, die ik niet heb willen uitzoeken, was er op het kanaal dat de wedstrijden uitzond geen commentaarstem te horen, alleen stadiongeluid.

Gemiddeld keek ik drie wedstrijden per dag. In de rust, tijdens de zogenaamde wedstrijdanalyse, waren er wel opeens stemmen te horen. Ik herkende de deskundige: Jari Litmanen. Ik luisterde aandachtig, maar moest al snel vaststellen dat ik misschien één op de twaalf woorden verstond, al was verstaan eigenlijk al te veel gezegd: ik herkende de woorden waar ik ooit de betekenis van moest hebben geweten.

In 1973 verstond ik één op de drie woorden, ik wist het zeker, in mijn herinnering had ik in die tijd ook echte gesprekken gevoerd die niet uitsluitend over kalveren, motorzagen en in de lengte doorgezaagde bomen gingen. Waar waren al die woorden gebleven? Fietsen en zwemmen verleer je nooit, maar talen zonder regelmatig gebruik zijn als planten zonder verzorging, waar nu, tijdens de wedstrijdanalyses, de eerste nieuwe lootjes aan de kale takken verschenen. Echt nieuwe lootjes, want ik kon me niet herinneren dat ik destijds naar voetbalwedstrijden had gekeken. Door de context 'verstond' ik de nieuwe woorden. Wat kon een *vapaapotku* anders zijn dan een vrije trap? En waarom bleven de Finnen eigenlijk zo dwars, waarom deden ze zo hun best om ook de 'nieuwe' woorden, die tijdens het ontstaan van de taal nog niet konden hebben bestaan, naar niets herkenbaars te laten klinken? Waarom heette een strafschop een *rangaistuspotku* en een buitenspeldoelpunt een *paitsiomaali*? Zoals sommige landen proberen de grenzen zo hermetisch mogelijk gesloten te houden voor mensen van buitenaf, zo leken de Finnen elke communicatie, elk begin van wederzijds begrip, met hun naar niets bekends klinkende, geen enkel houvast biedende woorden uit te sluiten. Woorden die, als het prikkeldraad en de glasscherven op een hoge muur, de mensen al bij voorbaat wilden ontmoedigen om te proberen eroverheen te klimmen.

Met Anna beschikte ik nog niet over de woordenschat die ik in de laatste twee maanden van mijn verblijf tot mijn beschikking had. In mijn herinnering sprongen we van woord naar woord. Een zin van meer dan drie woorden was een uitzondering, en daarna gingen we weer snel over op het Engels. Ik zou hier niet durven beweren dat haar Engels nog slechter was dan mijn Fins, toch is de voornaamste door haar in het Engels uitgesproken zin die ik me woord voor woord kan herinneren *'I wait for you.'*

Dacht ik aan haar, nu, zoveel jaren later, terwijl ik naar de wedstrijden met alleen stadiongeluid keek? Ja. Misschien één of twee keer per drie dagen. Er gebeurde iets met de herinnering. Doordat ik me geografisch weer op hetzelfde punt bevond, kwamen er niet alleen allerlei dingen uit dat verleden terug, maar kwam ook de herinnering aan de herinnering dichterbij.

In 1973 was mijn moeder pas anderhalf jaar dood. Nu zat ik om vijf uur 's ochtends op het terras voor het huis, staarde uit over het meer en herinnerde ik me plotseling als vanuit het niets een voorval in tram 24. Ik zal een jaar of zes, zeven zijn geweest. Mijn moeder en ik zaten naast elkaar. Bij de halte Wetering-circuit hees een bejaarde vrouw met een stok zich de tram binnen, ze deed een paar wankele passen en kwam naast mijn moeder en mij tot stilstand.

'Zou jij niet eens opstaan voor een oude dame, jongeman?' vroeg ze met een onaangenaam krassende stem als van een oude, al bijna dode vogel.

Ik maakte aanstalten om op te staan, zo was ik immers opgevoed, ik had geleerd dat je oude mensen met respect diende te behandelen: een oude vrouw hielp je met oversteken, je hield de deur van de groenteboer voor haar open en zo nodig droeg je de zware boodschappentassen voor haar naar boven – maar mijn moeder legde een hand op mijn borst en hield me tegen.

'Daar verderop zijn ook nog vrije zitplaatsen,' zei ze tegen de vrouw. 'U kunt ook eerst om u heen kijken.'

Ik wist zeker dat ik nooit eerder aan dit voorval had teruggedacht. Toch bestond het nog, had het ergens een sluimerend bestaan in mijn geheugen geleid, de details waren wat vager aan de randen, als bij een oude, onscherpe en bij de hoeken omkrullende foto, maar de kern was in al die jaren recht overeind blijven staan.

Maar waarom was deze herinnering juist nu en hier komen bovendrijven? Waarom niet eerder een herinnering aan toen, aan 1973 of aan 1971?

Ik stond op van het terras, daalde de paar treden naar het grasveld af en liep de steiger op. De eerste muggen landden op mijn armen, enkels en gezicht. Aan het eind van de steiger gekomen bleef ik staan en keek naar de overkant van het meer.

Daar lag de boerderij, op een paar honderd meter van de andere oever. Destijds had ik regelmatig aan die overkant gestaan en eveneens over het meer uitgekeken. Het was een beetje als met je eigen huis: je loopt naar buiten om een vuilniszak in de container te gooien en als je terugkomt zijn binnen de lichten ontstoken. Door de ramen zie je de leden van je eigen gezin, je ziet de bank waar je net zelf nog zat.

Wat er op de steiger gebeurde was dat ik plotseling iets van mijn gevoel uit die tijd terugkreeg, van mijn gemoedstoestand.

Meer dan mijn vader was het mijn moeder geweest die altijd voor me op was gekomen. Mijn vader had openlijk aan me getwijfeld, mijn moeder niet. Mijn vader had me gevraagd wat ik met de rest van mijn leven wilde gaan doen.

Na afloop van de begrafenis had ik ook Louk van Meurs-Mauser nog gesproken. Ze had haar lange leren jas aan; iets verder naar achteren, onder de bomen, stond de zwarte motorfiets met zijspan geparkeerd, waar Geertjan al in het zadel zat en naar ons zwaaide.

'Jouw moeder zei een keer tegen me dat ze het jammer vond dat ze je rug niet meer zou kunnen zien,' zei Louk. 'Dat ze te vroeg zou sterven om te zien wat er van je zou worden. Maar ze zei ook nog iets anders. Ze zei: "Ik maak me eigenlijk geen zorgen, ik weet zeker dat hij later iets leuks gaat doen."'

Ik lag op de bank en vroeg me af of ik in mijn gebrekkige Fins misschien iets tegen Anna had gezegd, net zoiets als jaren later tegen mijn toekomstige Spaanse vrouw op het terras van café Zürich op de Plaza Catalunya in Barcelona.

Iets dubbelzinnigs over een 'vriend' die thuis op me wachtte. Of iets vergelijkbaars, iets over mijn vriendin in Amsterdam

– dat het helaas hier moest eindigen. Iets moreel hoogstaands misschien zelfs wel, als dat het allemaal op een vergissing berustte, dat ik geloofde in monogamie (op mijn negentiende!) en in eeuwige trouw (op negentienhonderd kilometer van Amsterdam).

Maar hoe ik mijn geheugen ook afzocht, ik vond niets. Er waren geen tranen geweest. En van een pijnlijk stilzwijgen was geen sprake geweest. Van de hele busreis herinner ik me vooral de zachtheid van haar trui, de geur van kampvuur die eruit opsteeg, en haar haar waar ik me zo vaak als mogelijk met mijn neus maar liever nog met mijn hele gezicht in probeerde te verbergen.

Daarna versprong de herinnering al snel naar het gangpad van de bus, naar het moment waarop ik achter haar aan loop naar de uitgang. De omhelzing, de kus en het applaus (tegenwoordig hoor ik zelfs gejoel) van de docenten.

Zou ik de plek waar we afscheid namen nog terug kunnen vinden? Ik herinnerde me vaag een verweerd houten huisje op een driesprong, waarschijnlijk een bushokje waar Anna en haar zusje de aansluitende bus naar Joensuu hadden moeten nemen. Zou ik er behoefte aan hebben om die plek terug te vinden, als ik hem al zou herkennen? Ik dacht van niet, al had ik mezelf er wel op betrapt dat ik de afgelopen dagen bij kruispunten, en helemaal bij driesprongen, afremde om te kijken of er misschien ergens langs de kant van de weg, of verder naar achteren tussen de bomen, een oud en verweerd houten bushokje stond.

Er was dus niks verkeerds gezegd tijdens de busreis, het had allemaal een vervolg kunnen krijgen. Ik zou mijn vader hebben geschreven dat ik niet meer terugkwam. Nooit meer terugkwam. Ik zou hem vooral niet meer lastigvallen met mijn besluiteloosheid over een mogelijke studie. Ja, dat zou ik hem schrijven. *Je hoeft je over mij geen zorgen meer te maken. Ik heb mijn geluk en bestemming hier gevonden.*

De tijd zou worden stilgezet. De toekomst lag niet langer in de toekomst, maar begon nu. Ik had tussen de bomen gestaan en over die toekomst nagedacht zonder te beseffen dat ik er al middenin stond. Ik zou in elk geval nooit meer over die toekomst na hoeven denken.

Er zat iets heel aanlokkelijks in dat nooit meer terugkomen. Ik stelde me mijn vrienden voor, dezelfde vrienden die jaren later zouden zeggen dat ze het moedig hadden gevonden dat ik zomaar op mijn negentiende naar Finland was vertrokken. En nu? Wat zouden ze nu zeggen?

We dachten allemaal dat het tijdelijk was, maar hij is daar gebleven.

We zouden wachten tot Anna achttien werd. Daarna zouden er met tussenpozen van anderhalf tot twee jaar vier kinderen worden geboren. Die later allemaal in het boerenbedrijf dat ik inmiddels bezat zouden werken. Nou ja, een poosje zouden werken. Alleen de jongste zoon zou uiteindelijk blijven om de boerderij over te nemen.

Ondertussen zou ik schrijven. En hier, bij deze voorstelling, liep er meteen al iets vast. Want wanneer ging ik dat doen? Ik dacht aan mijn dagen op de boerderij. Melken in de ochtend en avond, in de tussentijd bomen omzagen, ploegen, zaaien, oogsten… 's Avonds had ik weliswaar een rozig gevoel en werkte ik de altijd aanwezige spierpijn weg in de sauna, maar ik was verder te moe voor wat ook. Meer dan drie pagina's las ik zelden voordat mijn ogen dichtvielen. In een kist op mijn slaapzolder had ik een paar boeken in het Engels gevonden, waaronder *De tijgerkat* van Giuseppe Tomasi di Lampedusa. Ik weet niet meer precies wanneer ik erin was begonnen, wel dat het verhaal maar traag op gang kwam en dat ik het nooit heb uitgekregen. Pas veel later besefte ik dat ikzelf te traag was voor een boek van die omvang en reikwijdte.

Hetzelfde gebeurde daarna met het van Aatto geleende *Anna Karenina*. Ik wilde er zo vaak mogelijk in lezen, ik wilde door, maar juist omdat ik door wilde viel ik altijd al na een paar minuten in slaap.

Hier hield de voorstelling dus op. Ik zou geen keuze tussen de ene of de andere studie maken, maar tussen schrijven en mijn leven lang tussen de bomen blijven staan.

Zo nu en dan maakten we een tochtje met de auto, naar een ander meer, dat hooguit groter of kleiner was dan het onze. De rijen bomen aan weerszijden van de weg bleven overal hetzelfde. Dicht tegen de Russische grens maakte het asfalt plaats voor zand. We stapten uit bij een plek waar enkele loopgraven uit de Fins-Russische oorlog te bezichtigen waren. Er waren geen andere bezoekers, de afgelopen honderdvijftig kilometer hadden we ook geen andere auto's gezien. Ik maakte een foto van een kanon, daarna joegen de muggen ons alweer snel de auto in.

In het vijfentwintig kilometer van het huis gelegen Lieksa was één pizzeria, die we nooit hebben gevonden – of nooit hebben gezocht, wat waarschijnlijk hetzelfde is. Het dichtstbijzijnde restaurant bevond zich bij Koli aan de overkant van het Pielinen-meer op zestig kilometer afstand. De enige 'grote stad' was Joensuu, op vijfenzeventig kilometer.

Tijdens de hele rit naar Joensuu, over een tweebaansweg, kwamen ons vier auto's tegemoet. Om twee uur 's middags lunchten we op het terras van een Italiaans restaurant. Ik keek naar de voorbijgangers. Zou ik Anna herkennen wanneer ze hier voorbij zou wandelen? Zou ik meteen weten dat zij het was wanneer ze aan het tafeltje naast ons plaats zou nemen?

Haar vier kinderen zouden inmiddels wel volwassen en de deur uit zijn. Het was heel goed mogelijk dat ze zelf inmiddels niet meer in Joensuu woonde. En dan? zo dacht ik, terwijl ik mijn tweede bierflesje aan mijn mond zette. Wat dan?

Ik zou haar aan A. voorstellen, mijn vrouw aan Anna. Dit had ook gekund, zou de niet uitgesproken boodschap zijn. Waarom hebben we elkaar destijds niet gebeld? Waarom hebben we nooit meer een poging ondernomen om contact te zoeken?

Het restaurant bij Koli lag boven op een berg met een schitterend uitzicht over het meer in de diepte. We waren de enige gasten. In Joensuu, op het terras van het Italiaanse restaurant, had ik zoals gezegd een korte gedachte aan Anna gewijd. Of ik haar zou hebben herkend wanneer ze hier voorbij zou zijn gelopen, had ik me afgevraagd, terwijl ik in mijn saltimbocca sneed en mijn tweede Peroni-biertje naar mijn mond bracht – maar ik had deze gedachte niet hardop uitgesproken. Er was ook geen volgende gedachte gekomen, laat staan een antwoord op de vraag.

Als ik eerlijk ben was dit de enige keer dat ik aan Anna in het heden heb gedacht. Ik denk uitsluitend aan Anna voor dit boek. Nu, op dit moment, denk ik aan haar, terwijl ik deze woorden schrijf. Ze bestaat eigenlijk alleen op de pagina, als willekeurig welk ander personage in een verzonnen verhaal. Het enige verschil tussen haar en een fictioneel personage is dat ze echt heeft bestaan in 1973 – en vandaag de dag misschien nog steeds wel.

Soms stel ik het me zo voor: dit boek, *Finse dagen*, verschijnt begin 2020 ongeveer gelijktijdig in Nederland en in Finland. Er is een feestje in de residentie van de Nederlandse ambassade in

Helsinki. Er staat een schaal met stukjes haring waarin prikkertjes met Nederlandse vlaggetjes zijn gestoken.

Een maand, twee maanden later loopt een vrouw van begin zestig een boekwinkel in het vierhonderdvijftig kilometer ten noorden van Helsinki gelegen Joensuu binnen. Misschien heeft ze iets in een krant gelezen, een recensie of een interview, misschien ook niet.

Ze pakt *Finse dagen* van een stapel en begint te bladeren. Haar wangen voelen warm aan, ze heeft het hoe dan ook warm, ze knoopt haar jas open, tuurt gedurende een paar minuten naar de foto van de schrijver op de binnenflap. Ze loopt naar de kassa en rekent het boek af. Nee, het hoeft niet te worden ingepakt, het is geen cadeau.

Thuis begint ze te lezen, misschien niet vanaf pagina één, eerder bladert ze gehaast van voor naar achteren en weer terug, op zoek naar de passages die haar vermoeden definitief zullen bevestigen.

Ze herinnert zich de indruk die de Nederlandse jongen op haar maakte, die eerste keer toen hij daar naast Risto in de keuken van de school in Rovaniemi stond: zijn blonde haar, het kuiltje in zijn ene wang, zijn verlegen glimlach. Hij leek zich met zichzelf geen raad te weten, schutterig had hij zijn ogen neergeslagen, had geen woord uitgebracht.

Ze heeft het inmiddels weer net zo warm als toen, warmer nog dan op die middag van de langlaufexcursie, toen ze geleidelijk aan achterop bij de groep leraren was geraakt, tot de laatste leraar om de bocht was verdwenen achter wat besneeuwde sparren op een heuvel.

Ze wist welke indruk ze op jongens maakte, op mannen: de leraren flirtten openlijk met haar, de meeste durfden haar nooit langer dan een paar seconden aan te kijken. Ze bloosden als zij haar haar losschudde, wanneer ze het met beide handen vastgreep en er een paardenstaart van maakte, of alleen maar deed alsof ze dat ging doen.

Ze genoot van de aantrekkingskracht die ze op mannen uitoefende. Het was iets verslavends, het verwarmde haar van binnenuit, het keerde elke dag terug, vanaf het moment dat ze in het blikveld van willekeurig welke man kwam.

De jongen was een ander verhaal. In de eerste plaats was hij van haar eigen leeftijd, of althans niet meer dan drie of vier jaar ouder dan zijzelf – achttien, negentien, schatte ze, een man kon je hem met de beste wil van de wereld niet noemen. In de eerste plaats was hij te dun, alles aan hem was dun, zijn benen in de iets te strakke spijkerbroek, zijn handen, zijn vingers. Op zijn wangen schemerden blonde donshaartjes, hij had zich nog nooit geschoren: ook dat vond ze meteen al lief.

Ze besloot op hem te wachten, daar boven op de heuvel. Hij kon nu elk moment vanachter die sparren daar beneden tevoorschijn komen – ze hoopte alleen dat hij het niet had opgegeven, dat hij niet van uitputting had besloten om op zijn schreden terug te keren naar het schoolgebouw.

Al bladerend, of al lezend vanaf pagina één in dit boek, is de vrouw nu bij deze passage aangeland. Er is geen twijfel meer mogelijk. Het gaat over haar. Ze kijkt nogmaals naar de foto op de binnenflap: waar is al dat blonde haar gebleven? Is dit hem echt? Die modieuze bril… Het zou kunnen, maar ook net zo goed niet.

Maar ik ben het, Anna. Ik ben het echt, dezelfde Herman van zevenenveertig jaar geleden. Ik heb je gebruikt in een boek, in dit boek dat je nu leest, zonder je toestemming te vragen. Als ik me je achternaam, je Russische achternaam, had kunnen herinneren, had ik dat eventueel kunnen doen: je het manuscript van tevoren laten lezen en je voor publicatie om toestemming vragen. Ik had je kunnen vinden – iedereen is tegenwoordig te vinden – op Facebook of op Instagram. Maar zoals het is, wist ik alleen dat je een Russische vader hebt, en dus ook een Russische achternaam. Een achternaam die ik ben vergeten, of nog veel waarschijnlijker nooit heb geweten. Een jongen van negentien en een meisje van vijftien stellen zich zelden met hun achternamen aan elkaar voor.

Ik heb je Anna Karenina genoemd, zo vergat ik misschien je achternaam maar niet jouzelf. Ik hoefde *Anna Karenina* maar op te slaan of ik zag je weer staan tussen de besneeuwde takken op je ski's, rook opnieuw de lucht van je trui de ochtend na het kampvuur.

Nu denk ik kort aan de andere mogelijkheden. Je hebt dit boek gekocht, je bent vanaf pagina één begonnen met lezen. Je leest de hoofdstukken die over jou gaan, over ons, de keuken in het schoolgebouw, over het skiweekend, de terugreis in de bus, de kus bij het afscheid, het applaus van de leraren – dat achteraf het slotapplaus zou blijken te zijn geweest, het moment waarop de aftiteling door het beeld begint te rollen.

Je hebt die hoofdstukken gelezen, maar je beseft niet dat het over jou gaat, je bent de Nederlandse jongen vergeten. Ja, jij woont ook in Joensuu, of hebt er in je jeugd gewoond. Net als de Anna in dit boek ben je ook weleens in Lapland geweest, misschien wel vaker dan één keer – maar daar houdt elke overeenkomst op, althans voor jou.

Dan zijn er nog twee mogelijkheden waar ik helemaal niets mee kan: je hebt dit boek nooit gekocht, nooit gelezen, en twee: je bent niet meer in leven.

Ik had het eerder over je toestemming vragen. Daar is het intussen te laat voor. Maar ik vraag me nu ook nog iets anders af. Wat vind je van wat ik met ons verhaal heb gedaan? Ik heb je gebruikt, ons gebruikt, maar ik heb ook iets toegevoegd – of weggelaten, het is maar net hoe je het bekijkt.

In dit hele boek, *Finse dagen*, heb ik niet alleen de feiten gevolgd, maar er ook fictie van gemaakt op plekken waar me dat beter uitkwam. Soms heb ik fictie gebruikt om losse onderdelen beter aan elkaar te lijmen, op andere plekken heb ik de feiten aangedikt om er een beter verhaal van te maken.

Fictieschrijvers hebben vaak hun mond vol van de waarheid, maar de enige waarheid is die van het boek, niet de waarheid van de gebeurtenissen zoals die zich in werkelijkheid hebben afgespeeld.

Jij en ik zijn de enigen die weten wat ik heb toegevoegd en wat ik heb weggelaten.

Als je dit boek uit hebt, laat dan wat van je horen. Mijn e-mailadres en mijn 06-nummer zijn bekend bij de uitgever. Ik hoef geen scène waarin wij alsnog langs de oever van een bevroren meer op elkaar toe rennen – en jij waarschijnlijk ook niet. Ik ben alleen benieuwd hoe het met je gaat. Wat voor leven heb je ondertussen geleid? Van het mijne weet je na het lezen van dit boek voorlopig wel genoeg. Ik ben gewoon nieuwsgierig naar wat er met je is gebeurd nadat je op die driesprong samen met je zusje uit de bus bent gestapt. Of je bent getrouwd, of je kinderen of kleinkinderen hebt – of je gelukkig bent, alhoewel dat misschien al een iets te intieme vraag is na de drie dagen die we samen hebben doorgebracht in 1973.

En ik wil je Russische achternaam weten. Zoals je waarschijnlijk hebt gelezen, en zoals ik al eerder heb gezegd, noem ik die niet in dit boek. Niet omdat ik je privacy wilde beschermen (de meeste andere personages in dit boek treden onder hun eigen naam op), maar omdat ik hem vergeten ben.

En jij bent mijn naam waarschijnlijk ook vergeten, maar niet het moment op de heuvel tussen de met sneeuw bedekte sparren.

I wait for you.

Soms werd ik om drie uur 's nachts wakker. De zon was om die tijd al op. De verleiding was dan groot om gewoon op te staan, met een mok koffie op het terras te gaan zitten en over het meer uit te staren.

En zo ontdekte ik iets wat me in 1973 kennelijk was ontgaan: dat er op dat vroege tijdstip geen muggen waren. Nou ja, geen... Een enkel sloom exemplaar dat ik makkelijk doodsloeg wanneer het op mijn arm landde.

Op een van die vroege ochtenden – we zouden over twee dagen terugrijden naar Helsinki om daar het vliegtuig naar Amsterdam te nemen – haalde ik voor de laatste maal de Michelin-kaart van Finland tevoorschijn. Zonder erbij na te denken, zonder me er echt van bewust te zijn waar ik mee bezig was, probeerde ik de meest logische route te bepalen die een bus vol docenten zou volgen om van Rovaniemi in Lapland naar Lieksa te rijden.

Met mijn wijsvinger volgde ik de weg naar het zuiden. Waar zouden Anna en haar zusje destijds zijn uitgestapt om een lijnbus naar Joensuu te nemen? En ik zag de meest voor de hand liggende plek, een kruising, een driesprong inderdaad, net boven de noordelijkste punt van het Pielinen-meer.

Daar splitste de weg zich: rechtsaf volgde hij de linkeroever van het meer om uiteindelijk in Joensuu uit te komen. Linksaf, langs de rechteroever, ging de weg langs Nurmes verder naar Lieksa.

Ik liet de kaart zakken en keek uit over het meer. De zon kwam al boven de sparren aan de overkant uit. Geen zuchtje wind verstoorde het rimpelloze wateroppervlak dat op dit uur zwart en oranjerood van kleur was. Een mug landde op mijn onderarm, en in plaats van hem weg te jagen of met een welgemikte klap zijn leven te beëindigen, liet ik hem zijn gang gaan.

'Ik zat te denken,' zei ik, toen A. zes uur later naar beneden kwam – ik zat alweer lang en breed binnen. 'Ik heb eens op de kaart gekeken. Richting Nurmes, daar zijn we nog niet geweest. Kijk, ik zal het je laten zien. We rijden om de noordpunt van het meer heen. We zouden nog een keer in dat mooie restaurant bij Koli kunnen gaan eten, als je zin hebt.'

Ook voorbij Lieksa veranderde het landschap niet, de weg was breed en zo goed als verlaten, aan weerszijden strekten zich zoals overal de naaldwouden uit – aan de linkerkant was af en toe een stukje blauw van het Pielinen-meer te zien tussen het groen.

'Nou,' zei ik, toen we Nurmes binnenreden. 'Geen reden om hier te stoppen, lijkt me. Of wil je even rondkijken?'

'Nee,' zei A. 'Rijd maar door.'

Een kwartier later bereikten we de driesprong. Rechtsaf ging de weg naar het noorden: OULU 307 KM, stond er op een verkeersbord te lezen, een plaatsnaam waarvan ik me herinnerde dat ik hem vanochtend op de kaart had gezien. JOENSUU 126 KM, stond er op het bord naar links. Er was geen verkeer. Aan de overkant van de weg naar links, net naast het verkeersbord, was een kleine parkeerplaats, in feite niet meer dan een uitsparing tussen de bomen.

'Ik moet even pissen,' zei ik, ik sloeg links af en parkeerde de auto.

Zo langzaam als nog natuurlijkerwijs mogelijk was liep ik eerst een paar meter langs de kant van de weg en tuurde in noordelijke richting. Hier op deze plek moest de bus met docenten in 1973 tot stilstand zijn gekomen om de twee zusjes te laten uitstappen. Het was hartje winter geweest, de bomen waren toen wit, aan weerskanten van de weg lagen de door sneeuwruimers gevormde sneeuwhopen.

Door mijn ogen iets samen te knijpen probeerde ik dit zomerse landschap in een winterlandschap te veranderen, er een wit filter overheen te leggen. Maar er was geen enkel aanknopingspunt – ook was er nergens een houten bushokje te bekennen.

Ik stapte van de weg af en liep een meter of tien het bos in. Zwermen muggen landden op mijn hoofd en onderarmen. Ik deed een paar halfslachtige pogingen om ze van me af te slaan. Hoe zou ik straks kunnen voorkomen dat ze me ook daar zouden steken, wanneer ik mijn gulp zou openknopen om te pissen?

Maar ik hoefde niet te pissen, bedacht ik. Ik was alleen maar uitgestapt om de plek terug te vinden waar ik in 1973 een Fins meisje had gekust, en waar vervolgens het applaus van de docenten had weerklonken.

Ik drong nog iets dieper in het bos door, snoof de lucht van de sparren op, iets tussen shampoo en verse hars in, en sloeg zo nu en dan met mijn vlakke hand tegen mijn voorhoofd waarmee ik telkens in één keer een vijftal muggen plette.

Ik wilde al terugkeren naar de auto – lang genoeg weggebleven om geloofwaardig te hebben gepist – toen de ruimte tussen de bomen zich verbreedde en ik bij een soort open plek aankwam. Links en rechts strekte zich naar beide kanten een boomloze ruimte van een meter of twintig breed uit.

Een brandlaan, dacht ik eerst, een opzettelijk gecreëerde open ruimte tussen de bomen die bij bosbranden moest voorkomen dat het vuur ongehinderd van de ene naar de andere boom kon overslaan. Maar waarom zouden ze een brandlaan aanleggen op zo'n korte afstand van de weg, die toch ook al als een natuurlijke brandlaan fungeerde?

De bosgrond was hier niet langer verend zacht maar solide, alsof er zich vlak onder de aarde en de dennennaalden een hardere onderlaag bevond. Ik wreef met de punt van mijn schoen, schoof de dennennaalden en de dunne laag bosgrond opzij.

Asfalt... Oneffen en met dikke barsten. Iets begon me te dagen, ik liep naar het midden van de open ruimte en groef daar opnieuw met mijn schoenpunt in de aarde. Ook daar, op een diepte van slechts enkele centimeters, trof ik asfalt aan. En toen ik opkeek zag ik aan de linkerkant, half verscholen tussen de sparren, het houten bushokje staan.

'Waar bleef je zo lang?' vroeg A., die was uitgestapt en wapperend met haar armen naast de auto stond.

'Ik ben een eindje het bos in gelopen,' antwoordde ik naar waarheid. 'Er waren hier tussen de bomen echt te veel muggen om ongestoord te kunnen pissen.'

Het was eigenlijk nog te vroeg om te gaan lunchen in het restaurant bij Koli, ik bedacht dat we misschien een afslag konden nemen naar het meer.

Na vijf kilometer moest ik opeens echt pissen. Ik reed nog een kilometer of tien door en stopte toen opnieuw.

'Ik weet het niet,' antwoordde ik op de vraag van A. of ik me wel goed voelde. ‘Misschien te veel koffie gedronken vanochtend. En te veel water.’

Vijfhonderd muggen stortten zich op me toen ik nog maar amper was uitgestapt, enkele tientallen vlogen de auto binnen. Met een klap trok ik het portier weer dicht.

‘Dit gaat niet,’ zei ik. ‘Dit gaat echt te ver.’

Zo goed en zo kwaad als dat ging sloegen we de meeste muggen dood tussen onze handen, een paar waren er slim en vluchtten naar achteren, waar ze tegen de achterruit opvlogen.

We reden verder, ik probeerde aan alles behalve aan moeten pissen te denken, wat maar half lukte.

Ik dacht aan het asfalt en het bushokje. Heel even had ik overwogen om er met mijn telefoon een foto van te nemen. Het bushokje was zoals te verwachten viel bijna geheel overwoekerd, maar ik had mijn telefoon niet eens uit mijn zak gehaald. Wat moest ik met een foto? De herinnering werkte doorgaans beter en gaf altijd een scherper beeld. Bovendien had ik in de winter van 1973 op een halve kilometer van de boerderij een foto van een identiek bushokje genomen. Hier brachten we elke ochtend de melkbussen naartoe, waar ze later die dag door de melkwagen werden opgehaald. Ook stopte er vier keer per dag een bus, een naar Joensuu en een naar Lieksa.

Op de foto was het bushokje bedekt met een dikke laag sneeuw. Het was dus zonder meer een ‘waarheidsgetrouwer’ bushokje dan het andere, verrotte en met planten overwoekerde exemplaar.

Ze hadden een nieuwe weg aangelegd, niet op de plaats van de oude maar zo’n dertig meter verderop. De oude weg, en dus ook de plek waar ik Anna en haar zusje door de achterruit van de bus uit het zicht had zien verdwijnen, was aan de natuur en de elementen overgeleverd, en daarmee aan de vergetelheid.

Het bord stond links van de weg. Ik was er al bijna voorbijgereden toen iets mijn aandacht trok.

Nee, niet iets: een naam. Een voornaam en een achternaam. AATTO, stond er te lezen. AATTO AALTO MUSEO, en daaronder een pijl naar links: 1.7 KM.

Ik trapte op de rem, net iets te hard waardoor de auto even begon te slingeren. Zonder in het achteruitkijkspiegeltje te kijken en zonder richting aan te geven – het deed er niet echt toe, het afgelopen kwartier hadden we geen andere auto's gezien – sloeg ik met een scherpe bocht links af.

A. drukte haar hand met gespreide vingers tegen het dashboard.

'Wat was dat?' zei ze. 'Wat doe je?'

'Ik hou het echt niet meer,' zei ik. 'Er is daar een of ander museum. Daar is vast wel een wc.'

De weg was een zandweg. Stenen en zand knerpten onder de banden. Ik keek naar links en naar rechts, probeerde mijn geheugen ergens aan vast te haken: de manier waarop de weg na de eerste bocht begon te dalen, een bepaalde boom, een glimp van het meer dat af en toe tussen de sparren door schitterde. Maar ik kreeg geen houvast, niets wees erop dat ik al eens eerder over deze weg had gereden, op de achterbank, tegen het portier aan geklemd naast Matti's ouders.

Ook het huis herkende ik niet meteen als hetzelfde huis waar we in 1973 op bezoek waren geweest. Er stonden geen auto's op de kleine parkeerplaats. Binnen zat een ietwat gezette vrouw van in de vijftig met een vriendelijk gezicht achter een tafeltje met een laptop en een bak met ansichtkaarten. We betaalden twee keer € 7,50. Zonder verdere omhaal vroeg ik daarna naar de wc.

Pas daar, of eigenlijk al eerder, in het donkere gangetje tussen de keuken en de wc, schoven de beelden van verleden en heden helemaal over elkaar heen en werden ze eindelijk scherpgesteld.

Hier, half in de keuken, half in het gangetje, had ik met Aatto gestaan, wist ik nu plotseling zeker. Ook toen was het zo donker geweest. Ik had tegen hem gezegd dat het me speet dat ik niet alleen had kunnen komen, ik herinnerde me zijn glimlach, zijn tanden die wit oplichtten in zijn baard.

Het geeft niet, had hij gezegd. Misschien een andere keer.

In de woonkamer hingen foto's aan de muren, een plakkaat met een tekst in het Fins en in het Engels. AATTO AALTO (1939-1973) stond er boven de tekst te lezen. Her en der stonden er wat vitrines, en op een tafel lagen een paar dichtbundels, waaronder *Finse dagen*.

Ik bedwong de aanvechting om de bundel hier, in het bijzijn van A., op te pakken en door te bladeren. Snel liet ik mijn blik over de andere bundels glijden, en tot mijn opluchting waren ze allemaal in het Fins.

Samen betraden we de werkkamer van de dichter, waar ik destijds niet binnen was geweest. Op een klein houten bureau, voor een groot raam dat uitzicht bood op het meer, stond een typemachine; verder lagen er nog een vulpen, een paar potloden en een vergeeld kladblok. In alles leek de kamer op andere schrijverswerkkamers die ik in de loop der jaren had bezocht.

Rechts van het bureau hing een ingelijste kleurenfoto van een groep mannen en vrouwen in skikleding, poserend in de sneeuw. Ik herkende Aatto en Risto. Links van het groepje stond ik, naast Anna.

'Zullen we weer gaan?' zei ik. 'Ik heb het wel een beetje gezien hier.'

'Dat is goed,' zei A. 'Maar wacht, dan ga ik ook nog even naar de wc.'

Ik slenterde terug naar de woonkamer, met mijn handen in

mijn zakken bleef ik voor een vitrine met een stuk of drie opengeslagen opschrijfboekjes en een paar handgeschreven gedichten staan.

Er lag ook een op een typemachine geschreven brief.

'Dear Herman,' luidde de aanhef.

Ik las de eerste regels, het verbaasde me hoeveel ik me er nog van kon herinneren. Het was alleen het eerste vel van de oorspronkelijke brief, pas op het derde vel was Aatto ter zake gekomen.

Dit moest een doorslag van de brief zijn, een doorslag met carbonpapier. Het origineel had ik kort na ontvangst verbrand in de kachel waarmee de sauna werd gestookt. Ik had de brief niet beantwoord.

'Ben je zover?' hoorde ik A.'s stem vlak achter me.

We groetten de vrouw achter haar tafeltje en liepen naar de auto. Er waren vast veel muggen – maar ik herinner me er niets van.

Ik opende mijn portier, deed alsof ik in ging stappen en beklopte toen het borstzakje van mijn overhemd.

'Wat raar,' zei ik. 'Ik had hier toch net nog mijn zonnebril. Misschien heb ik hem zonder na te denken binnen ergens neergelegd.'

Ik pakte een paar ansichtkaarten uit het bakje – een van het huis van buiten, met het meer op de achtergrond, en ook een van de werkkamer met het bureau en de typemachine – en overhandigde deze aan de vrouw.

'Mag ik u iets vragen?' zei ik, terwijl ze de kaarten in een papieren zakje deed en een bedrag aansloeg op een eenvoudige rekenmachine. 'Ik heb gezien' – ik wees op het plakkaat aan de muur – 'ik heb gelezen hoe hij aan zijn eind gekomen is. Ik bedoel dat ik weet dat hij zelf een eind aan zijn leven heeft gemaakt. Maar als dat niet te indiscreet is, weet u misschien ook hoe... ik bedoel, als u daar geen antwoord op wilt of kunt geven, dan heb ik daar alle begrip voor –'

'Hij is voor de trein gesprongen,' antwoordde de vrouw in vrijwel accentloos Engels. 'De trein van Nurmes naar Joensuu. Net buiten het station van Lieksa.'

'Juist,' zei ik. 'En weet u ook wanneer, ik bedoel in 1973, dat begrijp ik, maar was dat in het voorjaar...?'

'Ik ben zijn nichtje,' zei de vrouw. 'Aatto was een broer van mijn moeder. Ik was acht toen mijn moeder het me kwam vertellen. Ze vertelde niet wat er precies was gebeurd, dat hoorde ik veel later pas, maar wel dat oom Aatto dood was. Het was hartje zomer, ik speelde buiten met vriendinnetjes. Ik was erg op hem gesteld, ik kon het niet begrijpen, ik herinner me niet dat ik heb gehuild, volgens mij ben ik gewoon door blijven spelen. Nu herdenken we nog elk jaar zijn sterfdatum: 5 juli 1973.'

Ik zei niets. Ik hoefde niet terug te rekenen: de exacte datum zou wel nooit meer te achterhalen zijn, maar ergens in de eerste week van juli had ik in Lieksa de trein naar Joensuu genomen, waar ik was overgestapt op de sneltrein naar Helsinki.

'Later heb ik het proberen te begrijpen,' vervolgde Aatto's nichtje. 'Het had waarschijnlijk alles te maken met wie hij was, hoe hij was. Dat was op zijn zachtst gezegd niet erg gebruikelijk op het Finse platteland in die tijd.'

'Ik zat net te denken,' zei ik tegen A., terwijl ik de auto startte. 'Dat is nou toch wel weer apart.'

Ik had het papieren zakje met de ansichtkaarten zo achteloos mogelijk op het dashboard gelegd.

'Wat?' vroeg A.

'Dat woord daar boven de deur: *museo*. Tussen al die naar niets bekends klinkende Finse woorden is dat dan opeens heel toegankelijk. En waarom in godsnaam? Waren ze door hun voorraad ontoegankelijke woorden heen op het moment dat er een woord voor museum bedacht moest worden?'

'En je zonnebril?' zei A.

'Wat is er met mijn zonnebril?'

A. slaakte een diepe zucht.

'Daarnet had je het over je zonnebril. Dat je hem misschien binnen had laten liggen. En heb je hem gevonden?'

Ik zette de versnelling in zijn achteruit en draaide mijn hoofd naar achteren zodat ik A. niet aan hoefde te kijken.

'Ik denk dat ik hem toch niet bij me had,' zei ik. 'Ik denk dat hij nog gewoon thuis ligt.'

Op onze laatste avond in Helsinki aten we in een Italiaans restaurant dat Toscanini heette. We hadden eerst naar een restaurant aan de haven gezocht maar niets geschikts kunnen vinden. Daar, ergens op een van de kades waar nu vracht- en cruiseschepen lagen afgemeerd, had ik drieënveertig jaar geleden voor het eerst voet op Finse bodem gezet. Ik dacht aan mijn oom die aan de Birmaspoorlijn had gewerkt. Ook ik beschikte inmiddels over herinneringen aan dingen die lang geleden waren gebeurd – te lang geleden misschien wel.

Zo zaten we in het centrum van Helsinki, in de hoofdstad van Finland, en aten in een Italiaans restaurant. We waren in elk geval niet in een Fins restaurant gaan eten, net zomin als we in Amsterdam ooit in een Nederlands restaurant gingen eten. Ook in Amsterdam is er een restaurant dat Toscanini heet. Ik vermoed dat er in elk land op de wereld dat niet Italië is, restaurants zijn die Toscanini heten. Sterker nog, maar ik zou dat moeten checken, ik heb het vermoeden dat er in heel Italië geen enkel restaurant te vinden zal zijn dat naar de naam Toscanini luistert.

Af en toe haalde ik mijn telefoon uit mijn zak om te kijken hoe laat het was, omdat ik op tijd terug wilde zijn in het hotel voor de EK-wedstrijd van die avond. Ik weet echt niet meer welke wedstrijd, maar we naderden de achtste finales, bepaalde landen zouden definitief worden uitgeschakeld en naar huis moeten terugkeren.

We aten de gerechten die je in een Italiaans restaurant eet: burrata. Ossobuco. Vitello tonnato. Mogelijk zou ik straks nog een grappa bestellen. Misschien was er zelfs een tweede grappa nodig, grappa's die me over de barrière heen moesten helpen om A. te vertellen dat... ja, wat eigenlijk? Iets waar je een fles wijn en een paar grappa's voor nodig had in elk geval.

Laat je het altijd het eerst aan je vrouw lezen? Een regelmatig terugkerende vraag in interviews met schrijvers. Een vraag die iets leuks, iets liefs uitstraalt. Ze zijn zo close, ze strijkt niet alleen zijn onderbroeken, maar ze leest ook zijn eerste versies. Versies die echt niet te lezen zijn, versies die niemand anders ooit te lezen zal krijgen. Een kok die tegen je zegt: 'Dit is de vis met zijn kop en staart er nog aan, dit zijn de aardappelen die ik nog moet schillen. En wat vind je ervan? Wordt het wat denk je?'

Ik keek naar A. Tot nu toe liet ik haar altijd die vroege, eerste versie lezen. Maar hoe legde ik haar uit dat het voor dit boek gewoon beter was als ze het pas zou lezen wanneer het al in de winkel lag?

Een paar maanden voor het eindexamen was ik bij de rector geroepen. Voor hem op zijn bureau lag mijn laatste rapport.

'Ik zie hier uitsluitend drieën en vieren,' zei hij. 'Eindexamen doen lijkt me in jouw geval volkomen zinloos.'

Dit was nog jaren voor de droom; in de droom zou ik de rector op zijn knieën dwingen om mijn rapport door te slikken.

'Ik zou je dan ook met klem willen verzoeken om geen eindexamen te doen,' vervolgde hij. 'Doe het laatste jaar rustig nog een keer over. Dan hebben wij als Spinoza Lyceum dit jaar een lager percentage zakkers. Statistisch gezien.'

In de droom zag ik van het eindexamen af; in de werkelijkheid zwoer ik dat ik de school tot aan het bittere einde zou blijven tegenwerken en sloeg het advies van de rector daarom in de wind.

Er volgde een reeks bijna-ongelukken. Bij het zagen van houtblokken voor de sauna stuitte de motorzaag op iets hards en sloeg terug – tot op enkele centimeters van mijn linkerwenkbrauw. Ik parkeerde de tractor een keer met te hoge snelheid achteruit de schuur in waardoor hij tegen de houten achterwand aan knalde en ikzelf tussen de achterwielen terechtkwam. Bij het herstellen van het bovenste scharnier van de schuurdeur (iets waarvan ze hadden moeten weten dat je mij zoiets echt niet kon toevertrouwen) raakte de deur los en kwam met zijn gewicht van honderd kilo boven op me terecht. Bij het aanhaken van de eg aan de tractor raakte mijn linkerwijsvinger klem tussen de trekhaak en de eg; in het kleine ziekenhuis van Lieksa werd de vingernagel met ijzerdraad en plaatselijke verdoving verwijderd en de vinger zelf op tien plaatsen gehecht. Bij het besproeien van een akker met landbouwgif draaide ik de tractor verkeerd in de windrichting en kreeg ik een natte vlaag landbouwgif recht in mijn gezicht: gedurende een uur kon ik niets meer zien en alleen met korte, hijgerige pufjes uitademen als een zieke hond – ik besloot dat het beter was om dit voorval op de boerderij helemaal onvermeld te laten. Tijdens de 1 meiviering dronk ik zoveel glazen met vruchtensap aangelengde spiritus dat ik het bewustzijn verloor en mezelf pas uren later tussen de berkenbomen terugvond; de kots waste ik zo goed en zo kwaad als het ging van mijn kleren door tot aan mijn nek het meer in te lopen waar ik opnieuw bewusteloos raakte – en zou zijn verdronken wanneer iemand me niet vanaf de kant onder water had zien verdwijnen. Op een nacht liep ik nadat ik nog laat een brief had gepost in het dorp alleen terug naar de boerderij; in de struiken naast de maanverlichte weg hoorde ik geritsel. 'Wie is daar?' riep ik in het Fins, maar er kwam geen antwoord; wel zou ik er een eed op hebben durven doen dat ik iemand hoorde ademhalen. Ik liep door en vrijwel meteen hoorde ik het geritsel weer, alsof er iemand of iets naast de weg met me meeliep. Elke keer dat ik bleef staan, hield ook het geritsel op. De volgende dag vertelde Matti dat er die vroege ochtend bij een boerderij acht kilometer verderop een wolf was doodgeschoten die een schaap had doodgebeten.

Al deze verhalen heb ik op gezette tijden aan vrienden en familieleden verteld. Ik heb naar hun gezichten gekeken. Ik heb de moeite gezien die het de vrienden en familieleden kostte om de verhalen met mij te rijmen. Soms denk ik dat ik net zo goed bij de aanleg van de Birmaspoorlijn had kunnen helpen.

Een week voor de terugreis naar Nederland reed ik de tractor met hoge snelheid in een flauwe bocht van de weg af. Met opzet. Op een haar na miste ik een boom, en daarna nog een. Nat van het zweet bracht ik de tractor voor de derde boom tot stilstand. De motor was afgeslagen. Ik luisterde naar de stilte tussen de sparren en naar het bonzen van mijn hart. Een kwartier later startte ik de motor, stuurde de tractor weer de weg op en reed in een kalm tempo terug naar de boerderij. Dit verhaal vertel ik hier voor het eerst.

'Ik hoop dat je het naar je zin hebt gehad,' zei Risto op het station van Lieksa en hij gaf me ten afscheid een hand. De trein uit Nurmes was vertraagd, er werd gezegd dat er even voor het station een ongeluk was gebeurd. 'Ik hoop dat je gevonden hebt wat je zocht.'

Ik had het laatste schooljaar niet nog een keer rustig overgedaan zoals de rector van het Spinoza Lyceum me had aangeraden. Ik was naar Finland gegaan. In de trein terug droomde ik voor het eerst de droom.